文春文庫

聖乳歯の迷宮

本岡類

文藝春秋

聖乳歯の迷宮　目次

聖乳歯の迷宮

（1）イエス・キリストの乳歯

1

乾いた空気の中、小型発電機の唸る音に混じって、ケイの使う移植ゴテが岩と砂を掘っている音が休みなく聞こえる。

日本人ときたら、いつの時代も仕事中毒だ。岩に腰を下ろして休んでいたアンドレアス・ミュラーは、つい言っていた。

「ケイ、黄金の十字架は出てきたかい」

「ぼくはインディ・ジョーンズじゃないから、たぶん、それは出てこない」

日本人はあまり上手くない英語で言葉を返してきたが、顔はこちらに向けず、手のほうも止まっていない。

そうだった。発掘は金鉱探しと同じだった。ミュラーは岩から腰を上げ、また持ち場に戻った。ケイが自分の二倍の場所を掘ったら、宝物にありつける確率は二倍になる。

だが、何もない場所を掘っているだけなら、魚のいない川でルアーを投げ込んでいるのと同じで、ケイのほうが労力を二倍損する——相反する思いが混じった気持で手を動かし始めた。

発掘は時間と忍耐を要する作業だ。わかっていたが、掘り始めて一年半、思わしい成果が出てこないとなると、やはり気持が後ろ向きになる。

小規模ではあったが、興味深い遺跡だった。イスラエル北部の町ナザレの中心街から北西に三キロほど行った荒野に、廃墟となった教会があった。この地方には珍しい大雨があり、教会の基礎部分が流され、石灰岩の岩盤に造られた洞窟住居の入口が顔をのぞかせた。

ナザレといえば、イエス・キリストが少年時代を送った町であることは、クリスチャンなら誰でも知っている。イエスは職人だったヨセフの家で育てられたが、その頃の庶民が住んでいたのはたいがい洞窟を利用した住居だった。

イエスに縁のある聖なる場所には、それを護るために教会が建てられるのが通例だ。有名なところでは、母マリアが天使から受胎を告げられたというナザレの受胎告知教会、イエスが産まれたとされるベツレヘムの聖誕教会など、イスラエルには聖なる場所を護る数々の教会が存在している。

教会に護られた洞窟住居。ここがイエスの育った家だったとしても、おかしくはない。イエスの生家と目される住居跡はそれまでにも見つかっていたが、そうと断定できる決め手には欠けるものだった。

洞窟住居の発見からほどなく国際調査団が作られた。ミュンヘンの大学で研究員をしていたアンドレアス・ミュラーも志願して、調査団に加わった。

スタートは順調だった。まず廃墟となっていた教会をくまなく調べて、食器に使用したと思われる土器を見つけた。食器には食物の残滓《ざんし》である有機物が付着している場合が多い。付着物を集め、放射性炭素14測定装置で年代を測ったところ、紀元一世紀から三世紀前半にかけてのものだという結果が出た。

測定結果が知らされて、調査隊はわきたった。イエス・キリストが十字架刑で死んだのは、紀元一世紀の三十年頃。つまりは、イエスが刑死して三日後に復活し、天に昇っていった時期を含む時代に教会は建てられていたのだ。

ところが、教会の下にある洞窟住居の発掘に移ってからは空振りの毎日で、成果はほとんど上がらなかった。水瓶やテーブルなどの家具類はすべて取り去られていて、出てきたのはランプと推定される土器片くらいだった。イエスの形式的な父親ヨセフは石工か木工職人と目されていたから、仕事で使用された道具が出てくれば、ここがイエス・キリストの育った家だったという有力な傍証になる。だが、作業を進めていっても、仕事をうかがわせる道具類は出てこない。

「生活や仕事の用具がなくなっているのは、誰かが洗いざらい持ち去ってしまったんだ。今と違って、二千年前の世界ではどんな道具も貴重品だ。主イエスが十字架に架けられた時だって、主の着古された服を、処刑の役人たちで分けあったと、聖書にはある」

調査団の責任者で、アメリカ南部バプテスト教会の熱心な信者でもあったドナルド・ウォーレンはそんな見解を示していて、多くのメンバーたちも同意見だった。しかし、現に目に見える成果が上がらなければ、費用を出しているいくつかの団体もそのうち資金の蛇口を閉めにかかるはずだ。焦りが発掘現場を覆うようになり、最近では、それが諦めへと変わりつつあった。

今日は調査隊員の多くが休みをとり、ナザレの町へと羽を伸ばしに行っていた。現場に残っているのは三人だけで、そのうちの一人はテントで昼寝をきめこんでいる。

だが、ケイだけは違った。最初の頃と変わらぬ熱意で、朝はいちばんに仕事を始め、夕方は最後まで現場に残っていた。ケイはこんなことを言っていた。

「イエスが十字架で処刑された直後は重罪人扱いだったはずだ。だから、何かイエスに関するものを家族が残したとするならば、どこか見つけにくいところだ。たとえば、床下に埋め込み、重い家具を載せておくとかね。簡単に見つからないといって、悲観することはないさ」

日本人の仕事中毒にはうんざりすることもあるが、ケイ自身は穏やかな性格で、とてもイイ奴だった。考古生化学の専門家だったから、古代人のＤＮＡ解析について惜しむこともなく教えてくれた。彼は日本の大学院を出て、アメリカの研究機関で研究員として働いている。日本の大学には戻れない事情があるらしく、またアメリカでもあと一年ほどで契約期間が終わると聞いた。なにか成果を論文にしなければ、契約が延長されない。ケイが必死になっているのも無理のないことだとは思っていた。

手は動かしながらも、頭の中には地中海料理とそれによく合う冷えたイスラエル産の白ワインが浮かんでいた。今日は皆といっしょに街に行ったほうがよかったかと、アンドレアス・ミュラーが後悔に近い思いをいだいた時、

「アンディ、ちょっと来てくれ」

ケイから言葉が飛んできた。いつもより高い声だった。壁と床の境目のあたりを掘っていた彼は、こちらに顔を向けて続けた。

「妙なもの、人工物みたいなものに突き当たったんだ」

ミュラーはすぐに腰を上げ、ケイのもとに大股で歩み寄った。

膝をついて発掘作業をしていたケイは壁際の床を指さした。なにか平べったいものが顔をのぞかせていた。小型発電機を電源にしているライトだけでは暗い。ミュラーはズボンのポケットからＬＥＤの懐中電灯を取り出し、光を当てた。凹凸のない板切れのようなものが白っぽく浮かび上がった。

「人工物みたいだ」

今までとは違う。気持が一気に引き締まった。

ケイが指でなぞっていくと、板は煙草の箱くらいの長方形であることがわかった。移植ゴテを竹ベラに持ち換えて、彼は板の周辺を少しずつ掘っていく。

「ちょっと待て、写真だ」

「あっ」ケイの動きが止まった。「興奮して、忘れてた」

ケイは傍らに置いてあるバッグを探ったが、カメラは出てこない。

「今日、何かが見つかるとは、正直、考えてなかった。スマホでもいいか」

「いや、専用の機材のほうがいい。待ってろ、俺のを取ってくる」

ミュラーは発掘現場から百メートルほど離れた大型テントのほうに急いだ。あの白っぽい長方形のものは、いったい何なんだ。ケイは学術的に価値のあるものを掘り当てたのかもしれない。「最初に来た者が最初に粉を挽く、か」ドイツで昔から言われている格言が口を突いて出ていた。幸運は、朝早くから現場に出ている者の頭上に輝く。

テントに置いてあった自分のデジタル・カメラをつかんで、また発掘現場へと急ぐ。

今度は別なことが頭に湧いて出た。

〈俺にも一枚加わらせてもらえないだろうか……〉

発見したのはケイだが、自分も近くにいた。発掘には、自分も協力している。だから、共同発見者か、それが無理なら論文を書く時の共同執筆者にしてもらえれば、近い将来、職場を替わる時の大きな助けになる。

現場では、ケイがメジャーで長方形のサイズを測っているところだった。「縦76ミリ、横62ミリ」呟いて、ノートに書き入れている。

ミュラーはデジカメを構えて、シャッターを押した。角度を変えて、幾度も撮った。

ストロボが発光するたびに白く浮かび上がる長方形のそれは、秘密への入口の小さなドアのように見えた。

「掘るよ」ケイは竹ベラを手にした。ミュラーはデジカメを動画モードにして、それを撮影する。

ケイは慎重な手つきで板の周辺を掘っていく。それは石灰岩で作られた白い板のように思えた。

「蓋みたいだな」

ケイは竹ベラを板の底に差し込み、指で持ち上げた。やはり蓋のようだった。瞬間、ミュラーは唾をのみこんだ。蓋の下には紙の包みのようなものが見えた。

「何なんだろう」「取り出してみるしかないさ」

二人とも声が震えていた。

ケイは土で汚れた手袋を、新しい薄手のゴム手袋に替えた。そして、二本の指で紙の包みをつまみ出した。

「羊皮紙だな」

ミュラーも同じように思った。羊皮紙だったら、二十世紀最大の宗教的発見と言われる死海文書にも使われている。包みは小さいが、とんでもなく大きな獲物かもしれない。

何が書かれているのだろう。息を止めて、カメラの液晶画面を見つめた。

紙の包みが開かれる。文字はなかった。だが、中から出てきたものを見て、二人は言葉を失い、顔を見合わせた。

「人間の歯、みたいだ」ようやくミュラーが言った。

「みたいだ。だが、小さいな」ケイが応じた。

「子供の歯じゃないのか」

「あっ、これは抜けた乳歯だ」ケイが声を上げた。「おふくろが抜けた僕の乳歯をとってあったんだ。それに形が似てる」

「じゃあ、これは――」

言葉は途中で止まった。ミュラーの頭の中には、ある想像が生れていた。それはケイも同じだったはずだ。

ここはイエスの生家の可能性があるとされている洞窟住居だ。だったら、この乳歯は少年時代のイエスから抜け落ちた歯？　いや、そうでなくても、聖書にはイエスの下には六人の弟妹がいたと記されているから、弟や妹から抜け落ちたもの？

息を大きく吐いてから、ミュラーは言った。

「とんでもないものを掘り当てたのかもしれない」

ケイは黙ってうなずいた。

一方で、心の内には、先ほどの思いが、また浮いて出ていた。こらえきれず、ミュラーは言っていた。

「なあ、ケイ。この歯を発見したのは、紛れもなくきみだよ」甘ったるくて、気持の悪い声になっているのは、自分でもわかった。「しかし、ぼくだってさ、写真を撮ったり、多少の貢献はしてるよね」

乳歯を凝視していたケイの顔がこちらを向いた。短い間を置いて、口が開いた。

「ほんとに助かったよ。きみが言ってくれなければ、映像記録も残さず、この歯を掘り出していた。きみのお陰だよ。同じ現場にいたんだから、共同発見者と言ってもいいくらいだ」

「いや、発見したのは、ケイ、きみだよ」

「アンディ、人類が初めて月に行ったアポロ11号の話を知ってるよな」ケイは笑った顔を見せた。「最初に月に下り立ったのは、アームストロング船長だ。だけど、十数分後にはオルドリン飛行士も月の土を踏んでいる。どっちが先かって、どっちも同じようなものじゃないかな。偶然、ぼくが乳歯を掘り当てたけど、埋められていた場所が少し違ってたら、それはきみだったかもしれない」

「ま、まあ、そう、言えなくもないかな」

「よかったら、論文を共同で執筆しないか。ぼくは考古生化学を専門にしてるけど、なにしろブッディストだからな。キリスト教の宗教考古学には、いまひとつ自信がないんだ。そのあたりを助けてもらえれば、ありがたい」

「喜んで、共同研究をするよ。なにしろ両親は熱心なルター派のプロテスタントで、俺も子供の頃から教会に連れていかれた。少しでも役に立てたら、嬉しい」

交渉成立だ。ミュラーは差し出された右手を強く握り返していた。夢でも見ているみたいだった。やはり、ケイはいい奴だ。彼にはイスラエルの白ワインよりずっと美味い、モーゼルの最上級の白を贈ってやろう。浮き立った気分の中で、ミュラーは思った。

2

日報新聞　4月21日　夕刊

ナザレで発見された乳歯は、イエス時代のものだった

【テルアビブ＝岡田義行】

先月、イスラエル北部のナザレ郊外にある洞窟住居から発見された乳歯は、放射性炭素14の年代測定を行ったところ、紀元前2世紀後半から紀元1世紀にかけてのものだったと、発掘調査に当たっていた国際調査団が発表した。

洞窟住居は廃墟となった教会の下にあったもので、イエス・キリストが子供時代に住んだ家ではないかという見方がされていた。乳歯は羊皮紙に包まれた状態で、壁際の床に埋め込まれていた。年代測定によると、羊皮紙も乳歯と同じ年代のものだという。

乳歯は250年ほどの誤差範囲はあるものの、イエスが生きた時代と重なり、教会の下にあった住居に誰が住んでいたのかという点に注目が集まっている。

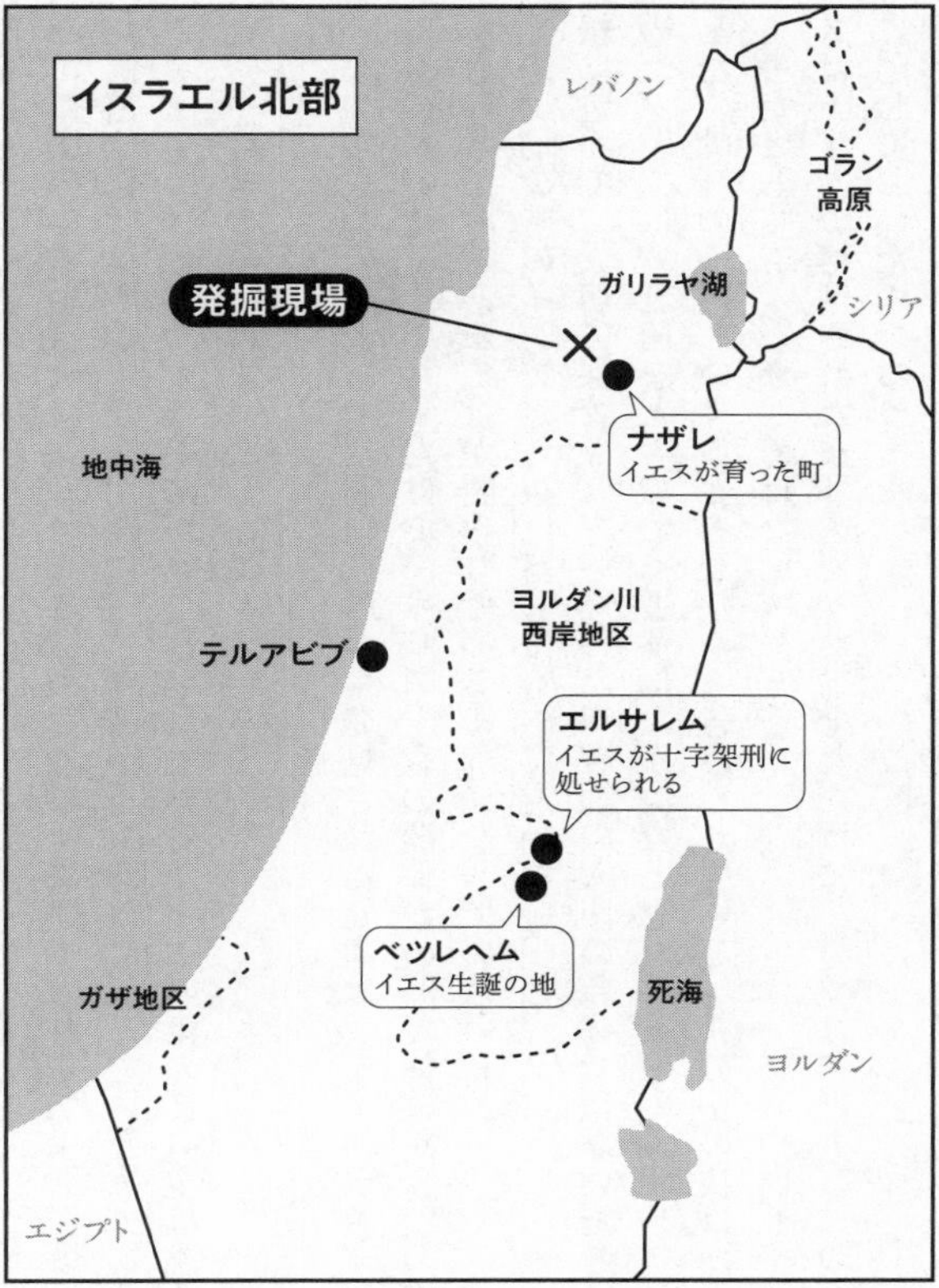
イスラエル北部
レバノン
ゴラン
高原
ガリラヤ湖
シリア
発掘現場
ナザレ
イエスが育った町
地中海
ヨルダン川
西岸地区
テルアビブ
エルサレム
イエスが十字架刑に
処せられる
ベツレヘム
イエス生誕の地
ガザ地区
死海
ヨルダン
エジプト

乳歯を発掘した国際合同調査団の夏原圭介氏は、こう語っている。

「イスラエル国内の古い教会は、イエスに縁のある場所に建てられるケースが多い。見つかった洞窟住居は場所がナザレだけに、イエスが子供時代に住んでいた家である可能性が高い。イエスは下に六人の弟妹がいたとされているが、この歯の持ち主は誰なのか、DNA鑑定や今後の発掘により明らかにしていきたい」

廃墟となった教会の下にあった洞窟住居から発見された乳歯は、イエスが生きた時代に重なるものだった。その事実だけで、キリスト教の関係者の間で波紋が広がっていた。ネットやSNSでも、あることが語られ始めるようになっていた。

あの乳歯は幼少時のイエスから抜け落ちたものに違いない、と。

「羊皮紙に包んで、大切に保管されていたのだ。普通の人間の乳歯ではないだろう」

「当時のユダヤでは、乳歯をとっておく習慣はなかったと思われるが、母マリアは自分が受胎したのは神の子だということを天使から告げられている。神の子の抜けた歯を大事にしていたとしても、おかしくはない」

「イエスは十字架で処刑された重罪人だった。それだけに、母マリアは人目につかないところに隠しておいたのだろう」

その頃は、センセーショナルな匂いこそさせていたが、話の内容はまだ落ち着いたものが多かった。が、次の発表で局面が大きく変わった。

日報新聞　6月14日　朝刊

いったい何者なのか
ナザレで発見された謎の乳歯から
ホモサピエンスとは異なるDNAを検出

【ロサンゼルス＝大坪俊也】

イスラエルのナザレ郊外の洞窟住居から発見された約2000年前と推定される人の乳歯から、現生人類（ホモサピエンス）とは異なるDNAが検出されたと、発掘にあたっていた国際調査団とサクラメント工科大学の合同研究チームが発表した。

歯髄細胞の中にあるミトコンドリアDNAを調べたところ、ゲノム配列が現生人類とは異なるものであることが判明した。現在では絶滅しているが、現生人類と同じ時代を生きていたネアンデルタール人やデニソワ人ともゲノム配列が異なっているという。染色体の数は46本で、チンパンジーなど類人猿の48本とは違っているため、未知の人類の歯である可能性が強まっている。

国際調査団の一員であり、この乳歯を発見した日本人研究者（サクラメント工科大学研究員）の夏原圭介さんは、こう語っている。

「謎の乳歯だ。放射性炭素14の年代測定によって、この乳歯は紀元前2世紀後半から紀元1世紀の間のものだという結論が出ている。700万年の長さを持つ人類の歴史からすれば、ごく新しいもので、原人や旧人の歯とは思われない。遺伝子の数が限られているミトコンドリアDNAに比べると、核DNAの解析は難しいところも多いが、この歯の持ち主がどんな人類だったのか、科学的に解き明かしていきたい」

一方、オークランド大学のスティーブ・コリンズ教授（宗教学）は、この乳歯がイエス・キリストのものだと考えている。

「史上最大の宗教的かつ科学的な発見になるかもしれない。イエスが子供時代に暮らしたと思われる家で、イエス時代の乳歯が大切に保管されていたのだ。これは、イエス自身から抜け落ちた乳歯だという可能性が極めて強い。なぜならば、DNAが違うからだ。旧約聖書によれば、人は土くれから神に似せて作られたとある。一方、イエス・キリストは神の一人子として地上に送り出されたのだから、神と同じ細胞を有しているものと思われ、ホモサピエンスとは異なるDNAであるのは当然だ。DNAは生けるものの設計図と言われている。もし明らかになったミトコンドリアDNAがイエスのものだとするなら、それは神の設計図の一部といってもいい」

その頃から、謎の乳歯がもたらす影響はインターネットやSNS上のみならず、現実の世界へと大きな力を持つようになっていった。

ヨーロッパ、北中米、南米などでは、日曜日、教会に通う信者の数が目に見えて増加した。元々、クリスチャンがほとんどだという地域だが、洗礼は受けても、現代の信者は心の中では「神などいない」と思い、休日にわざわざ教会に通う者は年を追うごとに減っていた。富、セックス、神を顧みない行動など、豊かな時代の享楽を味わうためには、神父や牧師の言うことなど、邪魔以外のなにものでもなかったのである。

それが大きく変わりはじめた。日曜の礼拝では、教会を埋めつくした信者たちが説教を聞き、賛美歌を歌うようになった。アジア、アフリカなどクリスチャンの少ない地域でも、教会に通う者が増えてきていた。

そうした現象を、ある著名なニュース・キャスターはこんなふうに解説した。

「ニーチェの『神は死んだ』の言葉を持ち出すまでもなく、神は科学によって打ち倒されました。ダーウィンの進化論が神がすべての生き物を創り出したという話を否定し、ビッグバン理論により宇宙の誕生に神の存在は必要ないことを説明できるようになりました。今の時代、聖書の話をそのまま信ずる者など、ごく僅かでしょう。ところが、イスラエルのナザレで発掘された乳歯が人の心を一変させてしまったのです。多くのクリスチャンが『神はほんとうにいるのではないか』『いいかげんな信仰しか持っていなかった自分は死後、地獄に落ちるのではないか』と、心配になり、教会に戻ったのです。神は科学の力で打ち倒され、しかし、DNA解析という科学の力によって甦ったのです」

世界最大の宗教であるキリスト教が光を取り戻しつつあった。

乳歯のDNA分析や発掘現場の調査が終了したあとのことについては、イスラエル政府とキリスト教各派によって話し合いが行われていた。イエスの歯はカトリックばかりでなくプロテスタントや東方教会にとっても、最高の聖遺物だった。遺跡発掘を行った国際調査団の資金は、プロテスタントやカトリックの団体が提供していたこともあって、話し合いはスムーズに進んだ。調査が一段落したあと、洞窟住居のそばに各派共同の教会を建て、乳歯もそこに納めるということで、結論が出そうだった。全世界から参拝者や観光客を集める強力な観光資源として、イスラエル政府もそうした動きに賛同していた。

歴史の歯車が逆向きに、ゆっくり回りだした。

3

ノックが二度あって、ドアが開いた。ポロシャツにジャケットという軽装の男が姿を見せた。

「よう、ご無沙汰」「お久しぶり」

言葉が交錯したあと、夏原圭介《なつはらけいすけ》は右手を差し出してきた。立ち上がって迎えた小田切《おだぎり》秀樹《ひでき》はワンテンポ遅れて、その手を握り返した。小柄な体軀に人懐こい笑みを浮かべた顔は以前と変わっていなかったが、まず握手という習慣、そして握ってきた手が案外力強かったことが、彼が今いる世界を表していると感じた。

「悪いな、こんな貸し会議室なんかに呼び出して。本社まで来てくれれば、もう少しマシな部屋が取れるし、編集長も挨拶に来るんだが」

「いや、ホテルに近いのがいちばんだ。にわか有名人になって、お偉いさんに会ったりするのにも疲れてきた」

「実家や大学には？」

「両親は亡くなっているし、大学のほうは、言うまでもなく、近寄りたくもない」

西新宿のホテルに泊まっている男は表情も変えずに言い、

「今度、帰ってきたのは、きみからのインタビューを受けるのと、秦野《はたの》先生の墓参りのためだ。明日夜の便で、あっちに戻る」

昔からの友だちだったせいか、名刺交換をすることを忘れていた。小田切は名刺を取り出した。リュック型のバッグをテーブルに置いて、むこうも名刺入れを取り出した。

小田切の名刺には「日報新聞社　ガリレオ編集部」という所属名が記されている。渡された名刺には「サクラメント工科大学　考古生化学研究所　客員研究員」という肩書が英語で、そして小さく日本語でも記されていた。

「きみが科学雑誌の編集部で仕事をするとは、夢にも思わなかった」

名刺に目を落としていた夏原が顔を上げ、少し笑った表情で言った。小田切も笑った顔で応じた。

「こっちも、あの頃は夢にも思っていなかった。文系の卒業だから、新聞社に入って学芸部の記者をやろうとしてたら、なぜか社会部経由で、科学雑誌の編集部に送り出された。だけど、ご心配なく。ガリレオに移って四年目だから、だいぶ自然科学のほうも強くなってる」

小田切は貸し会議室備えつけのコーヒーサーバーから焦げ茶色の液体をカップに注いで、夏原の前に置いた。先ほど試しに飲んでみた時は、アメリカンよりも薄かったが、いちおうコーヒーの味はしていた。

薄いコーヒーを、夏原は旨そうに飲む。その姿にカメラを向け、小田切は何度かシャッターを切った。長方形のファインダーに切り取られた顔は、最初受けた感じとは違って、目の下にははっきりと隈《くま》ができ、頬も少し削《そ》げている。無理もないだろう。日本にいた時よりずっとハードな日々を送っているはずだ。

カップを置いてもらい、こちらを向いた写真も何カットか撮る。洞窟住居での発掘の様子や発見された乳歯を写した写真はすでにネット経由で送ってもらっていたから、あとは顔がはっきりわかるものさえ撮ればよかった。

カメラをバッグに戻し、小田切はボイスレコーダーをセットした。

「話すのは、メールで送ってもらった項目でいいのか」

夏原が訊いてきた。

「ああ、謎の乳歯を掘り当てた時のことと、その後の研究成果だ。とくに、核ゲノムの解析も行っているだろうから、その結果も知りたい」

「ぼくのインタビュー記事が載る号の発売日はいつなの?」

「来年正月明け発売の『ガリレオ』に載せる予定になってる」

「じつは年末に出る『ラボ』に論文が載ることが決まってるんだ。なにしろ注目の研究だから、査読のほうも超スピードでやってもらった。だから、その後に出る雑誌だったら、詳しいことも話せる」

「ネイチャー」や「サイエンス」と並ぶ、世界的権威を持つ科学雑誌の名前が出てきた。同じ科学雑誌でも、日本国内専用で一般読者向けの「ガリレオ」とは比べるのもおこがましいが、それほどに彼の研究は評価されたというわけだ。

「いいよ、『ラボ』様に先んじようなんて思わない。だいたい、普通の読者は『ラボ』や『サイエンス』なんて読んだりしないからな」

笑いながら精一杯の強がりを言って、ボイスレコーダーのスイッチを入れた。

謎の乳歯を発見するまでの経緯は、すでに新聞などで報道されているし、「ニューズウィーク」や「ナショナルジオグラフィック」の日本語版が特集記事を組んでいたから、おおよそのことは、小田切も理解していた。それゆえ、ポイントとなる部分だけを質問していく。

話は、乳歯を発見した時のことへと差しかかった。

「その時は移植ゴテを使って少しずつ掘ってたんだが、金属の先端が何か違ったものに当たった。きみにもわかるだろ、断層なんかを掘ってて石器とか土器とかに当たった感触」

「ずいぶん昔のことだけど、手が憶えてるよ。ああ、何かがあるなって感触」

「それだよ。軍手の指やブラシで土を払いのけたら、白っぽい板のようなものが出てきた。石灰岩を加工した板じゃないかと思った」

「大発見だと、興奮した？」

「興奮はしたが、あれほどの大発見につながる扉だとは思わなかった。加工された石灰岩の板だったら、石工だった一家の長ヨセフが住んでいた家だったという傍証になるんじゃないかと思ったのが、正直なところさ」

「ヨセフって大工だったんじゃないのか」

日本の読者のために、理解しやすいように訊いておくことも、インタビュアーの務めだ。

「日本では大工だと言われてて、ぼくもそう思ってたんだけど、あっちに行って、石工だったらしいことがわかった。イスラエルは日本みたいに木材が豊富じゃないから、大量にある石灰岩を削って家の材料にしたり、あるいは石灰岩の洞窟をまるごと住居にしてたんだ。石工ではなく、限られた木材を使って窓枠などを作る木工職人だったという説もあるが」

「石灰岩の小さな板が蓋だとわかり、中から羊皮紙に包まれた乳歯が出てきた時は、どう思った」

「まず羊皮紙のようだと気づいて、文字でも書かれていないかと期待したんだが、何も書かれていなくて、少し茶色がかった乳白色の小さなものが出てきた。瞬間、頭の動きが停止してしまった。よく憶えていないんだ」

当事者は正直なことを言って、苦笑いの表情になる。

「何秒かたって、これ、どこかで見たのと似てるなと思い、それが乳歯だと気づいた。おふくろがね、僕の乳歯を取っておいてくれてて、それで憶えてたんだ」

「その乳歯がイエスのものかもしれないと思った？」

夏原は首を横に振った。

「そのまま書いていいけど、キリスト教には縁のなかった人間の悲しさでね、まったく間抜けた話だが、ああ、この家の母親が子供の乳歯を大切にとっておいたんだなあって。そう、うちの母親がしたように」

二人は声を合わせて笑ってしまった。そのまま書こうと、小田切は思った。夏原の人間性を伝えることができる。

「ただ、いっしょにいたドイツ人のアンディ——ああ、『ラボ』に載せる論文の共著者でアンドレアス・ミュラーというんだけど、彼はイエスか、あるいは彼の弟妹じゃないかって興奮したらしい。なにしろ子供の頃から教会に通っていた男だからね」

「永久歯じゃなく乳歯だってことは、間違いないの？」

いちおうは念押しした。

「当然、歯科の専門医に見せている。大きさからいっても、エナメル質や象牙質の薄さからいっても、乳歯で間違いなし。僅かながら歯根も残っていてな、抜けかけてグラグラしてたところを、食い意地のはった歯の持ち主が木の実とか固いものを噛んで、抜けたんじゃないかというのが、専門医の見解だ」

「もしかしたら、食い意地のはったイエス様が、か」

二人は顔を見合わせて、ニッと笑った。

「で、その乳歯が、こんな結果になるとは？」

一瞬の沈黙が過《よぎ》ったあと、夏原は「まさかね」と短く言った。それから、早口でまくしたてた。

「ぼくは科学者で、科学に基づいて研究を進めてるんだ。しかし、そこに突然、神という非科学的な代物が侵入してきた。科学は論理的で検証可能だが、宗教は非論理的で検証不能だ。その二つが合体したんだから、頭の中は混乱の極致にある」

科学者はカップのコーヒーをひとくち飲んだ。受け皿のないカップをテーブルに戻したあと、一転、今度はゆっくりとした口調で言った。

「放射性炭素による年代測定でイエスが生きていた時代を含むという結果が出た時は、そう驚かなかった。上に建てられていた教会で発掘された食器から得られた食べ物のカスが、紀元一世紀から三世紀前半のものだとされていたから、洞窟住居の住人がイエス時代の人間だったとしても、まったく不自然なことはない」

「放射性炭素年代測定というのは、試料に含まれている炭素量がどのくらい減っているかを測って、年代を推定するやり方だよな」

一般読者のために念押しの質問をする。

「そうだ。どんな生物でも死ねば時間がたつにつれて組織内にある炭素の量を減らしていく。だから、放射性の炭素を選んで、その減り具合を測定して、生きていた年代を推定する方法だ」

放射性炭素年代測定だけでない。この先も、ミトコンドリアDNAと核DNAの違いや、DNAの塩基配列など専門的な話が出てくる。解説のスペースを別に作ったほうが読者に親切かもしれないと、小田切は思った。

「発見した乳歯は、どの個所の歯だった」

「上側の第一乳臼歯」

「年代測定は、どこかに依頼したの」

「うん、最新の装置があるサクラメント工科大学のAMSセンターに頼んだ。年代測定では、歯のコラーゲンを試料として使うんだが、小さな歯一本だったから、かなり苦労したらしい。だから、誤差も入れて二百五十年という幅ができたが、イエス時代のものだというのは間違いない」

「DNAの分析は、きみがやったんだろ」

「あたりまえだ、ぼくの専門領域だからな。うちの研究室にはDNAの塩基配列を読み取る最新鋭の次世代シーケンサーが何台もある。まずは、当然、ミトコンドリアDNAを調べた。おい、核とミトコンドリアの違いはわかってるんだろうな」

「文系の人間だからといって、ばかにするなよ。高校の生物の授業で習ったし、それにいちおう科学雑誌の編集者なんだ。いいか、細胞内に一つしかなくて遺伝情報がいっぱい詰まった核に比べて、細胞のエネルギーを生み出すミトコンドリアのほうは同じものが大量にあって、しかも持っている遺伝子の数が限られているから、手っとり早く調べられる。えーと、たしか核には二万もの遺伝子があるのに対し、ミトコンドリアのほうはわずか三十七の遺伝子しか存在していないんだよな」

インタビューを前にして、このあたりのことはしっかり勉強してきた。

「正解だ。さすが科学雑誌の編集者」

「それで、DNAが違ってたんだな」

核心部分の話だ。

「そう、似ているが、ホモサピエンスとは違っていた。かつてヨーロッパに広く住んでいたネアンデルタール人やシベリアで発見されたデニソワ人のミトコンドリアDNAはすでに解析されているが、それらとも違う」

「人であることには間違いないのか」

「乳臼歯の形状からみても、染色体の数からいっても、人類であることには間違いない。現生人類ホモサピエンスのミトコンドリアDNAと違うといっても、けっこう近い。もっと詳しく言おう。謎の乳歯とホモサピエンスとのミトコンドリアDNAの相違点は七十二しかなかった。ホモサピエンスとネアンデルタール人の相違点は平均で二百だ。つまり、謎の乳歯の持ち主は、ネアンデルタール人より、ずっとホモサピエンスに近い」

ここまで言って、口をつぐんだ。小田切にしても、言葉が出てこなかった。具体的な数値を挙げて言われると、やはり衝撃的な事実だ。頭のうしろが少し寒くなる。夏原は息を吐いて、言った。

「狂喜乱舞したのは、キリスト教の信者たちさ。発掘資金のほとんどはアメリカにあるプロテスタントやカトリックの団体から出ている。発掘責任者からしてアメリカ南部の原理主義教会の熱心な信者だったから、ぼくもアンディも大いに称賛された」

「その結果が、信者たちの教会回帰か」

「何日か前、ドイツに帰っているアンディからメールがあって、ほぼ毎日曜、教会に通うようになったってさ」

夏原は唇を歪めて、皮肉っぽい笑みを作った。人懐っこい笑みを浮かべることが多い男だったが、時折、こうした笑いを作る時もあったことを思い出した。

「そのアンディって男は、元々がクリスチャンだったんだろ」

「親に教会に連れていかれ、洗礼も受けた。が、大人になってからは面白くもない牧師の説教は聞きたくないと、ここ何年も教会には足を踏み入れていなかった」

「なんちゃってクリスチャンか」

「そういう形だけのクリスチャンが多いんだよ、ヨーロッパでは。プロテスタントの一大拠点であるスイスやオランダで安楽死や売春なんかが認められ、歴史的なカトリック国であるフランスでも『なんじ姦淫するなかれ』なんてどこかへすっ飛んで、皆さん、セックスを楽しんでいる。アメリカでも、教会に行かない若者は増える一方だった」

「そんなところに、イエスは神の子だったんじゃないかって証拠物件が現れて、教会に通う者が増えた、と」

「神様が恐いから教会に通うのは、閻魔《えんま》様が怖くて、悪いことを思い止まった昔の子供と同じだな。ま、悪い話じゃないか」

インタビュー相手が旧友だったから、つい話が本論から逸れてしまう。

「ミトコンドリアDNAのほうは、わかった。それで、本命の核DNAは、どうなったんだ？　『ラボ』に書いたんだろ」

まだ明かされていない事実へと、小田切は話を誘導した。

「無数にあるミトコンドリアと違って、一つの細胞に一つしかない核のDNAは多くが壊れていた」がっかりさせるようなことを言ったあと、夏原はにやりと笑った。「だが、読み取れた部分から、面白いことがわかった」

焦《じ》らすように、夏原はカップに手を伸ばし、コーヒーをゆっくりと飲んだ。空になったカップをテーブルにかたんと音をさせて置いた。

「DNAの前に染色体の話をすると、すでに発表されているとおり、数は四十六本で人類であることは間違いない。Y染色体も確認された」

「乳歯の主は男か」

　性染色体でXXの組み合わせは女性、XYは男性。そしてイエス・キリストは、言うまでもなく男だ。

「核DNAのうち読み取りができたものをホモサピエンスと比べてみると、やはり少しずつ異なっている。ネアンデルタール人やデニソワ人とも違う。詳細は『ラボ』を読んでほしいんだが、面白いことを一つだけ教えておこう。いわゆる瞳と呼ばれる部分の色だ。目の色は十五番と十九番染色体に載っている二つの遺伝子の組み合わせによって、青、緑、茶色が決まる。そして、歯の持ち主の目の色は茶色だった」

「俺たちと同じ目の色だったと」

「西欧の絵画には、イエスの顔は彫りが深くて、目の色も青い、西欧人らしい面立ちのものが多い。だが、実際に当時、イスラエルに住んでいたユダヤ人は黒い髪に茶色い目の人間だったらしい」

　小田切は、頭の中に今までに得た情報を片端から並べてみた。イエスが育ったというナザレにある洞窟住居。住居を護るように上には教会が建てられていた。発掘された乳歯は羊皮紙に包まれ、壁際の床に隠されるように埋められていた。放射性炭素年代測定によれば、乳歯はイエスの生きていた頃を含む年代のもの。DNAはミトコンドリアも核も、現生人類ホモサピエンスとは異なる。男性を意味するY染色体が確認されていて、目の色は当時のユダヤ人と同じ茶色――。

夏原が言った。声が少し震えていた。

「科学的、客観的データが、その乳歯の持ち主は神の子イエスである可能性が高いことを示しているんだよ」

4

クリスチャンの墓地は空が広い。背の高い墓石が林のごとく立っていることもなく、背後に鬱蒼《うっそう》とした木々を背負っているわけでもない。広い芝生に間隔を置いて小ぶりの墓石が置かれている様は公園墓地のようでもあるが、それぞれの石に刻まれた十字架が宗教的な統一感を作り出している。

武蔵小金井の駅からバスに揺られて十五分。秦野統一郎《とういちろう》の墓へ来るのは二度目だった。前回はつい三カ月ほど前、秦野の納骨式の時で、牧師や多数の参列者がいた。

秦野牧《まき》が用意してきた白い花を墓前に置き、両手の指を組み、胸の前で合わせた。男二人もそれに倣った。

短い祈りの時が過ぎて、夏原が言った。

「手を合わせて、先生に謝ったよ。すぐに駆けつけなきゃならないのに、ご逝去を知らされた時は、あの乳歯に関わっていて、夜も昼もなかった」

牧が墓石に目を向けたまま、言った。

「葬儀に来て、いくらお墓の前で手を合わせても、本人にとって意味があるとは思えないわ。それより亡くなる少し前、夏原くんがすごい発見をしたのをニュースで知って、喜んでたよ。そっちのほうが恩師孝行」

「だったら、ちょっとは気が楽になる——ああ、お母さんは元気？」

「オヤジ、脳出血で突然死みたいなものだったから、ショックで一時は体調崩してた。だけど、今は元気よ。中野の家には兄夫婦がいっしょに住むようになってて、問題なし」

短い話をしてから、三人は霊園事務所に併設されている休憩所のほうに向かった。途中、やはり白い花束を持った家族連れとすれ違った。新多摩霊園はプロテスタント系の墓地だが、空は広いし、線香の臭いも流れてこないので、公園を散歩している気分にもなる。

事務所の前にある自動販売機で、皆は揃って冷たい飲料を買った。サンシェードが陽を遮っているテラス席についた。十一月も末だというのに、太陽の光は強く、大きな鳥が空を過ったのか、芝生を濃い影が走った。

「暑いな。もうすぐ冬だとはとても思えない」

ペットボトルのミネラルウォーターをひとくち飲み、小田切は呟いた。テーブルをはさんで真向かいに座っていた夏原が応じた。

「そういえば、今年の夏もひどく暑かったみたいだな」

「みたいだ?」

「うん、DNAの読み取りと論文の執筆で、ほとんどエアコンの効いた部屋から出なかった。温暖化がますます厳しくなってきたってことか」

晩秋にしては薄い生地のワンピースを着ている牧が口をはさんだ。

「ねえ、一部のクリスチャンの間では、こんなことが言われてるの知ってる? 神による最後の審判の時が近づいているって」彼女は空に目を向けた。「ヨハネの黙示録に『太陽は人間を火で焼くことを許された。人間は激しい熱で焼かれ』とある。神を軽んずる者に対する罰よ」

「これだからキリスト教は困るよな」大声で言ってしまって、ここがクリスチャンのための墓地であったことに気づき、小田切は声を小さくした。「天変地異が起こると、すぐに最後の審判に結びつける。時々あるだろ、最後の日が迫っているとして山中に逃れ、でも、何も起こらなかったって話」

牧は笑わず、突き放すような口調で言った。

「私だって聖書を丸ごと信じてるわけじゃないからね。だけど、夏原くんが神の子の乳歯を見つけちゃったから」

「よせよ、ぼくは遺跡を発掘して、羊皮紙に包まれた古い歯を見つけただけなんだ。それを分析したら、イエス時代のもので、しかもホモサピエンスと異なるDNAを持っていたってだけだ。ただ――」

そこまで言って、夏原は口ごもった。

「何かあったのか」

「いや、たいしたことじゃない。ぼくは自然科学の人間だからね、こんなこと言うと、オカルトじみてると思われるんじゃないかって」

何が出てくるのか、小田切はつい身を乗り出した。

「掘り当てた日の明け方に見た夢の中に、秦野先生が出てきたんだ。先生が『夏原、クソ根性だ』と叫んで、それで目が覚めた」

なんだ、夢見か。前に出ていた顔と上半身が元の位置に戻った。

牧が表情をゆるめた。

「ド根性じゃなく、クソ根性って言うのが、オヤジの口癖だったからねえ」

小田切も続いた。

「ぼくも何度か言われたよ。考古学は土器や石器、人骨を発掘してからは学問だが、掘り当てる前は金鉱掘りと同じだってね。あと三十センチ掘れば、お宝が眠っているかもしれない、クソ根性で掘りまくれって。最初、聞いた時は、ほんとうに大学教授なのかと思ったよ」

故人のことを思い出して、三人、大声で笑ってしまった。一つ置いた席にいた女性二人の視線がこちらに向けられて、慌てて口を閉じた。夏原が話を元に戻す。

「その頃、ナザレの発掘現場では、掘っても掘っても岩や石しか出てこないから、みんなの士気も落ちていた。その中では、ぼくは真面目にやってるほうだったけど、正直、ここはだめかなあとも思っていた。なあ、宮城の田舎にある遺跡の発掘の手伝いに行ってた時のことを憶えてるか」

話が学生時代のことに振られた。記憶をたぐり上げるのに二、三秒かかった。

「ああ、みんな、先生に引き連れられて、とんでもない山間僻地《へきち》まで行った」

「あの時も、遺構の一部らしきものが見つかったというんで、掘ってみたんだけど、それっぽいものには突き当たらない。土ばかり掘ってて、みんなどこかやる気を失くしていた。その時、先生が一喝したんだ。『今、掘っているそばに住居跡が眠っているかもしれないんだぞ。ここで意気消沈してる奴は考古学をやる資格はない。クソ根性を出せ』ってさ」

その時の顔も声も頭に甦った。情熱家だっただけに、怒ると赤鬼のような顔になり、張りのある声が一同の頭の上に響き渡った。

「その翌日だったよな、本体となっている集落の遺構が見つかったのは」

小田切はうなずいた。小規模ながら、縄文中期だと思われる集落跡が見つかったのだ。

「秦野先生が夢に出てきたんで、気合を入れ直して、発掘現場に向かったんだ——そしたら、あれが出てきた」

「おい、その話、『ガリレオ』で使わせてもらうぜ」

夏原は慌てたように右手を横に振った。

「やめてくれ。わけのわからない乳歯を掘り当てただけじゃなく、そうなったのも秦野先生が夢に出てきたおかげだって書かれたら、科学なのか超常現象の世界なのか、わからなくなる」

「だいたい、秦野統一郎の名前を下手に出すと、おかしなことになるよ」

牧の冷やかな声が男二人の会話に割って入った。とたんに現実に引き戻された。考古学の重鎮だったが、一大スキャンダルに巻き込まれて、大学を追われ、学界からは相手にされず晩年を送った。新聞社発行の科学雑誌で秦野統一郎をオカルト的な形で登場させるのは得策ではない。

「わかった、インタビューはあれで充分。秦野先生に登場してもらうのはやめよう」

「頼むよ」夏原は表情をゆるめた。「じつは、今度、日本に帰って来て、先生の墓参りをしたのは、礼を言うためでもあったんだ。ぼくのことを国際調査団に推薦してくれたのも先生だったし、夢にまで出てきて励ましてくれた」

「オヤジはアメリカに渡った夏原くんのことを心配してたのよ。ナザレで発掘に当たっていた時だって『掘っても掘っても何も出てこないと、気持が弱くなるものだからなあ』と言って、私に虎屋の羊羹《ようかん》を持たせた」

「ああ、あの羊羹は旨かった。ただし、緑茶がなかったから、紅茶で食べたんだけどな」

意味がわからず、仲間外れになった小田切は「羊羹って何だよ」と訊いた。牧が答えた。

「去年の末、イエスの史跡を巡るツアーがあって、参加したのよ。私、フレスコ画っていう教会の壁画を観てまわるのが趣味なんだけど、イスラエルには行ったことがなかった。で、ナザレの受胎告知教会に行ったついでに、発掘現場を訪ねて、陣中見舞いだと、羊羹の差し入れをしたの。夏原くんが甘党だったこと、オヤジ憶えてたみたい」

思い出した。夏原は大の甘党で、秦野先生の自宅にお邪魔した時など、ケーキや和菓子が出てくると、真っ先に手を伸ばしたものだ。

「久しぶりに日本の羊羹を食べて、元気になった。それから三カ月くらいたった頃かな、夢に先生が出てきて、とうとうあの歯を掘り当てた。何から何まで先生のお陰だったような気がする」

夏原はしんみりした口調で言った。合理主義のかたまりみたいな人間だが、人情の機微はわかる男だ。牧が明るい声で言った。

「でもさ、あれだけの成果を上げれば、いろんなところからオファーが来てるんでしょ」

「ああ、有名な大学から、日本でいう准教授として来ないかというオファーが三つばかり届いてるんだ。もうすぐ研究員としての契約が切れるところだから、助かった」

小田切も名前だけは知っている大学の名前が、夏原の口から出てきた。

「すごいじゃないか」

「いや、それもこれも橋渡ししてくれた先生のおかげだ。牧もナザレまで羊羹を届けてくれたし、なにかな、ぼくは秦野親子に世話になってしまった」

夏原は牧に向かって、わざとらしく頭を下げる。

「いいって、古いつきあいなんだから」

牧は細い指をしならせて、空気を打つ。もともとが目鼻だちの整った洋風の顔だったのが、目元や頬のあたりからお嬢さんぽさが失せ、これで白いシャツに細身のジャケットを着せれば、女医というよりハリウッド映画に出てくるアメリカのキャリア・ウーマンだ。

夏原が秦野の口ききで国際調査団に加わった経緯は、昨日、夏原本人から聞いていた。秦野親子が通っていたのはプロテスタント系の教会だった。その教会関係者から、ナザレの遺跡で発掘調査をする日本人研究員を探しているという話を聞きこんだ。秦野は、すぐに夏原圭介のことを紹介した。

夏原にとっても、渡りに舟だった。四年契約でカリフォルニア州にある大学の研究室で働いていたが、思うような研究素材に出会えない。そこで、大学の許可を得て、国際調査団の一員となった。それが幸運の始まりだった。

「しかし、上手くいく時は上手くいくもんだな。羨ましいよ」

小田切は言った。予想に反して、夏原は唇を尖らせた。

「上手くはいったが、納得はしていない。ぼくは自然科学の研究者だからね。『謎の乳歯の発見者』はいいとして、『イエスの乳歯の発見者』と呼ばれるのは、とても我慢できない。神の遺伝子なんて、あんなものがあるはずがない」

「どうして『神の遺伝子』がないと断言できるの」

クリスチャンである牧が一転、硬い響きのある声で言った。

夏原がぼそりと答えた。

「神は再現実験ができないからな」

一瞬の間を置いて、牧がふき出した。小田切も笑った。やはり一級の合理主義人間だ。一つ置いた席にいた女性二人は、もうどこかに行っている。晩秋になっても熱を帯びている空気に笑いが投げ込まれた。

笑いを鎮めるため、小田切はミネラルウォーターのボトルに手を伸ばした。飲みながら、思った。いかにも夏原らしいコメントだな、と。

自然科学の証明は再現性が命だ。ある研究者が発見した現象を、他の研究者たちが同じ手法で再現実験をして、同じ結果を得る。ここで初めて、科学的に正しいと証明される。

だが、宗教は違う。一度きりの個人的な神秘体験でも、それが源流となって広まっていき、やがては世界宗教にまで発展する。神秘体験を再現実験しろなどとは、誰も言わない。

夏原が言った。

「正直なところを話そう。あの乳歯は、誰かが、あの場所に埋めておいたんじゃないかと疑ったことがある。いや、今でも疑っている」

小さく咳払いをしてから、牧が言った。

「つまり、野々村勝一《ののむらしょういち》と同じ行為を、誰かがやった、と」

夏原はゆっくりうなずいた。

「みんな思い出したくないことだろうけど、あえて言う。野々村と同じようなことが、行われた。誰かが二千年くらい前の乳歯を見つけ出してきて、あそこに埋めた、と。そして、それを、僕に見つけさせた、と」

「発掘現場は、誰でも立ち入ることができたのか」

小田切は訊いた。

「掘っても掘っても、何も出てこない現場だったから、盗掘者を防ぐための警備員なんて置いていない。夜になれば、発掘する人間も少し離れた大型テントに帰ってしまうから、地面を掘り返して何かを埋めたとしても、誰も気づかない」

何秒かの間、三人から言葉が消えた。牧が口を開いた。

「つまり――埋めた犯人は、キリスト教の関係者だというの？」

「まあ、そうだ。少年時代のイエスが住んでいたと思われる住居跡から、二千年前の乳歯が丁寧に羊皮紙に包まれた状態で出てきたんだ。誰だって、その乳歯が特別なものだと思うだろう。そこまで大事にされていたんなら、天使から受胎告知を受けていた母マリアが神の子イエスの乳歯をとっておいたと、多くの人間が考えるだろうと計算した。

何のために――むろん、神の存在を疑い、教会から離れた者たちを信仰に呼び戻すためだ。そして、さらにキリスト教徒の少ない国にも信者を増やそうとした。壮大なフェイクだ」

「それは、あるかもね」クリスチャンであるはずの牧がさらりと言う。

「世紀のフェイク、大陰謀――だが、それも乳歯のDNAを調べるまでのことだ」

夏原は両手の指を頭に当て、髪を掻きむしるような仕草をした。フーッと息を漏らしてから、言葉をつなぐ。

「ミトコンドリアDNAを調べて、わけがわからなくなった。分析機にかけて、ホモサピエンスとは異なるDNAの配列が読み取れた時には、現実のこととは思えなかった。これは、いったい何なんだ？」

「子供時代のイエスがそこに住んでいて、乳歯のDNAは神の子の遺伝子だったというので、不都合はないの？」

牧が静かに言った。一瞬、夏原はたじろいだような仕草を見せた。

「私はクリスチャンで洗礼こそ受けてるけど、大学の頃から教会には行かなくなったわ。身を慎みなさい、日曜は主の日だから教会で祈りを捧げなさい――いちいちこんなこと聞いてたら、人生、楽しめないじゃないの。こういう教えって、人生をつまらなくするための知恵じゃないかって。そうね、身を慎みに慎んで欲求不満に陥った聖職者たちが、似たような人間を増やそうという悪だくみじゃないかって、当時は考えていた」

牧は目を細めて笑いの顔を作り、男二人もおつきあいみたいに同じ顔を作った。

「それが、夏原くんが神の子の乳歯を発見したという話を聞いて、また教会に行ってみる気になったのよ。行ったら、けっこう気持がよかった。みんなで声を揃えて、信仰告白の言葉を唱え、賛美歌を歌うって。ハハ、くせになりそう」

真面目なのか不真面目なのかわからないことを、目の前のクリスチャンは言う。

夏原がようやく言った。

「クリスチャンは、それでいいだろう。だが、研究者としては、そうはいかない。小田切の考えも聞きたい」

話を振られて、困った。短い間、考えて言った。

「今はわからん。それが今の結論になる」

「なにか逃げてるような言い方だ」

「新聞記者と科学誌の編集者しかやってない人間から、ブレークスルーできるようなアイデアは出てこないよ。沼《ぬま》でもいたら、突拍子もない考えを言うかもしれないけどな」

「沼――やはり連絡がつかないのか」

「何度かスマホにかけてみたが、つながらない」

「沼のことだから、料金払えなくて、スマホを手放したのかもしれないな」

夏原の言葉は冗談だっただろうが、沼修司《しゅうじ》の場合はその可能性なきにしもあらずと思わせる部分もある。

「忘れかけた頃、突然、むこうから連絡がくるかもしれない」

小田切が言ったあと、牧がくしゃみをした。

「なんか、寒くなってきた」

半分以上沈んでいる太陽が、低く垂れこめた雲をオレンジ色に染めていた。温暖化が進んでいるとはいえ、太陽がいなくなれば、とたんにいつもの晩秋になる。墓地のほうから歩いてくる人の影もなくなっている。

「そろそろ行くか。帰りの便に間に合わなくなる」

まず夏原が腰を上げ、残る二人も立ち上がった。

5

「キリスト教を考古学的に解き明かそうとする動きは、大きく二つに分かれます。一つは現実に何があったのかを客観的に明らかにするというアカデミックな立場。もう一つは、聖書に記されている事象が実際にあり、聖書がいかに正しいかということを主張するためという立場です。前者は、イスラエルの洞窟から発見された死海文書を読み解き、キリスト教の成立を客観的に探ろうとする作業などです。後者のほうは、たとえばイエスが青年期を送ったガリラヤ地方でユダヤ教の会堂を発掘することとかですね。新約聖書には、イエスが会堂で教えを説いたとあるので、その場所を特定する研究です。しかし、どちらの立場に立っても、むいてもむいても何も出てこないタマネギの皮むきをしている観がありますす」

更科信三《さらしなしんぞう》は眼鏡の中の細くて眠そうな目をさらに細くして、笑ったような顔を作った。

「タマネギの皮むきといいますと」

「話が進むうち、おいおいわかってくると思います。それより、あなたはイエス・キリストに関する遺跡のことを、どの程度、ご存じですか」

小田切は正直に答えた。

「いちおうキリスト教の概説書は読んできましたが、遺跡を含めて詳しいことは、あまりよく理解できておりません」

「では、まずイエスの生涯について少しお話ししましょう」

イエスがイスラエルに誕生したのは、紀元前四年頃のことである。処女懐胎で子供を宿した母マリアが旅の途中、ベツレヘムという町でイエスを産んだ。国王からの迫害を逃れるため、一時期、エジプトに移り住んだが、のちに故郷のナザレに戻って、青少年期を送った。三十歳を前にして、布教の旅に出る。旅の途中でペトロやヤコブなど多くの者を弟子にし、病気を治したり死者を甦らせたりと数々の奇跡を行った。イエスたちは都であるエルサレムに到達したが、その直後、反対勢力に捕らえられ、当時この地を統治していたローマ総督に引き渡されたあと、紀元三十年頃に十字架刑で死んだ。しかし、死後三日目に墓から甦り、弟子たちと四十日間、暮らした後に、天に昇っていった

――。

東和大学の宗教学の教授である更科信三は、イエスの生涯をわかりやすくまとめて説明してくれた。「イエスの乳歯」についての記事には、日本人向けに補足の解説も必要だろうと、キリスト教についての一般書を出している更科に取材を申し入れたのだが、彼の起用は正解だった。

「宗教考古学の話に戻りましょう。旧約聖書の世界は古すぎて、アカデミズムというよりも、宗教的ロマンに満たされたものが多いのです。一方、新約聖書――イエスの時代になると、二千年前とまだ新しいため、発掘調査が盛んに行われているのです。なにしろ紀元前後といえば、ジュリアス・シーザーが生きた時代よりも新しいんですからね」

イエス・キリストというのは、案外、現代に近い時代の人間だなと、小田切は思った。

「イエスが少年時代に住んだ家というのも、先日、乳歯が発見された洞窟住居とは違ったものも発掘されています。エルサレムではイエスが尋問を受けたローマ総督邸跡なども見つかっていますが、極めつけはいったん死んで遺体となったイエスが納められた墓でしょう。墓のほうは今、聖墳墓教会が建てられている場所と、プロテスタントがここそがイエスの墓だと主張している園の墓の二カ所あるんです」

「二つのうち、どちらが本当の墓なんでしょう」

「わかりません」更科は微笑みを湛《たた》えた顔で首を横に振った。「墓だったら、遺骨があるのが普通なんですが、イエスの場合は天に昇ってしまったから、何もない。それがタマネギの皮むきだということです。何が正しいのか最終的な結論が出せない」

　さらに更科は言った。

「イエスがガリラヤ地方にあるユダヤ教の会堂で説教をしたという聖書の記述に基づいて、発掘調査を行い、めでたく会堂を発見した。でも、これはイエスがそこで説教した可能性があるというだけで、証拠にはならない」

「では、アカデミックな立場に立ったとしても、やはりタマネギの皮むきというのは？」

「キリスト教という世界最大の宗教の謎を解こうと、調査をしたとしても、結局はふつうの考古学になってしまいます。どれほどの遺跡を発掘しても、当時のユダヤ人の生活ぶりがわかるだけ。死海文書については、ユダヤ教の一派であるエッセネ派が記したものというのが定説になっているのですが、古代ヘブライ語で書かれた文書を解読しても、ユダヤ教とキリスト教の関連がわかる程度です――どうでしょう、イエス・キリストの正体を少しでも明らかにしようと意気込んでいたとするなら、どこか拍子抜けするような話じゃないですか。タマネギの皮むきです」

「タマネギの皮むきですか」ふと疑問に思って、小田切は訊いた。「とても初歩的な質問で恥ずかしいんですが、イエス・キリストというのは実在したんですか」

　笑われるかと思った。だが、更科は真面目な顔で「いい質問ですね」と言った。少し間を置いて、次の言葉を言った。

「実在した、でしょう」

「でしょう？」

「ユダヤ人やローマ人は事実をこと細かに記録するのが大好きな人種なのですが、彼らが残した記録の中に、イエスはほとんど出てこないんです。フラウィウス・ヨセフスの記した『ユダヤ戦記』は当時のことが書かれた大著ですが、そこにもイエスについてはちらりと触れられているだけ」

「聖書の中には、いくらでも出てくるんじゃないですか」

「あれは弟子たちが書いた布教用の書物で、学問的な客観性はありません」ぴしゃりと言ったあと、更科は表情をゆるめた。「しかし、現実に多くの弟子たちが地中海各地に伝道に歩いたのですから、イエスは実在したのでしょう。ほとんどの研究者もイエスが実在していたこと自体はまず間違いないと言っております」

イエスは実在の人物だと決め込んでいた小田切は拍子抜けする感を覚えた。こちらの表情を見て取ったのか、更科は言葉を続けた。

「イエスと生活を共にした多くの弟子の存在もそうでしょうが、それ以上に聖書に書かれている数々の言葉は、誰かが捏造《ねつぞう》したものとは、とうてい考えられません。誤解を恐れずに言えば、人智をはるかに超えた高みに達している――もし、仮にモーツァルトが実在していたことが文献的にはっきりせず、彼の作ったというおびただしい至高の音楽だけが残っていたとするなら、どうでしょう？　モーツァルト以外にあれほどの音楽を作れる者は絶対にいないでしょ。文献がどうあろうと、モーツァルトは実在したのです」

　宗教学の教授は妙なたとえをしてきた。モーツァルト以外にあの音楽は作れないし、イエス以外に聖書の中の言葉は語れないということなのだ。

「イエスは、きっと実在していたんですよ。神であるか否かは別にしてね」

　少し考えて、小田切は訊いた。

「では、今回の乳歯の発見は、どんなふうにお考えになっているでしょうか」

　更科はすぐには答えなかった。眼鏡の中の目が閉じられた。

　目を閉じたまま、口だけが動いた。

「乳歯が当時貴重だった羊皮紙に包まれていた、放射性炭素の年代測定にかけるとイエスの時代を含むものだったと聞いた時、妙な感覚に襲われました。まさかのことが揃いすぎています。貧しい洞窟住居の住人なのに、乳歯が大切に保管されていて、しかもあの時代のものだなんて」

　ようやく目が開いたが、視線が険しかった。

「湧いて出てきた想像を打ち消すのに苦労しましたよ。私は宗教家ではなく、宗教学の学者ですからね。学者というのは、まず疑ってかかる嫌な人種です」

　下手な冗談を言って、口元をゆるめたが、視線の険しさに変わりはなかった。

「それが、あのＤＮＡです。乳歯の主は人類なのに、ホモサピエンスではない。神は自分に似せて人を作った――旧約聖書のその個所が頭の中にズンと響きました。むいてもむいても皮しか出てこないタマネギに芯を見つけた気分にもなりました」

宗教学の教授は口をつぐみ、目を落ち着きなくこちらの顔、天井、机の上にと彷徨《さまよ》わせた。何を思ったのか、フフッと笑った。

「混乱した末に手にとった書物は何だと思います」一拍置いて、更科は言った。「聖書です。むろん、宗教学が専門ですので、聖書は飽きるくらい読んでおります。私自身は洗礼も受けてはいないし、宗教的にはニュートラルな立場なのですが、つい聖書に手が伸びた。幾度も親しんだ書物なんですが、あの乳歯はイエスが残したもので、検出されたDNAは神の遺伝子だった――そんな仮定をした上で、聖書を読んだら、別の景色が見えてきた気がしました」

「どんな景色ですか」

「誤解を恐れずに申しましょう。イエスが神だったとしても、おかしくはないかな、と。あ、いえ」大学教授は慌てたように言いなおして、胸のループタイが揺れた。「イエスが神だと言ってるのではなく、そんな気分になったというだけです」

学者としての中立性や客観性が揺らぐと考えているに違いない。もう充分な話を聞くことができた。小田切はボイスレコーダーをオフにして、ノートも閉じた。

「ここから先は記事にいたしません。ぜひ、先生の率直な気持をお聞かせください」

小さく頭を下げた。更科はうなずいてから、口を開いた。

「イエスが神だという客観的な証拠は世界中のどこにもありません。イエスが死から甦って天に昇っていったというのは、あくまでも聖書の中でのお話です。しかし、それが事実だったかもしれない」更科の口調が強くなった。「イエスが神の子だったという状況証拠はあるんですよ。イエスがローマ総督からの尋問を受け、恐怖にかられた弟子たちは全員が逃げてしまった。一番弟子だったペトロにして『イエスなんか知りません』と三度にわたって証言し、我が身を守ったんです。ところが、十字架で死んだイエスが墓から甦り、天に昇っていったのを見てからは、彼らの態度が一変した。死をも恐れぬ勇敢な布教を行い、弟子たちのうちほとんどが反対勢力によって惨殺されている。臆病だった彼らが、なぜかくも勇敢な人間になったのでしょう」

眼鏡の中の細い目をこちらに向けて、問うてきた。

「イエスが天に昇るのを実際に見て、神が存在することを確信し、死をも恐れなくなった、と」

そう答えるよりなかった。大学教授は静かにうなずいた。

「ええ、状況証拠ではあるが、かなり強い状況証拠です。イエスが神の子だったという」

二人の間から言葉が消えた。研究室に、他に人はいない。窓から差し込む光が木目の浮きでた机をてらてらと照らしている。

突然のように、更科が訊いてきた。

「聖書はお読みになったことがありますか」

「あ、いや」正直に答えた。「書店で見たことはありますが、あまりの厚さに圧倒されて、開くこともありませんでした」

更科は立ち上がって、書棚のところまで行った。大辞典みたいに大きな本を抱えて、帰ってきた。机に置く時、指が滑って、ズンと音がした。

「目が悪くなってるので大型版を読んでるんですが、今度は筋力に問題が生じましてね」

六十代も後半に入っているように見える老教授は照れ隠しのような冗談を口にする。巨大な本の目次を開いて、言った。

「聖書の四分の三は、天地創造から始まって神と契約を結んだユダヤ民族の歴史が書かれている旧約です。とても興味深く面白いのですが、忙しい人には読み通す時間がないでしょう。そこで、イエスのことが書かれた新約聖書の部分ですが、これまた短くはない。大きくイエスの生涯や語った言葉について述べた四つの福音書、使徒言行録などに分かれますが、まずは福音書、それも使徒マタイが記したとされるものから読むのをお薦めいたします。四つの中でもいちばんわかりやすくイエスの生涯がまとめられているんですね」

更科はそのページを開いて、小田切のほうに向けた。

最初の個所を目で追って、頭がくらくらしてきた。

アブラハムはイサクをもうけ、イサクはヤコブを、ヤコブはユダとその兄弟たちを、ユダはタマルによってペレツとゼラを、ペレツはヘツロンを──。

延々と続いている。小田切は目を瞬《しばた》かせた。更科は笑いを含んだ声で言った。

「最初のところは省いてもいいんです。ただ、マタイの福音書にはクリスチャンではない人にもよく知られた『人はパンのみにて生きるのではない』『なんじの敵を愛しなさい』『神は九十九匹よりも迷い出た一匹の羊を探しに出る』などのことが記されています」

「九十九匹の羊よりも迷い出た一匹を探しに出るという言葉は、よく知られていますけれど、あれはどんな意味なんですか。一匹を探しに出たがために、九十九匹を危険にさらすことになりませんか」

「めちゃくちゃな話だと思いますが、それが神なのです。正しい行動をとっている大多数を無視してでも、誤った行動をとった一匹を忘れず気にかけている。キリスト教の神は愛の神なんです。何度も道を外れても、何度でも悔い改めればいいんです。そんなあなたを神は愛してくれるんです」

更科の言葉は熱を帯びていた。瞬きをしない目がこちらを見ている。自分は学者であり、中立な立場だと言っていたが、目の前にいる男が伝道師のように見えた。

(2) 東京都「絶海の孤島」

1

雑誌編集者は移り気だ。一つの記事が校了になると、すぐに気持は次の企画に向く。「ガリレオ」は科学全般を扱っていたが、文科系学部出身の小田切に天体物理学などはいささか荷が重い。そうなると、生物学がらみの記事を担当することが多くなって、「イエスの乳歯」の次は「都会に生きる野生動物」だった。都市の野生動物についての参考資料をコピーし終えた時、受話器を手にした加納真澄《かのうますみ》から声が飛んだ。

「小田切さん、電話が入ってます。沼綾乃《あやの》さんという方です」

沼と聞いて、すぐに沼修司のことが頭に浮かんだ。だが、綾乃という女性名は聞くのが初めてだった。電話のところまで行って、受話器を受け取った。

「小田切さんですか」

少し低めで、聞いた憶えのない声が聞こえてきた。

「そうですが」

「私、沼修司の妹で、はい、兄の持っていた名刺にこちらの電話番号がありましたので」

「はじめまして、沼くんとは大学時代、親しくつきあわせてもらいました」こちらの編集部に異動になった直後、沼修司と会っていたことを思い出した。「あの、それで――」

「兄が死にました」

言葉が出てこなかった。むこうが言った。

「崖から転落したんです。先月、警察から連絡があって、私が遺体を引き取りに行ったんです。もうお葬式も終わって、お骨になっていますけど」

「崖って、どこの」

「青ヶ島」

瞬間、それがどこなのか思い浮かばなかった。

「八丈島の先にある小さな島なんです」

「あ、ああ、東京都なのに、行くのにすごく大変だとかいう」

社会部勤務を経験していなければ、たぶん思い当たらなかっただろう。あの頃は都内版は丁寧に目を通していたから、なにか島に関する記事を読んでいたのかもしれない。

「ああ、そうか、沼くんは八丈島の中学で社会科の教師をしてたんでしたよね」

「いえ、中学校は去年、辞めました」

むこうの言うことが、上手く頭の中でつながっていかない。中学の教師を辞めたことも、青ヶ島で死んだことも、なにか事情があるのか。小田切は言った。

「どこかでお目にかかってお話を」

「お骨がまだ置いてありますので、よろしかったら、自宅のほうにいらっしゃっていただけますでしょうか」

明後日の土曜日に訪問する約束をした。彼女の自宅の住所や電話番号を聞いて、受話器を置いた。

椅子に座りこんで、呆然となった。

あの沼修司が死んだ。顎が張っていて首が太く、頑丈という言葉がそのまま当てはまる姿が脳裏に浮かんだ。死とはもっとも縁遠いように思えたあいつが死んだ。どうして？　戸惑いと疑問とが頭の中で交錯した。

名京大学「昔ものがたり探求会」。このちょっと変わった名称のサークルに大学時代、小田切秀樹、夏原圭介、沼修司の三人は入っていた。かつては「考古学研究会」というまっとうな名前がついていたが、時代とともに古くさくて堅苦しい団体は敬遠されるようになり、考古学を中心に据えながらも、各地の風土記、伝説、古文書解読まで含めて、昔の人の暮らしぶりを多方面から学ぼうというサークルに変わってきたものらしい。

同学年だったこともあり、三人は親しくつきあっていたが、それぞれに「昔」への興味の持ち方は異なっていた。

小田切にとって、古代への興味の始まりは中学二年の時、市が主催した発掘会にたまたま参加したことだった。河岸段丘の地層を掘っていて、黒くて細長い石を見つけた。細工されたような痕跡があった。川の水で洗ってみると、地肌が漆でも塗られたようにピカピカ光った。

黒曜石で作られた打製石器だと、発掘を指導していた高校教師が判定してくれた。ビギナーズ・ラックだっただろうが、その日の発掘会でのいちばんの収穫で、小田切は誇らしい気持でいっぱいになった。

黒曜石の石器は彼の宝物になった。以来、発掘会があると、参加した。土器のかけらや石器をいくつも見つけた。

小田切にとって、土器や石器の持つ学問的意義を学ぶよりも、当時の生活を想像することのほうが楽しかった。最初に見つけた黒曜石の石器は鮭の上る川のそばの崖にあった。鮭を突く銛《もり》の先端にこの石器は付けられていたのか、それとも包丁となって鮭をさばいていたのか。想像がどんどん膨らんで、自分が古代人になった気分になった。底の部分が煤《すす》だらけになった土器の一部を見つけた時には、一家の団欒《だんらん》が目に浮かんだ。石器や土器は古代の生活へと続くドアを開ける鍵だった。

発掘作業は好きだったが、アカデミックな意味での考古学への興味はいまひとつ湧かなかったため、大学は社会学部に進み、趣味として「昔ものがたり探求会」に入った。理学部に籍を置いていた夏原圭介は最初から目的がはっきりしていた。最先端の放射性炭素年代測定やＤＮＡ解析技術を駆使して、主観によらず、科学的に古い時代の事実を解明するのだと言っていた。理系らしく、なかなかクールな人間だったが、古い時代について興味を持ったきっかけは映画の「ジュラシック・パーク」だったという。「恐竜の血を吸った蚊が琥珀《こはく》の中に閉じ込められていて、そこから遺伝子を取り出す。それを蛙の核に入れて、恐竜を作り出すなんて、すごいじゃないか」

最初に会った日、彼が語っていたのを小田切は憶えている。

夏原と好対照だったのが、沼修司だった。彼は発掘調査で出土した土器や石器を検証するのに情熱を燃やしている正統派の考古学人間だった。二浪してまで名京大学文学部に入ったのは、考古学界の権威である秦野統一郎の講義を聞きたい一心だったからだという。

サークルの顧問をしていた秦野統一郎教授は若い人間が好きだった。遠路を厭《いと》わず発掘調査の手伝いに来てくれた小田切たち三人には、とりわけ親しく接してくれて、よく自宅に招かれた。中野にあるお宅で、奥さんの作る手料理をご馳走になった。

そこに秦野牧がいた。教授の一人娘で、名京大学の最難関と言われていた医学部に在籍していた。学年は皆同じで、それだけに仲よくなるのは早かった。もっとも、牧が美人すぎたことで、男たちの間に彼女をめぐる波風は立たなかった。たいした女性経験もなかった男どもは、現実的な恋の対象として牧を見るのは最初から諦めていた。小田切自身、

「あんなにきれいなんだから、もうつきあっている男がいるにきまってるさ」と言っていた。高い枝になっているブドウを諦めるために「あのブドウは酸っぱい」と自分に言い聞かせたキツネと同様に、「あのブドウには虫がついている」と言ったようなものだ。純粋理系の夏原や女にはまったく縁のなさそうな沼は、もっと腰が引けていた。

いや、牧の普通とは少し違った部分に、男どもは戸惑っていたこともあったはずだ。なぜ、医師への道を選んだかを訊いた時だった。「人を救う仕事をしたかった」「医者だったら、女性が自立して生きていきやすい」といった答を予期していた。ところが、彼女はこう言ったのだ。

「人間がどんなメカニズムで生きているのかを、自分の目で確かめてみたかったの。だから、将来は外科医になる」

男三人、続く問いかけができなかった。

つきあうんなら、普通の女がいい――そう思ったのを、今でも憶えている。

ともあれ、秦野の家で酒と料理をご馳走になりながら〝昔〟の話をするのは至福の時だった。教授夫妻が先に寝てしまい、終電になるまで話に興ずるのがいつものことだった。

大学三年の秋、そんな夢のような時は突然、終わった。

日本の考古学界、いや、日本中を震撼《しんかん》させた旧石器捏造事件、俗に言う〝魔法の手スキャンダル〟に巻き込まれたのだ。

野々村勝一は民間の考古学研究者だった。どこの大学にも属していない民間の研究者が、五万年以上前のものという中期旧石器時代の石器を次々に発掘していった。それほど古い石器時代は日本にはないとされていた定説を覆すもので、野々村は〝魔法の手〟の持ち主と称賛され、教科書にも載ることになった。

が、彼の旧石器発見はインチキだったことが、ある新聞社によって暴かれた。発掘の前夜、密かに石器を埋めておき、それを翌日に掘り出しただけなのだ。あまりにも単純な手口に世間は驚くとともに呆れた。

野々村は考古学の世界から追放された。追及の手は、野々村の〝旧石器〟にお墨付きを与え、日本には五万年より以前の中期旧石器文化があったことを主張した秦野名京大教授にも向けられた。秦野は職を辞することになった。

なぜ、あれほど単純な捏造が考古学界で受け入れられたのか。その原因はマスコミによってさまざまに言い立てられた。

まずは、学問の世界であそこまで大胆で単純なインチキを行う者がいるなど、誰も想像しなかったことだ。下手な細工をしていなかった分、バレにくかったと言えるかもしれない。次に、二十世紀の考古学はかなりアバウトな学問だったということもあった。人が作った石器なのか自然石なのかの線引きが曖昧だったり、五万年前の地層から出た石器ならば、イコール旧石器だとしてしまうような脇の甘さがあった。アカデミズムよりもロマンがもてはやされ、邪馬台国を探し求める夫婦の物語が世間の注目を集めたりしていた。

考古学会の権威と言われた秦野統一郎が本物だとお墨付きを与えたのは、彼個人の指向があったかもしれない。熱血漢だった秦野は考古学にありったけの情熱を傾ける人間を高く買っていた。農業を営むかたわら空いた時間のすべてを発掘に費やす野々村が持ち込む相談に、秦野は面倒がることもなく、専門的なアドバイスを送っていた。それゆえ〝旧石器の鬼〟とまで呼ばれた秦野の目が曇ったのかもしれなかった。

昭和は、民間の考古学研究家が数多く現れた時代だった。その頂点に立ったのが岩宿遺跡で旧石器を発見した相澤忠洋《あいざわただひろ》だった。いちやく有名人となった相澤に続けと、多くのアマチュア愛好家が地層が表れた崖を掘った。その中から光輝くように現れたのが〝魔法の手〟の持ち主・野々村勝一だったが、一大スキャンダルの発覚とともに考古学ブームは薄れていった。

秦野が辞職してからというもの、三人とも部室に行く足が遠のいた。自宅に赴くこともなくなった。就職活動の時期にもなっていた。

夏原圭介は考古生化学をより深く学ぶため、大学院に進むことを決めていた。

教職課程を履修していた沼修司は中学校の社会科教師の道を選択した。教師をする傍ら、地元の遺跡を発掘するのだと言っていた。

二人と異なり、専門性や学問への強い思いはなかった小田切は、進む道に迷った。ただ、就職しても「昔の文化」に関わっていきたいという思いはあった。マスコミを受験した。科学部や文化部に配属されれば、取材の中で「昔」に触れることができ、そのほうが自分には合っていると思ったからだ。幸い、大手の新聞社から内定をもらうことができた。

秦野牧は当然、医学部の五年次へと進んだ。

大学卒業後は会う機会がほぼなくなった。都内にいたのは夏原と牧だけで、沼は八丈島の中学に赴任した。小田切はといえば、まずは青森支局に配属され、おいそれと東京に帰ってくることはできなかった。

卒業後、夏原とは彼がアメリカに渡る直前に会っている。大学院で博士号を取得した夏原は非常勤講師として働いていたが、指導教官との軋轢《あつれき》があり、アメリカの大学の期限付き研究員として生きる道を選ぶこととなった。

「アメリカは競争が厳しくて、契約期間内に良い論文が書けなければ、放り出される。日本には帰る場所がないから、必死に食らいついていくしかないさ」

静かに、悲壮な決意を語っていた。そんな彼が四年の後、時の人として自分の前に帰ってきた。

一方で、沼修司。秦野先生の納骨の時も、夏原が帰国した時も、沼に幾度か電話をかけたが、つながらなかった。彼は死んでいたのだ。

2

練馬駅から続くごちゃごちゃした通りを区役所のほうに向かって歩く途中に、教えられた名前のマンションがあった。エレベーターで五階まで上がった。エレベーターを下りて、右に二部屋行ったところが沼綾乃の住む部屋だった。

インターホンのボタンを押すと、電話で聞いた声で返事があった。

ドアが開いて、沼綾乃が姿を見せた。髪を短くした、三十前後に見える女性で、一瞬、意外の感を受けた。沼の妹だというから二十歳そこそこの女だと勝手に思いこんでいたのだが、自分も沼修司も年をとり、三十代も後半になっているのだ。

簡単に挨拶をすませた後、玄関を上がった。その先がリビングダイニングだった。壁際の棚に遺影と骨壺を収めた袋があるのに目が行った。

遺影の前に立った。黒縁の眼鏡の中で真面目な表情を作っている沼はよく知っているあの男の顔だったが、目つきが険しくなっているようにも見えた。

小田切は遺影と骨壺に向かって掌を合わせた。

ダイニングの椅子に座るよう勧められた。用意してきた香典を差し出した。妹は固辞したが、結局は受け取った。

テーブルの上に紅茶のカップが置かれる。その白く細い手は、遺跡を発掘していた時に見た沼修司のごつい手とはまるで違う。細面で平安時代のお姫さまみたいな顔だちも、兄とは似ていなかった。

綾乃はテーブルをはさんで向かいの椅子に座った。紅茶をひとくち飲んで、むこうが口を開いた。

「先月でした。八丈島の警察署から電話があって、青ヶ島で兄と思われる死体が見つかったので、身元確認のために来てほしいって言われたんです。すぐに八丈島に飛行機で行きました。青ヶ島って離れ小島なんですが、幸いヘリのキャンセルが出て、チケットが取れたんで、翌日の朝にはむこうに着くことができました」

遺体は、今は廃港となっている港に続く村道の崖下で発見された。ポケットに入っていた運転免許証から沼修司だとわかった。免許証の住所欄にあった八丈島のアパートを調べてみると、妹である沼綾乃の連絡先が見つかった。そこで、警察では綾乃のところに電話をかけてきたらしい。

「それで、遺体の確認を」

「死後三、四カ月たっているとかで、身長や体つきは兄と同じくらいだとわかったんですが、顔は長く海水に浸かっていたというんで……」

妹は首を弱々しく横に振った。

「ただ、左手の小指が短くなっていることで、兄だとはっきりわかりました。三年ほど前、地層を発掘している時、上から石が落ちてきて、小指の先を潰し、切断するよりなくなった。まるでヤクザみたいだと兄は言ってました」

　それが本人だとわかる証拠になったのだと、綾乃は言う。

　沼修司は確かに死んでいたのだ。小田切は前にある紅茶カップを手にとり、口に運んだ。カップを受け皿に戻して、訊いた。

「沼くんは、どうして青ヶ島なんて場所で死ななきゃならなかったんです」

「為朝のことを調べてたんだと思います」

「タメトモ？」

　思ってもいなかった言葉に戸惑った。

「源為朝。昔の武将で、戦いに敗れて伊豆の島に流刑になったんだとかで、八丈島には為朝神社もあるし、為朝についての伝説がたくさん残ってるんです。兄は昔から為朝に興味を持っていて」

　頭の中にある知識の検索が始まって、あるところで止まった。

「そうか、為朝の鬼退治ですね。鬼ケ島は――」

　そこから先は曖昧になっている。綾乃が代わりに言った。

「鬼退治について書かれた本に載っている島の形からいって、青ヶ島だと思われてるんだそうです。兄は遺跡の発掘だけじゃなく、昔の物語が好きでした。為朝の鬼退治にしても、すべてが事実ではないだろうが、その元となる事実があったに違いない。それを探り出すのも考古学だって」

「そうだ、そうだ。沼くんは『伝承の中から事実を洗い出すんだ』とよく言っていた」

「でも、源為朝って、どのくらい前の人なんですか」

綾乃が訊いてきた。

「えーと……」

学生時代ならば日本の歴史に関する事象など即答できたものだ。が、頭の中に作ってあった整理棚の仕切りが曖昧になっていて、すぐには答にたどりつけない。たしか、源為朝は天皇と上皇が争った保元の乱で敗れて、伊豆の島に流刑になっている。平安時代の末期だ。源頼朝が鎌倉幕府を開いたのが「イイクニつくる」で、一一九二年だから、その前だということになる——コンピューターというより、旧式の電子計算機がカタカタ動いて答を導き出したみたいに時間を置いて、小田切は答えた。

「八百五十年くらい前の武将だったと思います」

「そんなに前なんですか」

苦笑してしまった。考古学や古生物学をやった人間ならば八百五十年前など昨日のようなものだが、普通の感覚ならば、ずいぶん昔のことなのだろう。小田切は言った。

「わからないことが多いのでお訊きしますが、一昨日の電話では、沼くんは昨年、勤めていた中学校を辞めたということですね。生れ故郷である八丈島の中学で社会科教師をやって、休みの日は発掘三昧するんだと言っていたのを憶えていますけど」

「八丈島には遺跡がいっぱいあるので、何年か前までは、そうした生活をしてたみたいです。だけど、為朝の鬼退治に興味が移ってからは、青ヶ島通いが多くなってきた。へリだと二十分でいけるんですけど、予約を取るのが難しいし、値段も高い。節約だと言って、片道三時間かかる船で行ってたらしいですね。でも、それが失敗の元となった」

フッと短い吐息を漏らし、綾乃は窓のほうを見た。すぐに視線を戻し、言葉をつなぐ。

「八丈と青ヶ島を結ぶ船は小さくて、風が吹くと、すぐに欠航するんです。それで荒れた天気が続いた時、島で足止めをくって、二日分、授業に穴をあけた」

「そりゃ、まずい」

「その前にも帰れなくなり、学校を休んだことがあったんです。それで、校長からこっぴどく怒られて、売り言葉に買い言葉で『こんな学校、辞めてやる』って言っちゃった」

今度は、小田切が吐息をつく番だった。綾乃と違って、長い吐息だった。

「中学を辞めて、生活のほうはどうしてたんです」

「八丈島にある別の中学が非常勤講師を募集してたんで、そこにもぐりこんだんです。非常勤の教員って時給は安いし、充分なコマ数も確保できないんですけど、発掘に当てる時間は取れるって。兄はお金がかからない人だったし」

「たしかに金はかからないみたいですね」

顔を合わせて、小さく笑ってしまった。大学時代の沼は服装などにはまったく無頓着で、いつも同じような服を着ていた。食事も、腹がいっぱいになるものを優先順位の一番にしていた。

「八丈島で借りていたアパートの部屋を片づけに行って、驚きました。服や生活用品は限られていて、あとは本や資料、掘り出した石器や土器といったものばかり。生活用品は処分して、でも、兄が発掘したものなどはすぐに捨てるのも申し訳ないんで、とりあえずは東京に送り、トランクルームを借りて、そのまま保管してあるんです」

「それは大変なものを相続してしまいましたね」

「私が見ても何が何だかわからないんで、お暇な時でけっこうです、一度、見てもらえないでしょうか」

「あ、いいですよ」

言ってから、安請け合いしていいのかと自問した。考古学とはすっかりご無沙汰していて、発掘物がどんな価値を持っているのかの判断には自信がない。だが、トランクルームをいつまでも妹さんに借りさせておくわけにもいかない。小田切は言った。

「年内は雑誌の年末進行で忙しいので、年が明けてからでもかまいませんか」

「お忙しいところ、申し訳ありません。急ぐことではないので、ぜんぜん大丈夫です」

妹は微笑んだ顔を作って、頭をぺこりと下げた。会ったのは今日が初めてだが、人当たりの柔らかさを感じる。兄とは正反対で似ても似つかないと、また思った。

聞かなければならないことは、まだ残っている。

「青ヶ島で彼は何をしてたんでしょうか」

「おそらく源為朝が鬼ケ島――青ヶ島で鬼退治をしたという証拠を探してたんだろうと

思いますが、はっきりしたことはよくわかっていないんです。なにしろ、費用を節約するため、兄は民宿には泊まらず、キャンプ場でテントを張って誰ともつきあわずに暮らしてたんです」

「キャンプ場なんてあるんですか」

綾乃はうなずいた。

「テントの中にあった私物を取りに、私もキャンプ場に行ってみたんですけど、地熱を使ったサウナとか調理施設とかあって、けっこう快適に暮らせるんです。テントの持ち主の姿が長く見えないというんで、駐在所に届けが出て、その時いちおうは島内を捜索したらしいんですけど、見つからなかった」

「テントの中に残っていた私物の中に島のどこでどんなことをしていたのか、わかるようなものは残されていなかったんですか」

「それは警察も調べたし、私も見てみたんですが、それらしいものはなかった。もしかすると、重要なものはバックパックの中に入れて持ち歩いていたんじゃないでしょうか。三年前の誕生日に、兄にちょっと高価なバックパックをプレゼントしたんです。兄はそれを気に入って、いつも持ち歩いてたみたいなんです」

「そのバックパックは？」

首が横に振られ、髪がわずかに揺れた。

「発見現場からは見つかってないんです」

「波で海に流されたとか」

「そうかもしれませんし、兄は別なところで海に転落して見つかった場所まで流されてきたかもしれないって、警察の方は言ってました」

「わからない尽くしですか」

「でも、警察では事件性はないと」

小田切は曖昧にうなずいて返した。三カ月以上も放置されていた死体ならば、よほど不審な点がない限り、事件性はないと結論づけられてしまうことは、支局や警察まわりを経験した者としてはよくわかる。事件性がなければ事故死。そう結論づければ、一件落着にできる。

「沼くんは他人に恨まれるような人間じゃありませんでしたしね」

たしかに周囲が切り立った崖でできている島なら、足を踏み外して海へ転落したとしても不思議ではない。発掘に夢中になっている時は、周囲の状況が見えなくなることがある。

しかし、沼は青ヶ島で為朝の何を探していたのだろうか。トランクルームに残されている遺品を見れば、少しはわかるかもしれない。

「沼くんはたしか中学三年の時、八丈島から東京のほうに越してきたと聞きましたが」

話を変えた。

「ええ、八丈島から大田区のほうに。父親が病死したんです。看護師をしてた母は大田区の生れだったので、まだ健在だった親を頼って東京に戻ったんですね」

　そうだった。そんな話を学生時代、沼から聞いた憶えがある。

「八丈島には何千年も前の遺跡もあったから、発掘少年だった兄は都会に引っ越すのはいやだったみたいです。まだ小学生だった私は都会の生活に憧れてたから、もう大賛成でした。だから、家のそばにファミマがあるのを見て、大感激」

　妹は最後は高い声で言って、おかしそうに笑った。兄の死を知ってひと月もたっていないのに、あまり湿っぽくないのは、離れて暮らしていたせいなのか。

　こちらの様子に気づいたのか、綾乃は声の調子を真面目なものに改めて言った。

「母も五年前に亡くなっていて、私、肉親のいない身になったんですけど、兄が死んだことについて、なぜだかあまり悲しい気にならないんです」

　綾乃は小首を傾げてから、テーブルの一点を見た。すぐに視線は戻った。

「こうなるのを、心のどこかで予期してたと思うんです。いつかはこんなふうになるんじゃないかって。でも、兄が好きなように生きてきた結果ならば、それは仕方がないことなんじゃないかって」

　一呼吸置いて、小田切は言葉を返した。

「なにか、わかるような気がします。あいつは思いこんだら、突っ走ってしまう。今度のことだって、源為朝の痕跡らしきものを発見して、まわりが見えなくなり、崖から滑り落ちたとか」

「もう、そういうの、何度も見てますもん。今でもよく憶えてますけど、東京に来てほどなく、群馬県にあるなんとか遺跡を見に行くんだって、兄は朝早く家を出た。ところが、夜になっても帰ってこずに、家族中で心配したんです。警察に届けようかと言ってる時に、兄が足を引きずりながら戻ってきた。なんでも、帰りの電車賃が足りなくなり、上野から歩いて帰ってきたんですって」

妹はフッと息を吐き、肩を落とす仕草をしてみせる。

「でも、無鉄砲で突っ走ってしまう兄を羨ましく見てたところもあるんです。私には絶対にできない。私は兄と正反対の性格なんです。顔もまったく違いますでしょ」

むこうから言ってきた。

「沼くんが縄文人なら、妹さんは弥生人」

「ええ、兄もそんなこと言ってました。私としては兄に似ていなくて助かったと思ってるんですけど、小さい頃は悩んでました、ほんとうに実の子なのかって。両親も兄といっしょで、縄文人なんですよ」平安時代のお姫さまみたいな顔をほころばせた。「でも、大田区の家に戻ってから安心しました。仏壇にあったひいおばあちゃんだって人の写真を見たら、私にそっくり」

「隔世遺伝ですか」小さな疑問はあっさり解けてしまった。

テーブルに載っていた綾乃のスマホがブルッと震えた。妹はスマホをちらりと見て、また視線を戻す。小田切は帰ることを伝え、綾乃のメールアドレスを聞いた。

椅子から立ち上がり、沼の写真に視線を投げた。さっきと同じ顔があった。「おい、おまえ、為朝の何を探してたんだ」心の中で呟いて、玄関に向かった。

3

沼綾乃のマンションを訪ねたあと、自宅に戻る前にいったん新橋にある新聞社に寄った。日報新聞の東京本社ビルは新橋駅近くの交通至便な場所にある。二階と三階のフロアを新聞社の編集局と営業局が使用していて、四階、五階はテナントに貸し出し、「ガリレオ」編集部のある出版局は六階まで上がらなければならない。新聞社にとって出版は傍流ということなのかもしれないが、忙しない新聞部門から離れた場所にあることで、落ち着いて仕事ができると、多くの出版局編集部員は思っていた。

六階でエレベーターを下り、テナントとして入っている人材派遣会社、不動産会社の前を通った先に出版局のドアがある。内部に入ると、まず「ウィークリー日報」の編集部、書籍の出版部、旅行雑誌の編集部と続き、「ガリレオ」編集部はその先のいちばん奥まった場所にあった。

締め切りまでにはまだ日にちのある土曜だけに、編集部員は誰も出てきていない。小田切は自席に座り、パソコンの電源を入れた。まず青ヶ島について検索をかけた。

青ヶ島の概要は以下のようなものだった。東京都に属しているが、八丈島から約七十キロも離れた孤島で、行き来の難しさでは日本屈指の秘境と言われ、島の人口は二百人を切っている。いつの頃から人が住み始めたのかは不明だが、江戸期には火山が大噴火を起こし、人が住めなくなった時期もあった。

二重カルデラや星空の美しさなど、景色のすばらしさは日本国内よりも海外でよく知られており、外国人観光客も珍しくない。また、自然の美しさの他にも、神々の島としても知られている。島にはおびただしい数の神々がいて、少し前まで、神に仕える巫女が病気治しの祈禱をしたり吉凶を占ったりしたのだという。

〈東京都内に、とんでもないところがあったんだ……〉

島の画像を見た時、驚きはさらに強くなった。

島の外観は海にクリスマスケーキの下の部分だけを置いたような形状をしていた。さまざまな角度から撮った写真を見たが、確かに周囲すべてが切り立った崖だ。その崖が崩れたものだろう、海岸には岩が転がっている。

〈沼の遺体も、こうしたどこかで発見されたのか……〉

遺体は廃港にほど近い崖下で見つかったという。調べると、廃港は大千代《おおちよ》港という名称であることがわかった。地図をクリックした。大千代港は島の東側に位置していて、海沿いに細い道路が描かれている。周辺を撮った写真も見た。海岸はやはり切り立った崖で、廃港となったのは、村道が崩落し複数の死亡者が出たためだとも記されていた。

海岸線は断崖絶壁で、道路も崩落している。沼はとんでもなく凶暴な場所で死んだのだ。

島の風景写真を見ていくと、今度は驚きの連続だった。とくに驚いたのが、二重カルデラだった。周囲を壁で囲まれた広い火口原の真ん中に小さな山が盛り上がり、その山の真ん中がまた沈みこんでいる。カルデラとはたしか地中のマグマが吹き飛んで山頂が沈みこんだものだ。それが二つ同心円のようにできているから二重カルデラ。初めてお目にかかる光景だった。

満天の星の写真もきれいだった。亜熱帯の植物が茂り、本土とは異なる鳥も数多くいると書かれている。

問題は「鬼退治」だった。だいたい源為朝の名前こそ知っているが、鬼退治についてはよくわかっていなかった。「源為朝」「鬼退治」と入れて、検索をかけた。いくつも見出しが出てきた。ざっと中を見ていった。

源為朝の鬼退治については、鎌倉時代初期に書かれた「保元物語《ほうげんものがたり》」に記されている。

十二世紀半ばに起こった保元の乱で上皇側について敗れた源為朝は、伊豆大島に流刑となった。が、都から離れた地で勢力を盛り返し、伊豆七島を切り従える。さらに為朝は八丈島から船を乗り出して、一日一晩かけて人も寄せつけないような孤島にたどりついた。そこには身の丈一丈——三メートルほどもある大男たちが住んでいた。

男たちによれば、島の名前は「鬼島」で、自分たちはかつて鬼だった。しかし、今は隠れ蓑や隠れ笠、打出《うちで》の履《くつ》といった持ち物も失い、鬼としての心根もなくした。鳥や魚を食料にして暮らしているという。

為朝は自慢の強弓《ごうきゅう》で彼らを屈伏させた。そして鬼の少年一人を連れて、八丈島に戻った。

ネットの情報をまとめてみると、それらが保元物語に記されている鬼退治の顚末《てんまつ》だった。そして「鬼島」は八丈島からの距離、島の形状、孤島であることなどから、青ヶ島ではないかと考えられているのだ。

保元物語は平家物語と同じように、琵琶法師が語る戦記物語だった。戦記物語は元となった史実はあったが、細部においては誇張や想像が入り混じっている。なにしろ、為朝は五人がかりで引ける強弓を使いこなし、敵の船を弓一撃で沈めたというから、今でいえば劇画かアニメだ。かつて鬼だった男たちが身長三メートルだなんて、誇張もいいところだろう。

しかし、昔の物語や神話には、事実を下敷きにしてフィクションを創り上げたものが少なくない。たとえば、出雲地方に伝わる八岐大蛇《やまたのおろち》の伝説である。スサノオノミコトが人を食う八岐大蛇を計略を用いて退治し、尻尾を割いて草薙《くさなぎ》の剣《つるぎ》を取り出したのは、その地でたたら製鉄を営む豪族を屈伏させたことが下敷きになっているという有力な説がある。

そうした昔物語の背後に隠れているものが何なのか、大学時代はサークルの部室などでよく議論したものである。

〈だから、沼は為朝の鬼退治の背後にある何かを読み取って、『鬼島』である青ヶ島で

現地調査をしていた……〉

小田切はまた検索を始めたが、思うようなものは見つけられない。だが、ネットの検索程度で、沼が着目したものにたどりつけるはずもない。

小田切はパソコンの電源をオフにした。

モニター画面から光が消えると、思いは沼修司という人間のほうに向いた。大学四年間、数えきれないほど会って、話をしたが、それまで出会ったことのないタイプの人間だった。変人と言ってもいい。ある発想に取りつかれると、ともかく突っ走ってしまう。

今でも鮮明に憶えているのは、長野県にある遺跡の発掘の手伝いに行った時のことだ。縄文中期の集落の外れに、長方形のくぼみが間隔を開けて横に三つ並んでいる遺構が出てきたのだ。皆が首をひねっている中で、沼がくぼみを跨《また》ぐようにしゃがみこんで、

「共同便所じゃないのかな」

と言った。たしかに和式便所の穴の大きさに近い。

秦野教授の許可を得て、沼は長方形の一つを一心に掘り始めた。大便の化石である糞石を探し出そうとしたのだ。結局、糞石らしきものは見つからず、長方形のくぼみは何だったのかは、わからず終いだった。

秦野先生によれば、共同便所が集落内に作られるようになったのは、縄文よりもずっと後の時代になってからだという。しかし、先生は笑いながら言っていた。

「いいじゃないか、もし、掘ったところから糞石が見つかれば、縄文時代から集落内に

共同便所があったことになり、大発見だ。今回は空振りだったが、恐れずバットを振っていけば、ホームランだって出るかもしれん」

「大バカ者が歴史を塗り替える大発見をする」というのが口癖だった秦野先生は、ある意味、沼のことを買っていた。

沼修司は青ヶ島で何を見つけようとしていたのか――。

4

秦野牧がどこにいるのかは、すぐにわかった。待ち合わせ場所である目白駅の改札を抜けると、そこだけがカラー画像のように、煉瓦色のコートをはおった彼女の姿が目に飛びこんできた。

「お待たせ」言いながら、近づいていった。

「待ったわけじゃないわ、時間ぴったり」

小さく微笑んで、牧は目白通りのほうに足を向けた。

「近いの?」

「歩いて、五、六分ってところかな」

歩行者用の信号が青になるのを待って、目白通りを渡った。

「でも、きみと教会に行くとは思わなかった」

「マスコミの人間として一度くらい教会体験はしておいたほうがいいよ。なにしろ、キリスト教は世界最大の宗教なんだから」

たしかに、そのとおりかもしれない。夏原による〝イエスの乳歯〟の発見、さらには更科教授から宗教考古学の講義を受けたというのに、小田切自身は教会に足を踏み入れたこともなかった。

「きみは夏原の発見を知って、また教会に行くようになったと言ってたよな」

「そう、イエスの乳歯なんてものが出てきて、神は存在するかもしれないと思えてきてね。私、ずっとなんちゃってクリスチャンやってたから」

牧は冬の都会の空気と同じくらい乾いた笑いを発した――。

沼が青ヶ島で死んだこと、彼の妹に会ったことは、夏原にも牧にもメールで知らせた。すぐに二人から返信があった。

沼の遺影に掌を合わせたいが、今は帰れない。いずれ日本に帰った時、墓参りに行くと、夏原からの返信にはあった。新しいポストへの移籍で、彼は忙しい最中に違いない。

牧からは「会って、詳しく話を聞きたい」という返信があった。次の日曜日、目白の教会に行く。いっしょに行けたらいいけど、というお誘いの文面もあった。

川村学園の中学や高校の横を通った。日曜でことさら静かな学校横の道だった。少し行ったところで、「ここ」牧が短く言って、右側に顔を向けた。

尖った屋根のてっぺんに十字架がついていて、ひと目で教会とわかる建物だった。都心の一等地にもかかわらず何台分かの駐車スペースがあり、白い壁が朝の光に輝いている。

「大きな教会だね。うちの近くにも教会があるんだけど、民家を改造したみたいなところだ」

「ここは東京本部があるところだし、大きな声じゃ言えないけど、アメリカの南部教会からかなりのお金が送られてきてるみたいよ。ま、私からすれば、大きい小さいではなく、代々木のマンションから電車一本で来られる点がありがたい」

話しながら歩く二人を、何人もの人が追い越していく。小田切たちも入口に向かう足を速めた。

玄関に「国際福音連合教会　目白教会」という表示板が出ている。その名称が何を意味するのかなど、小田切にわかるはずもない。

ドアが開け放されている玄関を入ってすぐのところで、「初めていらっしゃる方」という名簿への記入を求められた。

「だいじょうぶよ、怪しげな壺や霊水のカタログが送られてくるわけじゃないわ」

笑いを押し殺したような牧の声。名簿に住所と氏名を記入して、聖書や賛美歌集などのセットを借りた。

控えのスペースで、牧は顔見知りの者たちと挨拶をかわしていく。

礼拝堂は教室二つ分ほどの広さで、長椅子が並べられ、席はほぼ埋まっていた。正面には木の十字架があり、さほど高くはない壇が作られている。老齢の女性が一つ席を横に動いてくれて、小田切たちは並んで座ることができた。

パイプオルガンの音が流れて、一同は起立した。牧師が入場してきた。五十代に見える男で、壇に上り、まずは招きの言葉が述べられた。続いて「讃詠」と呼ばれる歌が歌われ、信仰告白があり、賛美歌が次々に歌われていった。勝手のわからぬ小田切は時折、進行を示すパンフレットに目を落とし、賛美歌集をめくりながら、必死についていくだけだった。ホテル内に設けられた施設で、本物なのか売れない役者のアルバイトなのか定かでない牧師が登場する結婚式には何度も出席していたが、クリスチャンばかりが出ている日曜礼拝の賛美歌は歌声も揃っていて美しかった。

牧師の説教がはじまった。

「皆さま、今日はアドベントの三週目の主日で、三本目のロウソクに火が灯されました。来週はいよいよクリスマスでイエス様がこの世にお生れになります」

牧師が視線を向けた先には赤いロウソクが三本、明かりを作っていた。四本目でクリスマス。なかなかロマンチックだな。素直に思った。

牧師はマタイの福音書から「金持の青年」の話をした。

ある青年が「永遠の命を得る方法は何なのでしょうか」と、イエスに問うた。イエスは殺すな、姦淫するななど、いくつもの掟に従うよう答えた。青年はそうしたことはすべてやっていると言った。すると、イエスは言った。「持ち物をすべて売って、貧しい人に施しを与えなさい」と。この言葉を聞いて、青年は悲しみながら立ち去った。というのも、青年はたくさんの財産を持っていたからだ。イエスは弟子たちに言った。「金持が天の国に入るのは難しい。金持が天国に入るより、ラクダが針の穴を通るほうがやさしい」と。

そして、牧師はこの話の解説を始めた。お金を始めとする欲の力は大きい。どんなに神を賛美して礼拝を捧げ、他人に施しを与えていると思いこんでいても、欲がある限りは、それらの行為は形だけのものになってしまう。心から神を愛することもできない──身近な例をいくつか挙げながら、牧師は説いていった。

また賛美歌を歌った。献金があって、小田切はまわってきた布の袋に千円札を小さく折たたんで入れた。さらに賛美歌を歌い、そのあと牧師が退場して一時間以上もかかった礼拝は終わった。

礼拝堂を出たところで、

「マキさん」

横あいから男性の声で呼びかけられた。大柄な白人男性だった。

「デイブ、来てたの」

「当然です。私は敬虔《けいけん》なクリスチャンですよ」

少し癖はあったが、澱《よど》むところのない日本語で話し、「敬虔な」という難しい言葉まで使った。頬の肉がたるんでいて見たところ五十代か。どこかで見たか会ったかしたような気がした。

「ああ、紹介するわ。こちら、私の学生時代からの友人で、小田切さん。日報新聞から発行されている科学雑誌『ガリレオ』の編集者よ」

「おお、日報新聞と言えば、一流紙ですね。良い方と知り合いになれた」

デイブと呼ばれた男は早くもジャケットから名刺入れを取り出している。小田切もバッグから名刺入れを出し、思わぬところで名刺交換となった。

受け取った名刺には「アメリカ南部キリスト教連合　アジア・オセアニア地区シニア・ディレクター　デイビッド・ウッドワード」と、日本語で肩書と氏名が記されていた。

「アメリカ南部キリスト教連合――」

「はい、プロテスタントで、アメリカ南部の教会のゆるーい連合体です。日本には明治時代の頃から布教に訪れておりました。私が来たわけではありませんがね」

ジョークを言って、だぶついた頬をゆるめた。間近で見ると、白い肌には赤味がさし、マンガ映画に出てくる大きな白豚を連想させた。

「ねえ、デイブ」横から牧が口を差し挟んで、男の腕を軽く叩いた。「今日はこれから小田切さんと急ぎの話があるの。あなたのことは、私のほうから言っておくわ」

「おー、それは残念。では、マキ、私のことをよろしく伝えておいてください」

男は中世の騎士が淑女にするような大仰な挨拶を牧にして、別な人間のところに行ってしまった。

牧が言った。

「デイブって、オヤジにも私にも関係が深い人なのよ。それから夏原くんにもね」

「夏原にも」

「歩きながら話す。ローストビーフサンドの美味しい店があるから、そこでランチを食べながら沼くんのことも聞くわ」

教会を出ると、牧はまた目白駅のほうへと向かった。十時半に始まる日曜礼拝は正午前には終了するので、よくその店でランチをするのだという。

「何なんだ、アメリカ南部キリスト教連合のアジア・オセアニア地区シニア・ディレクターってのは」

受け取った名刺を取り出して、小田切は言った。名刺を裏返すと、当然のように英語で同じことが記されている。

「就任式で大統領が聖書に手を置いて宣誓するくらいに、アメリカはキリスト教の神の国なのよ。それもピューリタンが作った国だから、カトリックよりもプロテスタントのほうが信者数も多い」

歩きながら、小田切はうなずいて返した。牧は続ける。

「中でも南部のプロテスタントは最大勢力を誇っていて、政治的な力も強い。まあ、保守派とかキリスト教原理主義とか言われてもいるけどね。アメリカでは政治に対するロビー活動が活発で、デイブもアジアやオセアニアでいろんなことしてるみたい」

目白通りを渡る歩行者用信号が点滅していたので、二人は小走りになった。

信号を渡り終えて、小田切は言った。

「秦野教授はデイブと教会で知り合ったの」

「そう、むこうから寄ってきたみたい。いろんな世界で影響力を持っている人間と知り合うのが、仕事のようなものだからね」

そこまで来て、ようやくデイビット・ウッドワードをどこで見たのか思い出した。秦野の納骨式に、大柄な外国人も来ていた。彼がたぶんさっきの男だった。

「だったら、夏原は」小田切は訊いた。

「前にも言ったと思うけど、国際調査団に欠員が出たので、日本人で誰か良い研究者はいないかって言われて、オヤジ、夏原くんを紹介した。その夏原くんがイエスの乳歯を発見したんだから、デイブにとっても大手柄になったんじゃないかな」

話を持ってきたのが、何をしているのかよくわからないアメリカ人。その話に乗った夏原がキリスト教集団を大いに利する成果をもたらした。どこか引っかかるものを感じた。

考えながら歩いていると、

「神を信じましょう」

横合いからチラシが差し出された。驚いて、足が止まってしまった。中年の女性だった。

「神が実在していたことが、イスラエルで証明されました」

ついチラシを受け取ってしまった。女の後にはプラカードを手にした男が立っている。牧が腕をつかんだので、その場を離れた。

歩きながら、チラシに目をやった。「イスラエルでイエスの乳歯が発見された」「乳歯には神の遺伝子が刻まれていた」そこまでは理解できた。しかし、「ユダヤの血を引いている日本人は神と近い民族です」となると、わけがわからなくなる。

「カルト教団よ」横からチラシを覗いていた牧が言った。「最近、また元気になったみたいね」

「夏原の発見が利用されているわけか」

歩いていくと、どこからかクリスマスソングが聞こえてきた。通り沿いにある洋菓子屋には、もみの木に金や銀の飾りつけがされている。日本人がにわかクリスチャンになる日が近づいてきている。

「ここ」牧の足が止まった。「あんだんて」という看板が出ていた。ナチュラルな茶色に塗られた木のドアと格子窓がおしゃれな店だった。

日曜とはいえ、昼時だった。店内はいっぱいで、ようやく奥まった席を見つけた。牧はアメリカンコーヒーとローストビーフサンドを頼み、小田切も同じものを注文した。

「どうだった、教会初体験は」

牧が訊いてきた。

「四本の赤いロウソクがなかなかロマンチックだった。それから、ついていくのが難しかったが、賛美歌は気持が良かった。どれもが日常とは違った異次元空間だった。ああ、それから、牧師さんの話は、あまりぴんとこなかった」

「同感。とくに高校の頃は、生徒指導の教師と同じことを言ってると思っていたものよ」

「だけど、なんなんだよ、金を持ってたら、神を愛することもできず、天国にも行けないってのは。物欲、性欲、権力欲、人間は欲望のかたまりみたいな存在だから、どれも持ってはいけないというんなら、天国に行ける者なんていないぞ」

「それは、イエス様も当然、承知していることなの。だから、欲にかられた自分を悔い改めなさい。何度でも悔い改めなさい。そうすれば、何度でも神様は赦《ゆる》してくれる、と」

「わかんないなあ、何度ろくでもないことをしても、赦されるなんて」

宗教学者の更科から迷い出た羊の話を聞いた時もそうだったが、キリスト教というのは、どこか理解しがたいものがある。

「それよりさ」顔を近づけて、牧が言った。「さっき、教会、人でいっぱいだったと思わない」

「いっぱいだったけど、あんなものかと思ってた。教会、初体験だからね」

「このところ、礼拝に出席する信者がどんどん増えてる。私みたいにサボってた信者が、日曜は神に祈りを捧げなければならないと思うようになっただけじゃない。初めて見る顔の人もけっこう多いのね。心の寄る辺のない現代に生きている人間は、なにか強い拠りどころを欲しがっている。だけど、神様なんてあやふやなものは、信ずる気にもなれない。それが、神が存在する証拠みたいなものが見つかったんだから、人ごみの中で母親を見つけた迷子の子供のように駆け寄ってしまう」

「まあ、そうかもな」

夏原の発見がどれほどインパクトのあるものだったか、今日は自分の目で確かめることができたというべきなのか。

「とくにクリスマスが近づくと、クリスチャンじゃない日本人もキリスト教を意識するから、ちょっと教会に行ってみようかという気になるのか。クリスマスソングも街中に流れているしな」

「だけどさ、私、この時期になると、少ーし腹がたつ気分になる」

牧が意外なことを言った。

「私、『牧』と書いて『まき』と読ませるんだけど、どうしてこんな漢字が使われたかわかる？　ふつうは『真紀』とか、あるいは平仮名か片仮名にするでしょ」

それは昔から小田切も感じていた。「牧」と書いて、「まき」と読ませる名前の女性とは、秦野牧を除けば、会ったことがない。

「両親は二人ともクリスチャンだったよな。わかった、牧師の一字を取った」

「近いけど、少し違う。牧人から取った。牧人というのは羊の番をする人だけど、羊はイコール人間で、つまり人々を守って導く存在という意味もある。この歌は知ってるでしょ——牧人、羊を守れるその宵」

牧は小声で歌いだした。知ってる。クリスマスの頃によく聞く曲だ。

「クリスマスソングだよな」

「そう。私の生れは十二月十四日で、オヤジ、子供の名前を何にするか悩んでいる時、街で流れているこの曲を聞いて、牧にした。ママも大賛成したんだって。だけどさ、親のその時の気分で決められちゃたまらないよ。私、よく『ぼく』と読まれたり、男の子と間違えられたりした」

二人して笑った。笑いが収まると、真面目な顔に戻って、牧が言った。

「ねえ、沼くんのことだけど」

そうだった。沼のことを詳しく報告するのが今日の目的だった。

小田切は沼の妹から聞いたことを頭の中で整理しながら話していった。途中、注文の品が届いた。話を中断して、ローストビーフサンドを口に運んだ。ローストビーフはパサついたところがなく、適度にジューシーで、牧が推奨するだけのことはあると思った。

サンドイッチを食べながら、コーヒーを飲みながら話していった。

「沼が遺したという資料を調べれば、少しは鬼退治のこともわかってくるかもしれない。ただ、トランクルームに入れてるくらいたくさんあるみたいだからなあ。これがアカデミックな大発見につながるようなものだったら頑張るけど、まあ、伝説に一石を投ずるといった程度のものだろ」

最後には愚痴めいた言葉も出た。

「たしかに沼くんの言ってたことは面白くはあったけど、眉唾ものみたいなのが多かったよね」

牧は目を細めた。少しだが目尻に皺《しわ》ができた。四人で飲みながら話をかわしていた頃からは確実に時が経過している。

「為朝が鬼退治をしたというのは青ヶ島だというのがいちおう定説になってるけど、現実に島まで通って、その証拠を探そうというんだから、沼らしいというか」

いつの間にかスマホを手にしていた牧が「おっ、すごい」と声を上げた。

「これ、地球じゃないみたい」

スマホ画面をこちらに向けた。二重カルデラの写真があった。青ヶ島について検索をしていたようだ。辛気くさい昔の話はやめにすることにした。

「火山の山頂が噴火によって二度も沈み込んだ二重カルデラは世界でも珍しいんだそうだ。星空も最高だし、亜熱帯特有の自然もあるらしい」

牧はスマホに当てた指をすごいスピードで動かしていく。指が止まって、声が出た。

「行ってみたいね」

「ぼくもそう思った」

「行こうよ、沼くんが何を見つけようとしていたのかという調べも兼ねてさ」

「行くって——二人で？」

「そりゃ、そうでしょ。夏原くんを誘っても、あっちで忙しくて、来れるはずがない」

瞬時、戸惑った。その気配を見て取ったのだろう。牧がこちらの目を真っ直ぐに見て、真面目な顔で言った。

「奥さん、怖いの？」

牧は医学部の先輩と結婚したが、すぐに離婚して、今はフリーの身だ。こっちだって「あのブドウには虫がついている」と自分に言い聞かせた頃よりは、男として成長している。意味のない咳払いをすると、牧がぷっと息を吐いて、表情を崩した。

「気を回さなくてもいいのよ。一回結婚して、男はもうこりごりだから、島に二人で行くとしても、泊まるのは別々の部屋」

平静な声で言って、コーヒーカップを引き寄せた。カップに目を落とした牧は睫毛が長くて、やはり美しかった。思っているそのままを口に出してしまった。

「牧は美人だからな、よけいな気を回してしまう」

やはりカップを引き寄せて、残りのコーヒーをのどに流し入れた。

スマホを操作しながら、牧は一人で喋った。八丈島からヘリならすぐだけど、プラチナ・チケットみたいね。船だと、海が荒れるとすぐ欠航する。ああ、五月くらいが海は穏やかで、船の欠航も少ないみたい——女子会旅行のプランでも立てているみたいな口調だった。

秦野牧と会ったあと、神田の大書店に寄って、源為朝や青ヶ島について書かれた本を買おうとした。だが、そうした本はほとんどなく、現代語訳の付いた保元物語の文庫本を一冊、手に入れただけだった。かつては日本の歴史上でも名高いヒーローだったが、今では為朝の名を知る者も少ないだろう。青ヶ島についての本は、観光ガイドブックの棚にもなかった。ヘリコプターのチケットは簡単にはとれず、アクセスの難易度が極めて高い孤島は、観光の対象とはならない。

為朝や青ヶ島に関する書物は無いに等しかったが、キリスト教関連の本のコーナーが設けられていた。「ナザレで見つかった謎の乳歯は何を語る」「イエスはやはり神の子だった?」というポップが立っていて、数人の客が平積みになった本を手にとっていた。

店を出ると、「神を信じましょう」とスピーカーから訴える車がすぐ前の通りを過ぎていった。先ほどビラを渡してきたカルトのことが頭に浮かんだ。あの乳歯のせいで、海外ばかりでなく、日本も変わってきている。

和光市にあるマンションまで戻る地下鉄の中で、保元物語を開いた。ほとんどが源氏と平氏の争いについての話で、鬼退治は少しのページしか割かれていなかったので、すぐに読むことができた。内容はネットで読んだものと大差なかった。

八丈島や青ヶ島の歴史については、もう少し調べておいたほうがいい。東京都のことなのだから、都立中央図書館に行けば、それなりの資料が入手できるはずだ。

5

二日後、仕事の空きができたので、広尾にある都立中央図書館に行った。

都立の巨大図書館だけあって、八丈島についての本はたくさんあった。数は限られていたが、青ヶ島の資料もあった。小田切は本や資料に目を通し、少しでも興味が湧いた部分は受付カウンターで複写してもらった。

たくさんのコピーを抱えて閲覧席に座り、今度はじっくり読み込んでいった。

源為朝が青ヶ島で鬼退治をしたという話は、保元物語で書かれているだけではなかった。「園翁交語《えんおうこうご》」という古文書に、保元物語とは違う逸話が記されていた。青ヶ島から八丈島に連れて帰った鬼が亡くなると、為朝は血石という石の下に埋めた。その石が上を通る人によってすり減った頃に鬼が甦る――いささかホラー的な話だった。

八丈島には為朝の伝説がいたるところに残っていた。大男だった為朝が腰をかけた石、為朝が弓の一撃で作ったという切り通し。為朝神社は二つあり、この島で源為朝は神格化されているようだった。

八丈島と青ヶ島をめぐる話は、為朝の時代よりさらに古くからあった。なんと紀元前三世紀に中国を統一した秦の始皇帝がらみの話として、宋時代の書物に登場している。始皇帝は不老不死の仙薬を求めて、徐福《じょふく》という道士を東方の海に派遣する。徐福は男児五百人、女児五百人を船に載せ、仙薬を探しまわった。が、見つけることはできず、連れていた男児は青ヶ島に、女児は八丈島に残して、帰途に就いた。そして、青ヶ島と八丈島に分かれて住んだ男女は年に一度だけ会うことができたのだという。

面白いとは思った。だが、どれも伝説の類で、信憑性《しんぴょうせい》という点ではかなり怪しい。

もっと科学的な資料——考古学や地質学の本からは、二つの島の異なった面が見えた。同じ富士火山帯に属する島だが、八丈島には七千年前の湯浜遺跡が見つかり、出土した土器や石器から本土の縄文人が渡ってきたと考えられている。

一方で青ヶ島では古い遺跡は見つかっていない。というのも、八丈島に比べて火山活動が活発で、三千五百年前から二千四百年頃前までは噴石やガスなどで人の住める環境ではなかった。史書などで住人の存在が確認されてからも島内の火山活動は旺盛で、十八世紀には噴火で多数の死者が出て、生き残った者は八丈島への長期避難を強いられた。

地図を見てみた。伊豆七島の六番目に位置する御蔵《みくら》島と八丈島の距離は九十キロほど離れている。対して、八丈島・青ヶ島は七十キロほどと、まだ近い。太平洋に浮かぶこの二つの島は関わりあいながら年月を重ねてきたようだ。

為朝や二島の関わりとは関係なしに、興味をひかれて、コピーを取ってもらったものがあった。青ヶ島の神々についての記述だった。

青ヶ島には数えきれないほどの神々が棲んでいるという。木に宿るキダマサマ、鍛冶の神様であるカナヤマサマ、峠道にいるトウゲサマなど、いたるところに神々がいる。

少し前まで島民たちはイシバという小さな神殿を島のあちこちに造って神々を祀《まつ》っていた。神々に仕えて病気を治したり、吉凶を占ったりする巫女もいた――そんな島だから、為朝の時代には鬼までもいた？　つい、そうも考えてしまった。

情報がいっぺんに入ってきて、頭がオーバーフロー気味になっている。少し頭を冷やそう。コピーをバッグに詰め込んで、席を立った。

エレベーターで五階に上がった。この階にはカフェテリアがある。

コーヒーを買って、窓に面したカウンター席に向かった。東京タワーが望め、有栖川《ありすがわの》宮《みや》記念公園の緑が見下ろせる一等席だ。

椅子に腰を下ろし、とりあえずは外の景色を楽しんだ。コーヒーを啜《すす》るうち、頭の中も少しは整理されてきた。

沼修司は八丈島で生れ育った。島に伝わる源為朝伝説も、八丈島と青ヶ島の関係も子供の頃から聞いて知っていたはずだ。長じて保元物語も読んだだろう。鬼を血石の下に埋めたという園翁交語も知っていたかもしれない。

大学を卒業して、八丈島の中学教師になった後、為朝の鬼退治に関する何かをつかんだ。それもかなり有望なネタだ。それだからこそ、青ヶ島に通いつめ、あげくは勤めていた中学校まで辞めている。

ここまでは自然に導き出せる。問題は、沼は何をつかんだかということだ。

妹の綾乃は、青ヶ島のキャンプ場に残されたテントからはたいした物は見つかっていないと言っていたが、沼が愛用していたバックパックが見つかっていない。

しかし――為朝の鬼退治伝説なんて、八百年前の誰かが空想したものに決まっている。沼が何かをつかんだと思ったとしても、それは彼がよくやらかしていた思いこみや論理の飛躍から生れたもので、はたして真面目に考えるべきものなのか。

沼修司は文学部考古学科に進んで、将来は大学院から学者の道を歩もうとしていた。彼の夢は尊敬する秦野教授が失脚するとともに泡沫のように消えたが、もともと大学に残って研究の道を進むタイプではなかった。沼の空想につきあっているのは、時間とエネルギーの無駄なのではないか。迷う気持のまま、小田切は窓の外にまた目を転じた。

今年も十日ほどを残すだけで、眼下にある公園の木々は葉を落としている。すぐ近くで枝だけを大きく広げているのは桜だろうか。大学時代に沼や夏原たちとこの公園に来た時のことを思い出した。図書館に行く途中だった。桜の花が七分咲きだった。

「こんなこともあろうかと」

沼がバッグからビールのロング缶一本と紙コップを取り出したのだ。ベンチに腰をかけて、にわか花見となった。

何を話したかは記憶の外になっている。ただ、満開までには少し間がある七分咲きの桜が自分たちの今を表しているようで、気持がはずんでいたのは憶えている。あんなお気楽な時代もたしかに存在した。そして、沼修司はたしかにいつもつるんでいた友人だった。

〈せめて、あいつが何を探していたか明らかにしてやるのが、俺の務めだろう……〉

気持を一新して、また為朝の鬼退治伝説を考えてみることにした。やはり参考になるのは保元物語だ。先日、買った保元物語をバッグから取り出した。鬼退治が記された個所をもう一度、読んでみた。

やはり、いちばん気にかかったのは、鬼たち——正しく言うならば、かつて鬼だった男たちの風体だった。現代語訳ではなく、原文は次のようになっている。

その島の人の形、丈、一丈あまりなるが、皆、大童なり、刀をば、右の脇にぞ差したりける。

少し読み進めると、自分たちは昔、鬼だったと語る場面があるから、彼らが鬼の子孫であることがわかるが、風体を記した部分だけでは、ただの大男だ。疑問が湧いた。

〈どうして、鬼らしくおどろおどろしく書かなかったんだろう……〉

桃太郎の鬼退治から始まって、羅生門の鬼など、鬼は皆、人間離れした姿で描かれている。しかし、保元物語の鬼は牙があるわけでも、角が生えているわけでもない、ただの大男だ。娯楽小説である戦記物語ならば、もっと恐ろしげに描いてもいいのではないか。

違和感を覚えた。

〈もしかすると、ここに何か真実が隠されているのではないか……〉

頭の中が突然のように動きだした。新聞記者を経て、今は科学雑誌の編集者をしている人間だ。引出しには、そこそこの知識が詰まっている。

〈大男が住むトンガやサモアといったポリネシアの島から渡ってきたんじゃないか……〉

頭の引出しからそんな仮説が飛び出してきた。大男ぞろいのポリネシアのラグビーチームがワールドカップで活躍する様は、テレビでも見ている。太平洋の島に住む者がかつて船を操り、海流に乗って、はるか遠くまで移住したことは、人類学の研究などでよく知られている。だから、ポリネシア人の一群が、為朝の生きていた十二世紀以前に青ヶ島に渡ってきたとするなら、そこから鬼退治伝説が生れたとしても不思議ではない。

身長三メートルは、たとえ大男のポリネシア人でも大き過ぎるが、当時の日本人は小さかったから、大げさに表現すれば、身の丈が一丈になったのかもしれない。

〈沼は、鬼たちは遠くポリネシアの島からやってきた者だという仮説を立てた……〉

いかにも、沼修司が思いつきそうな誇大妄想的な仮説だ。そして、社会科教師として遺跡の調査をしている際、仮説を裏付けるような何かと出会った。それが有望な〝鉱脈〟だと思われたので、職を辞してまで青ヶ島での調査を続けたのだ。

昔、ポリネシアの島々から東京都の青ヶ島まで人がやってきたとするなら、これは学問的な大発見となる。やる気が体の中に湧いてきた。

編集部に戻ると、小田切はすぐに資料を調べてみた。

古代、さまざまな民族が新天地を求めて太平洋を移動したのは、ミトコンドリアDNAの調査や漂流の実証実験などで、かなりの部分がわかってきている。「ガリレオ」でも昨年、そうした特集を組み、日本人が台湾から沖縄へと渡ってきたことを実証しようという、古代船による実験航海を詳しくレポートしていた。

ニュージーランドからハワイに至るまで南太平洋の島々に住むポリネシア人は海流に乗って広がった民族だと言われている。七十年以上も前になるが、ノルウェーの冒険考古学者ヘイエルダールはバルサ材で作られた木造船で漂流し、ポリネシア人が南米から南太平洋の島にやってきたことを実証しようとした。

パソコンで太平洋の海流図を調べてみた。ハワイのあたりから赤道に沿って東から西に動く北赤道海流というものがあった。北赤道海流はフィリピン沖で二つに分かれ、一方が北上して、日本近海を通る黒潮になる。ポリネシアからフィリピンあたりの島を経由して青ヶ島に来ることは不可能ではない。

海流については、思い出が残っている。中学一年の夏だった。海岸を歩いていると、透明なビンが砂浜に打ち上げられていた。日本海側のその浜には、対岸のロシアや朝鮮半島からの漂着物が流れ着くことが珍しくなかった。わざわざ拾い上げたのは、ビンにコルクの栓がしてあり、中に手紙のようなものが入っていたからだ。栓はかたくしまっていて、容易に開けることができなかった。

自宅に持ち帰って、ワイン用のコルク抜きで栓を抜いた。入っていたのは外国語ではなく、日本語で書かれた手紙だった。小学校の卒業記念にボトルを流しました。拾った方は連絡ください。そんなようなことが書かれていた。

沖縄に住んでいる少年だった。小田切は手紙に記されてあった宛て先に手紙を書いた。

十日ほどたって、沖縄から手紙が届いた。ただし、相手は四十歳を過ぎている中年男性だった。三十年近い年月をかけて、はるばる沖縄から新潟へとビンは旅してきたのだ。ビンを拾って知らせてくれたお礼の言葉と沖縄銘菓を送ったことが記されていた。

驚いた。学校の図書室で海流について調べてみた。沖縄付近を西から東へと流れる海流は九州のあたりで日本海流と対馬海流に分かれ、後者が日本海に達する。新潟の浜辺に到達するまで三十年もかかったということは、途中でどこかの島に漂着し、そこからまた海流に乗ったに違いない。海の力はすごい、と感動した――。

そんなことを思い出しながら、画面上の海流図を睨んでいて、ふと我に返り、おかしくなった。なにも沼修司が青ヶ島にいたポリネシア人の痕跡を探していたと判明したわけではない。沼はまったく違うことを探していたのかもしれない。

冷静になろう。小田切は海流図の映し出された画面を閉じた。

日報新聞　12月26日　朝刊

6

クリスマスにも参拝者が激増。教会の財政、大幅に健全化

「イエスの乳歯」発見の効果か

【ローマ＝郡山晴彦】

バチカン当局は、クリスマス礼拝で教会を訪れた人が例年よりも大幅に増えたことを明らかにした。ミサに長い行列ができ、一部の教会ではパンやぶどう酒が足りなくなる事態が起こったという。教会を訪れる信者が増えたことは今年の後半になってからの現象で、バチカン関係者は「神のご威光がふたたび復活しつつある」と、喜びを語っている。

こうした現象はプロテスタント教会も同様で、ドイツやイギリスではクリスマスに家族そろって教会に行く者の姿が目立った。教会に行く者の数が増えるにつれ、教会財政の大幅改善が見られるという。教会の収入は月例献金、礼拝献金、クリスマスやイースターの時などの特別献金などが主なものだが、近年は礼拝に行く者が減っており、教会財政の危機が叫ばれていた。

こうした変化が起こった大きな理由として、「イエスの乳歯」とされるものがイスラ

エルのナザレで発見されたことが挙げられている。イエスの遺物の発見により神の存在を確信した人たちが教会に通い、熱心に献金をするようになったからだという。

教会財政に詳しい南ラツィオ大学のリッカルド・トーマ教授は、

「とりわけ所得の高い先進国での大口献金が目立って増えてきており、カトリック、プロテスタント問わず、教会は財政面で余裕が生じてきている。『イエスの乳歯』が神の存在証明とされている限り、献金は減ることもないだろう。将来にわたって計算ができないほどの経済効果が生れている」

と語っている。

日報新聞　12月28日　夕刊

ニューヨークでまた衝突
同性愛者のデモをキリスト教原理主義者が襲撃
【ニューヨーク＝風見晃】
性的少数者の権利擁護を訴える同性愛者のデモが行われていたところ、キリスト教原理主義者のグループが行く手を阻み、一部で衝突が発生した。原理主義者側にはこん棒などを持っていた者もいたため、同性愛者側に負傷者が多数出て、うち2人は重傷だという。デモはこのところ広まってきた性的少数者を否定する動きに抗議するもので、それを阻止するグループとの衝突は事前に予想されていて、警察も動員されていたが、警備の隙をついて事件は起こった。州当局は双方に自制を呼びかけている。

教会に通う信者の数が増えたという平和な話とは違い、暴力的な事件も晩秋の頃から目立つようになってきた。すっかり自信を取り戻したキリスト教原理主義者グループが、聖書に背く者たちを攻撃するようになった。

キリスト教の指導者の中には十字軍や魔女狩りの昔に戻ったかのような主張をする者も出てきて、現代の自由な生活を送る者たちとの分断は日を追うごとに深まっていった――。

日報新聞　12月29日　朝刊都内版

カルト教団が復活？
勧誘活動の活発化で、各大学が警戒

キリスト教の教会で祝われた今年のクリスマスに参列した人々が例年になく多かったことが話題になっている。その一方で首都圏の大学では、宗教カルトの活動が再び活発化していることに頭を痛めている。

１９８０年代頃に盛んになり、多くの学生たちを巻き込んで、高額商品を買い取らせたり、出家騒ぎを引き起こした宗教カルトも、オウム真理教がテロ事件を起こしてからは下火となった。以来、普通のサークルを装っての勧誘などは行っていたが、表面的にはキャンパスから姿を消したかのように見えていた。

それが「イエスの乳歯発見」を機にして、ふたたびキャンパスでの信者勧誘を行うようになったという。活動を活発化させたのはキリスト教系のカルトが多かったが、そればかりではなかった。いくつもの宗教を統合し、主導者自らが救い主だと標榜する団体。陰謀論を展開し、既存のシステムを否定する団体。さまざまなカルトが地中から這い出てきたかのように大学キャンパスでの活動を始めた。

社会評論家の前畑功氏はこんなふうに解説した。

「現代の社会規範はすべて科学と合理性によって形作られています。ただ、その社会規範に生きにくさや息苦しさを感じている若者も増えてきている。そんな時代に、科学的合理性では解釈できない『イエスの乳歯』が発見されたのです。もう一つの座標軸が出現したと言ってもいい。それだけにカルトだ、妄想だと言われようが、はまりこんでしまう人たちが出てきても不思議ではありません」

かつてあった事件を起こさぬよう、大学では警戒を強めている。

(3) 神の作った三重トリック

1

「もう、とけてるはずだけどね」

「今年は冷凍なのかい」

おせち料理の箱を冷蔵庫から取り出している妻の夕海《ゆうみ》に、小田切は言った。

「ここのところ、毎年、冷凍よ。気づかなかった?」

「いや、テーブルに並んでるのを食べてるばかりだったから」

「最近は冷凍技術が上がってて、味は冷蔵と変わらないのよ。それに冷凍のほうが、保存料も入ってないし、薄味だから体にもいい」

薬剤師をしている妻は仕事がらか健康には気をつかっている。こちらは美味ければなんでもいいのだが、毎年、冷凍おせちで、それに気づいていなかったのだから、冷凍技術はかなり上がってきているのだろう。

おせち料理といっても、かまぼこや栗きんとんの入った和風ではなく、シンプルな洋風おせちである。雑煮もなく、年末まで忙しかった妻が作ったのはサラダだけだ。冷やしてあった白ワインの栓を抜き、二人揃ってテーブルについた。

「明けましておめでとう」「本年もよろしく」

陽の差しこむリビングダイニングに型どおりの挨拶が響き、ワインで乾杯した。

さっそく洋風おせちに箸を伸ばす。テリーヌもローストビーフもなかなかの味だ。

新潟県にある小田切の実家には雪の多い正月ではなく、お盆に帰省している。夕海の両親はすでに亡くなっていた。そのため正月は毎年、夫婦二人で過ごすことになっていた。

とりとめのない話をするうち、遅い朝食は終わった。夕海はさっそく汚れた食器を流し台に運んでいる。ワインに正月用の料理こそあったが、いつもの休日の朝食と、そう違いはなかった。

子供がいないと、こんなふうになるのかな。新潟の実家の様子を想像しながら、ふと思った。実家には同じ県内に住んでいる兄夫婦が帰っている。兄夫婦には小学生の息子が二人いて、今頃は子供中心の話で、賑やかなことになっているだろう。

二人とも三十代も後半に入った自分たちが、子供に恵まれる可能性はほとんどないと思っていた。これからも体外受精などの人工的手段に頼らないことは、夫婦で決めていた。そのことに後悔はしていなかった。今時、子供のいない夫婦どころか、結婚もしていない男女はいくらでもいる。

まだボトルに三分の一ほど残っているワインを飲みながら、小田切は思う。

〈そういえば、『昔ものがたり探求会』の四人には、誰も子供がいないな……〉

偶然でもなんでもない。小田切の他は独身者だ。

夏原圭介は研究三昧の日々を送っていたが、日本の大学にはいられなくなり、アメリカに渡った。常勤の専任講師などに就いているならともかく、身分の安定していない期間限定の研究者の身では、結婚どころではなかったのだろう。どうやらアメリカで准教授の職を見つけられそうだから、今後、突然の結婚報告がもたらされるかもしれない。

沼修司の場合は、結婚はおろか、女性との接点がまったく見つからない。縄文人を思わせる容姿で、歴史や考古学についての自論を相手かまわずまくしたてる。中学の教師時代、お節介な誰かが見合いをセッティングしても、上手くはいかなかっただろう。もっとも、彼は中学教師を辞め、そしてすでに死んでいる。

医学部を卒業した秦野牧のほうは、研修医を終えて、すぐに結婚している。相手は医局の先輩医師だった。あっさりと結婚し、しかし、二年後にあっさり離婚している。離婚の理由は知らないが、なんとなく理解はできた。牧の美貌に目が眩んで結婚しても、普通の男がやっていける女ではない。前の夫との間に子供はいない。

「結婚していて、子供もいる」という定型にあてはまる者は誰もいない。さっき目を通した年賀状には、幸せをいっぱいに振りまいた家族写真をプリントしたものが何枚もあった。

「みんな、変わり者だったんだよな」

つい口に出して言っていた。

楽しいことがいくらでもある時代に、部室にこもって昔の出来事を話しあったり、土や埃《ほこり》にまみれて遺跡掘りをするのは、普通の大学生のすることではない。きっと陰では「暗い」「オタク・サークル」と言われていたに違いない。そんなオタクたちと仲良く酒を飲んでいたのだから、秦野牧も普通とはだいぶ違った女子大生だった。「昔ものがたり探求会」は絶滅危惧種の大学生の集まりだったに違いない。苦笑してしまった。

「なに笑ってるの」

食器を洗い終えて、夕海がテーブルにやってきた。

「正月はやることもないから、昔のことを思い出してた」

「だったら、食器洗うの頼めばよかった。やることはたくさんあるわよ、忙しくて年末、大掃除もできなかったし」

「ああ」このままいけば、いろいろ用事を命じられそうだった。曖昧に返事をして、小田切は話題を変えた。「三が日は天気も良さそうだから、そうだな、明日は初詣にでも行かないか」

「明日か」妻は瞬時、考える顔になった。「明日はダメ。友だち何人かで新年の食事会をすることになってた。三日だったら、いいわよ」

「じゃあ、三日にしよう。どうせだったら、近場じゃなく、都内の神社に行こうか」

いくつか候補が出て、結局、湯島天神に決まった。

「話したいことがあるの」

あらたまった口調で言い、夕海は向かいの椅子に座った。ちょっと身構えた。真面目な話をする時、夕海の細い眉は筆で引いた線のように動かなくなる。

「仕事、変わろうと思ってるの。病院薬剤師じゃなく、調剤薬局のほうに」

「どうしたんだい。何かあったの」

夕海は総合病院で薬剤師をしている。病院薬剤師の仕事は大学の薬学部を卒業してから、ずっと続けていた仕事だ。

「病院長が代わってから人の出入りが激しくて、薬剤部も人間関係が難しくなったのよ。病院の方針は変わりそうもないから、転職しようかなと」

「それにしても調剤薬局に変わるなんて――きみは、命にダイレクトに関わる病院薬剤師の仕事にやりがいを感じていると言ってただろ」

医師の指示書きに従って薬剤を揃えたり、服用者からの相談に乗ったりするだけの調剤薬局とは違い、病院薬剤師は薬剤の調合、緊急患者への対応、さらには治験薬に関わったりすることもある。人の生死にダイレクトに接することも多く、それだけに緊張感もあり、やりがいを感じていると、よく夕海は話していた。

「二十代の頃はそれでもよかったけど、うちの病院は三次救急までやってるから、シフトで土日出勤や夜間勤務が入ると、きつくなったのね」

「この年になると」とつけ加えて、妻は小さく笑った。「調剤薬局なら、土日きっちり休めるところもあるし」

職場の人間関係が面倒くさいことや、若いころに比べると時間の不規則な仕事に辛さを覚えることは、小田切もよくわかっている。

「まあ、きみの好きなようにするんだね」

夫も時間が不規則な雑誌編集者、妻も同じように不規則な病院薬剤師。片方が規則正しい仕事に就くならば、夫婦のすれ違いも少しは減るかもしれない。小田切はそんなことを思っただけだった。

「じゃあ、新しいところが決まったら言うから」

夕海は椅子から立ち上がった。出し忘れた年賀状を書かなければならない、と言って、リビングダイニングを出ていった。

小田切は残りが少なくなったワインのボトルとグラスとを手にして、陽の当たっているソファのほうに移動した。いちおう新聞社に勤めている身だから、配達員を泣かせるだけという気がする元旦の朝刊にもチャレンジする。しかし、二、三枚読んだところで、酔いもまわって、うつらうつらしてきた。

短い夢を見た。どこかの島にいた。沼修司といっしょだった。二人で崖沿いの道を歩いている。足を滑らせて、小田切は崖から落ちそうになった。沼が手を伸ばして、こちらの腕をつかんだ。だが、引き上げることはできない。

「二人とも落ちる。手を離すんだ」

「なにを言う。仲間じゃないか」

くさいセリフがかわされたあと、上体が大きく揺らいで、崖から体が舞った。目が覚めた。体がソファからずり落ちそうになっていた。

島の崖から落ちそうになったのは、当然、沼の転落死が頭にあったからだ。彼が己の身を顧みずにこちらを引き上げようとしたのは、要するにそういう男だったからだ。沼修司は野暮ったくて、頑固で、自説を容易に曲げないような面倒くさいところのある男だったが、反面、他者には親切だった。

よく憶えていることがある。小田切が風邪で何日間か寝こんだ時だった。アパートのドアがノックされ、やってきたのは沼だった。「これを食って、早く元気になってくれ」それだけ言うと、ポリ袋を一つ置いて、帰った。袋には、大盛りの牛丼が入っていた。病人の見舞いなら、もう少し消化の良いものをと、苦笑した。が、風邪が治りかかり、食欲も出てきていた若い男には、なによりものご馳走だった。あの時の紅生姜ののった甘辛い牛丼の味は、今でも舌が記憶している――。

2

正月休みが明けて仕事始めの日だった。「ガリレオ」編集部に顔を出すと、先に出てきていた編集長の野平省三《のひらしょうぞう》が招き猫が手招きするみたいな手つきで小田切を呼んだ。

「本年も、よろしくお願いします」寄っていって、お決まりのセリフを言った。

「こっちも、よろしくな」短く言ったあと、「そのへんの椅子を持ってきて、座ってくれ」と言葉をつなげた。

正月明けで出社している者は多くはない。座る主のいない椅子を編集長席のそばに引っ張ってきた。

「世界中でクリスマスに教会に行った者が増えたって話だな」

その話かと思った。

「新聞にも載ってましたね、今まで教会に行くのをさぼっていた名ばかり信者が突然のように信仰に目覚めたとか。クリスマスの前、クリスチャンの友人に誘われて教会に行ってみたんです。礼拝堂は満席状態でした」

「その分、お布施、おっと献金というんだっけ、それもずいぶんと増えてるらしいな」

「献金には礼拝献金とか月例献金とか、いろいろあるらしいんですが、どれも増えてる」

「教会財政は増収増益か。なにしろ世界ナンバーワンの信者数を誇る宗教だ。すべて合わせれば、何億ドルか、いや、それ以上の増収になるだろう」

小田切はうなずいて返した。

「宗教ってのは水商売みたいなもんだな。信者がいなくなると、まるで儲からないが、逆だと、坊主丸儲けだ。儲かりだすと、こんなに良い商売はない」

「興行に似てるかもしれませんね。大ホールを借りて、採算分岐点以上の客が入れば、その分、丸儲けです」

野平も小田切もごく普通の日本の仏教徒だ。つまり、葬式や彼岸の時以外は、寺に寄りつきもしないという信者である。

編集長の机には刷り上がったばかりで、まだ発売になっていない「ガリレオ」二月号が置いてある。野平は、夏原圭介に対するインタビュー記事が載っているページを開いた。

「それもこれも、きみのお友だちが得体の知れない歯を掘り出したおかげだ。掘り出した場所、炭素年代測定、それからホモサピエンスと異なるＤＮＡという三点セットが揃ってしまえば、イエスのものではないかと、多くの人間が考えてしまう」

「で、多くの信者が信仰心を取り戻したわけです」

野平はフッと鼻で笑った。

「残念ながら、俺はそれほどナイーブな人間じゃない。多くの信徒は、まあ、一種の保険だと思ってるんだろう――イエスの乳歯の件が頭に引っかかってて、正月休みにキリスト教関連の本を読んだんだ。ある本によれば、中世の頃は死後、天国に行くための保険みたいな感じで、キリスト教を信じたというんだ。なにしろ、その頃は二十歳そこそこで病死する者も多かったから、なにか保険をかけておかなければ、おっかなくて毎日を過ごせない。そこで、乏しい稼ぎの中から献金をひねり出したらしい。ま、金は神様のところじゃなく、神父の飲み食いにまわったんだろうがな」

「今度も、それと同じように」

「とりわけアメリカには財産が一億ドル程度の金持は、ごろごろしている。彼らはこの世で買えるものはみんな手に入れているから、万が一、神がいた場合に備えて、持っている金の一部を保険として献金にまわしたとしても不思議じゃない。そこまでの金持じゃなくても、多少なりとも生活に余裕のある層なら、神様保険をかける。なにしろ、イエスの乳歯という神様の一部が見つかってる」

現代人の多くは心の寄る辺を失い、不安な日々を送っている。それゆえに、神が存在する〝証拠〟が現れたら、人ごみの中に母親を見つけた迷子の子供のように駆け寄ってしまうと、牧は言っていた。牧の言い分にも理があると思ったが、小田切には、神様保険のほうがぴったりくるような気がした。

「おかげで教会丸儲けだ――こういうのって、何か裏にあると思っていいんじゃないか」

野平の顔がグッと前に出てきた。いつもは丸くて穏やかな目が細く鋭くなって、こちらを見た。こういう顔をする時の編集長は本気だ。小田切は言った。

「裏があるんじゃないかと疑いを持っているのは、私も同じです」

「どんなふうな裏だ？」

「疑り深いマスコミの人間ならば、誰でも思う裏です。大儲けできるキリスト教の団体が仕組んだのだと」

「あの発掘調査には、アメリカのキリスト教団体が金を出してたんだって」

「そんなふうに聞いています。イエスの乳歯らしきものが見つかったあとは、バチカンも嚙んでいるらしい」

「やったことは、おおかた見当がつく。イエスの乳歯に似せた偽物を、あらかじめ埋めておいたんだ。そして、発掘調査の研究者に見つけさせた」

前に出ていた顔が元の位置に戻った。少しの間を置いて、また口が動いた。

「ちょっと前、日本にもあったよな、民間の考古学者が事前に埋めておいた旧石器を次々に掘り出し、『魔法の手』だと崇《あが》められた。教科書にも載った」

野平は野々村勝一が起こした考古学スキャンダルのことを言った。マスコミに籍を置く人間なら、誰でも思いが向くことだ。

机の電話が鳴った。受話器を取った野平は早口で二言、三言指示を出して、電話を切った。編集長の顔がこちらに向き直るのを待って、小田切は言った。

「あれは五万年前の地層に、どこにでもあるような石器を埋めておいただけという単純極まりない手口でした。日本にも前期中期の旧石器時代があってほしいという一種のロマンと、それから考古学の権威と言われる学者の後押しもあって、ただの石器が五万年前の旧石器に化けてしまったんです。そんなふうだったから、ブツを埋めてる現場を中央新聞に写真に撮られて、一発でインチキがばれた。でも、今度のケースは、子供だましの手口じゃありません。二千年前の歯だという炭素年代測定によるお墨付きがある上、ミトコンドリアDNAがホモサピエンスとは異なるという駄目押しまであった」

「俺だって『ガリレオ』の責任者なんだから、自分とこでやった特集記事は端から端まで読んでるよ――イエスの歯は、現代科学によって二重にガードされてるって」

野平の目が、またさっきと同じ形になった。

「テキは盲点みたいなところを突いてきた。イエスは体ごと天に昇ってしまったから遺体が見つかるはずもないと、誰しもが考えていた。だが、乳歯ならば地上に残っていてもおかしくはない。そこを狙い撃ちしてきたんだ、科学的エビデンス付きでな」一拍置いて、野平は言った。「出来過ぎた話だよ」

「それは――私も同感です」

「出来過ぎた話には、注意しなきゃならない。新聞記者としての基本だ。インチキが潜んでいる可能性が高い」

小田切はうなずいて返した。

「だったら、それを暴いてみないか。もし、なにか引っぱり出せたら、新聞協会賞どころか、ピュリツァー賞ものだ」

科学雑誌の編集長ではなく、社会部デスクの顔と声になっていた。そういえば、理系出身ながら、横浜支局にいた頃は敏腕記者として鳴らしていたはずだ。

「しかし、どこから手をつけたらいいんでしょうか。乳歯はイスラエルで発見され、もうすぐ発掘跡地に建てられる教会の金庫室に納められるらしいです」

「だが、こちらには、いや、おまえさんには強い武器がある」

インタビュー記事のタイトル部分に載っている「夏原圭介」の名前を、野平は指でピンと弾いた。

「発掘した本人だ。彼なら何か不自然なことに気づいているかもしれない。そこを突破口にするんだ。ただし、彼がぐるだったら、事実は隠されてしまうがな」

「大学時代からの友人ですが、夏原はインチキの片棒をかつぐような男じゃありません。だいたいホモサピエンスとは異なる別人類の歯をどこか別の場所で発見していたら、そのまま論文に仕立て上げてます。そっちのほうが、研究者としては評価が高くなる。ついでに言えば、彼はガリガリの無神論者だから、教会の収益改善に義理立てすることもない」

根拠もなく友人を犯人扱いされたような気がして、語調が強くなった。

「いや、口がすべった。すまん」野平は片手を挙げ、小さく頭を下げた。「だが、すべてを、とりあえずは疑ってかからないとな。疑惑を解明する時の基本だ」

「わかってます」小田切も声の質を改めた。「しかし、夏原にもう一度あたるにせよ、二重のガードのどこを破ればいいのか」

「少し考えたんだが、ミトコンドリアＤＮＡを改変して、ホモサピエンス以外の人類に見せかけることはできんのかな。最近、ものすごく進んでるだろ、ゲノム編集とか合成生物とか、そっち方面は」

「たしかにゲノムを編集して生物を改良したり、塩基配列を人工的に作ってウイルスレベルの合成生物を産み出したりすることは、すでに成功しています」超高速で進んでいる遺伝子工学については、「ガリレオ」でも幾度となく取り上げている。「しかし、二千年前に死んだ人間の歯で、そんな細工ができるんですか？　できないでしょう」

「知らん」編集長は唇をとがらせた。「俺は大学時代は天文学が専攻で、遺伝子工学は素人同然だ。いや、科学雑誌で仕事をしてる分、素人よりは知っているだろうが」

照れ笑いのような表情を浮かべる。遺伝子工学については素人同然の二人が挑んでも、鉄壁の二重ガードが破れるとは思えない。だが、疑惑をそのまま放っておくのも、気分が良くない。小田切は言った。

「できる限りのことはしてみましょう。夏原という専門家もいるし」

3

すべてを計算した上で、何者かがイエスが子供時代を過ごしたと思われる洞窟住居の床に〝あの歯〟を埋めた。

何者か、というのは、イエスの乳歯発見で莫大な利益を得るキリスト教団体に決まっている。発掘調査隊のスポンサーとなったのはアメリカのキリスト教保守派らしいが、歯の発見場所には、カトリック、プロテスタントさらには東方教会まで含めた諸団体によって教会が建てられるという。だったら、陰にいるのは、かなり大きな勢力だ。

〈たとえば、あの男だって……〉

デイビッド・ウッドワード、愛称デイブ。先月、目白の教会で会った頰のたるんだアメリカ人の顔が頭に浮かんだ。わけのわからない活動をしている男だ。次の瞬間、

〈まさか、夏原も……〉

嫌な想像が心に湧いた。秦野の推挙により、あの男は夏原を発掘隊の一員に加えた。夏原は遺伝子を扱う生化学に通じた考古学者だ。キリスト教のことしか知らない宗教考古学者よりも、乳歯の発見者としてふさわしいはずだ。

夏原は乳歯を自分で埋めて、自分で掘り返した。そう、〝魔法の手〟の持ち主、野々村勝一がやったと同じ自作自演。「もし彼がぐるだったら、事実は隠されてしまう」野平の言葉が耳の中でまわる。

だが、冷静に考えれば、それはあり得ないことだとすぐにわかる。

二千年前の別人類の乳歯を手に入れるなんて、ほぼ不可能だ。かりに入手できたとするなら、正々堂々と学術論文として発表すればいいのだ。

〈まず考えなきゃならないのは、年代測定とDNA配列の問題だ……〉

原点に立ち戻ることにした。この問題が解決しないかぎり、インチキだフェイクだと言い立てることはできない。正月休みの間に、参考図書を何冊か読んでいる。

有機物に含まれている放射性炭素14の減少量を調べて年代を測定する方法は、誤差が

大きくとられている。対象とする物質の状態や、核実験後の世界では大気中の放射能が増えているという環境変化があるため、厳密な測定は難しくなっている。が、いずれにせよ、イエスが少年だった紀元前後という年は、測定誤差の範囲内に収まっている。

おおよそ二千年前の人の乳歯を、墳墓や遺跡の中から見つけるのは不可能なことではない。が、それが現生人類ホモサピエンスとDNAが少し異なる別人類のものとなると、話は別だ。

ホモサピエンスと極めて近い人類の骨や歯は現在までのところ、二種類発見されている。ネアンデルタール人とデニソワ人で、ホモサピエンスと交雑するほどの近縁種だが、いずれも四万年ほど前に絶滅している。しかも、ナザレの乳歯から得られたミトコンドリアDNAは、ネアンデルタール人やデニソワ人とも違っている。

あの乳歯は、いったい何なのか？

どうせ編集長の思いつきだろうが、野平が言っていた可能性についても考えてみた。

最先端の遺伝子工学を駆使して、DNAごとあの乳歯を作り上げたという可能性だ。

二十世紀の末から二十一世紀にかけて、遺伝子工学は飛躍的な進歩を遂げた。遺伝子組み換えでは、他品種の遺伝子を組み入れて、新しい品種を作り上げている。たとえば、青い色素を生じさせる他の植物の遺伝子をバラに組み入れ、自然界では存在しない青バラを作り出すといったぐあいだ。一方、最近よく言われているゲノム編集では、遺伝子の一セットであるゲノムの一部分を壊したりして、人工的に品種改良をする技術で、肉の部分が多い養殖魚などが作られている。

遺伝子組み換えやゲノム編集では、従来から存在している生物を利用するわけだが、すべてを最初から作り上げる合成生物までが登場している。遺伝子はA、T、G、Cという四種類の塩基の配列から成り立ち、生物の設計図となっている。この塩基配列を人工的に作って増殖させる実験がウイルスレベルではすでに成功している。だから、人工的に作り上げた遺伝子を二千年前の乳歯に注入してやれば——得体の知れない遺伝子を持つ乳歯ができあがるのではないか。

遺伝子工学は想像もつかないようなスピードで進歩している。信者数が二十億人を超えるといわれる世界最大の宗教キリスト教が全力で取り組めば、イエスの乳歯を偽造することも可能なのではないか。

夏原と話してみよう。だが、アメリカにいる彼は今、研究やシンポジウムでの発表、ポストをオファーしてくれた大学との面談などで、多忙の限りを極めているに違いない。とりあえずはメールを打った。

メールの返事はすぐに来た。やはり、だった。時間を取って話せるのは一週間後だと記されていた。日本時間十七時に電話をくれ、と。「了解」の返信をした。

時差を調べてみた。おそらく彼はアメリカ西海岸にいて、日本が十七時ならば、むこうは二十四時だ。超多忙の中で時間を取ってくれたのだ。

4

日曜日、車で練馬に向かった。気持は少し楽になっていた。沼修司の妹が、トランクルームに預けてある荷物のうち土器や石器類はもう片づけてあると言ってくれたのだ。重量のある土器や石器の区分けまで兄の友人に頼むのは悪いと思ったようで、沼綾乃は東京都の埋蔵文化財センターと連絡を取った。幸いなことに沼修司を知っている学芸員がいた。八丈島の遺跡発掘物について、以前から沼はその学芸員とコンタクトを取っていたらしい。学芸員はこちらで調べますと言って、年明け早々、土器や石器を引き取っていったという。

先日、訪ねたマンションの前で沼綾乃を乗せて、トランクルームのある場所に向かった。目白通りを越えた先だった。コンテナを積み重ねたような建物の前に車を駐《と》めた。一坪くらいの狭い部屋は半分ほどが空きスペースになっていた。残ったダンボール箱のうち本が入っているものは、綾乃が処分するという。結局、小田切がコンパクトカーの後部座席を倒して載せたのは、ダンボール箱三つだった。

綾乃を練馬のマンションに送り届けたあと、小田切は獲物の箱を積んで和光市の自宅に戻った。

管理人室で台車を借りて、マンションの駐車場から四階の部屋へと運び上げた。

わが書斎に箱を運んだ。狭かった部屋がさらに狭くなった。中に入っている物を出せば、それこそ足の踏み場もなくなるだろう。

ガムテープを剝がして、最初の箱を開けた。湿った紙の臭いが立ち上がってきた。ノートやバインダー、冊子などが顔を出した。

ノートを一冊引っぱり出してみた。「八丈島・八重根《やえね》遺跡について」という表題がついている。開いてみると、紙面いっぱいに記された細かな文字が目に飛び込んできた。

そうだった。沼は細かな字を余白もないほどノート一面に書く男だった。

「ノート代が節約できるじゃないか。どうせ自分で読み返す記録なんだから、小さな字だって、まったく問題なし」

そんなことを言っていた。

ともあれ、小さな虫が行列しているみたいな文を読んでいくことにする。八丈島の八重根港付近で見つかった遺跡で、伊豆半島から渡来した者が生活を営んだ跡だということが書かれている文章を読んでいくうち、目がチカチカしてきた。沼の字は小さい上に癖がある。パソコンからプリントアウトされた文字に慣れてしまっている者にとっては、小さな手書き文字を読んでいくのは苦行に等しい。

これが三箱分もあるのか。始まったばかりなのに、もううんざりしてきた。

5

火曜日。小会議室をとった。机の前に陣取り、午後五時が来るのを待った。腕時計の針が五時ちょうどになるのを待って、スマホを操作した。すぐに夏原は電話に出た。小田切は言った。

「すまんな、そっちは真夜中なんだろ」

「この時間じゃないと、ゆっくり話もできないからな」

「猛烈に忙しそうだが、睡眠不足で体がおかしくなるんじゃないのか」

「心配しないでくれ。自然科学の研究者と睡眠不足は日頃から仲良しなんだ。のんびり寝ていると、ライバルに出し抜かれる。それより、どうなんだ、沼のほうは」

沼修司が青ヶ島で転落死したことはメールで簡単に知らせてあっただけだ。沼の妹と会ったことや、彼が遺した段ボール箱三個分の資料を読むのに苦戦をしていることを、小田切は話した。

「思い出したよ。ゴマを散らしたような文字を、奴は書いていたよな」小さく笑う声が耳に聞こえてきた。「しかし、源為朝の鬼退治の裏にあるものを探りに青ヶ島に通っていたのか。鬼退治はぼくの守備範囲にないから、なんともコメントのしようがないけど」

「鬼というのが、太平洋を渡って青ヶ島までやってきた民族だったとするなら、いちお

「骨や歯でも見つけ出して、ミトコンドリアＤＮＡのハプロタイプを調べれば、鬼と呼ばれた民族がどこから渡ってきたのか、おおよその推測がつくんだがな」

「沼にハプロタイプがどうのと期待しても無駄だろう。彼は青ヶ島のどこかを掘って、土器とか道具類を探していたと思うよ」

「古いやり方の考古学か。そういうのがノートいっぱいに書かれている、と」

「正直、えらいものを引き取ったとも思ってるが、読んでやるのがせめてもの供養になるんじゃないかと」

「頼む。今のぼくじゃ、何もできない」

身長三メートルもある鬼はトンガやサモアといったポリネシアの巨人国から海流に乗ってやってきた民族ではないかという仮説も話したかったが、相手は深夜零時を過ぎて、こちらにつきあってくれている。沼の話を離れて、本題に入った。

「そうだよな。発掘のスポンサーになっているキリスト教の団体が、あの乳歯を仕込んだんじゃないかってことは、誰しも思うことだ」

野平編集長が抱いた疑念について言うと、夏原はすぐにそう反応してきた。

「その昔、〝魔法の手〟の持ち主がやらかしたのと同じことをやったというわけだ」

「ただし、今度はあれほど幼稚で単純なものじゃない。放射性年代測定とＤＮＡゲノムという二重のバリアーが施されている」

秦野の墓参りに行った時と同じことを、夏原は言った。

「あれから二カ月たっている。きみの優秀な頭脳が二つのバリアーをぶち破る手だてを見つけたんじゃないかと」

苦笑する声が伝わってきた。

「ぼくは、さほど優秀でもないし、まっとうな考えしかできない男だよ。日本からアメリカに帰る便の中で必死に考えてみて、何も浮かばず、諦めた。こっちに戻ると、トリックを見破るなんてことに使う時間もエネルギーもなかった」

「だろうな。だから、遺伝子工学もろくにわからない文科系の編集者が代わりに考えてやった」

合成DNAを作ったり、遺伝子を組み換えたりしてイエスの乳歯を捏造したのではないかという推理を披露した。一呼吸置いて、短く言葉が返ってきた。

「そりゃ、無理だ。遺伝子組み換えにせよゲノム編集にせよ、二千年も前に死んで、化石同然となっている細胞のDNAを、都合よく組み換えることなんてできない」

「だったら、合成DNAを新たに作って、乳歯に組み込んだらどうなんだろう」

「ハアー」という溜め息がとりあえずの返事だった。それから、機関銃を撃ったみたいに否定の弾丸が飛んできた。

「たかだか一万数千の塩基対しかないミトコンドリア・ゲノムを人工的に合成するのは不可能ではないだろう。だが、どうやって、それを硬いエナメル質や象牙質に保護されている歯髄細胞の中に、それも化石みたいになっている歯髄細胞内に数百もあるミトコンドリアのすべてに的確に送りこむ？　ついでに言えば、あの乳歯はごく自然な歯で、細工をした跡なんて皆無だった。念には念を入れて、歯学の専門家の鑑定も仰いでいるよ。レントゲンを撮ったりしたが、ぼくがＤＮＡ採取のため穿《あ》けた極めて小さな穴以外は、人為的な手が何も加えられていない完璧な人の乳歯だった」

　素人が考えたアイデアは、プロの前で一蹴された。黙るよりない。さらに夏原は追い打ちをかけるように言った。

「歯髄や象牙質内壁から採ったＤＮＡだけじゃない。じつは、あの乳歯についていた歯垢からもＤＮＡを採取できてるんだ」

「歯垢って、歯の汚れ？」

「そう、昔の人間は丹念に歯磨きなんてしていなかったから、あの乳歯にも歯垢や小さな歯石がついていた。歯垢や歯石から採れるのは九十九パーセントが細菌の死骸だが、当人の粘膜細胞や白血球も一部含まれている。そのわずかなＤＮＡをシーケンサーにかければ、ミトコンドリアＤＮＡの配列くらいはわかる。現代の考古生化学は、そこまで進んでるんだ」

　夏原は自分がした仕事が間違いのないことを早口で喋りたてる。素人の思いつきがプロとしての自負を刺激したかもしれなかった。

「じゃあ、歯の本体のＤＮＡと歯垢のＤＮＡは一致したのか」

「ああ、両方のミトコンドリア・ゲノムは完全に一致した。乳歯本体はむろんのこと、細菌の死骸と細胞の破片で石のように固まった歯垢や歯石に、人為的に作ったＤＮＡを送りこむなんて、神様でなけりゃ不可能だろうな」

最後は皮肉めいた言葉で話を締めくくった。

「わかった」

そう答えるよりなかった。少し間を置いてから言った。

「化石同然となった乳歯に細工するのは無理だということは、よくわかった。だったら、何でもいい、他に不自然だなと感じた点はないか」

言葉が返ってくるまで時間がかかり、小田切が何か言おうとした時、夏原の声が聞こえてきた。

「不自然だと感ずることは何もなかった。後から考えても、自然過ぎて作為や工作などどこにもなかったという気がしている。なあ、例の〝魔法の手スキャンダル〟だ」

突然、昔の話のことになった。

「野々村勝一は自分で事前に埋めておいた石器を自分で掘り出した。だが、一部には別な人間に掘り当てさせることもあった。その時、掘り当てた人間は『石器が埋まっていたところの土が柔らかかった』と証言しているのが、検証レポートに載ってたよな」

「あ、ああ」

秦野先生の失脚を呼んだ事件だったから、小田切もレポートは読んでいた。そうだった。発掘者は多少の違和感は覚えたものの、旧石器を掘り当てたという成果を前にして、そんなことは口にできなかったらしい。

「土を掘り起こして何かを埋めたんなら、数カ月か、いや、もっと長く周囲の土壌にはその痕跡が残っているはずだ。たとえば、土が柔らかくて掘りやすかったとかな。だが、謎の乳歯を掘り当てた時、そんな異状は感じなかった。周囲と変わらない固い石灰岩の下に、乳歯の入った小箱が埋まっていたはずだ。他にも何か埋まっていないかと、後日、乳歯を収めた箱の周辺一帯も掘ってみたんだが、どこもかしこも固い石灰岩だった」

さらに夏原は言った。

「なあ、大学の頃、これは面白いと言って、ミステリー小説を一冊貸してくれたことがあっただろ。鍵のかかった密室で人が刺し殺されていた。窓には鉄格子がはまっていたから、誰も侵入できない。凶器も見当たらない。完全な密室殺人だ」

夏原に本を貸したことは憶えていない。だが、大学時代、ミステリーにはまった時期があったから、そんなことがあったかもしれない。

「それと同じなんだ。あの乳歯は掘った形跡のない固い石灰岩の下で眠っていたんだ。ここ何年間かで埋められたものじゃない」

「つまり――一種の密室の中にあったというのか」

「ミステリー小説にはトリックがあって、名探偵がその謎を解いてしまう。だが、あの乳歯にどんなトリックがあったのか見当もつかない。いや、もしかすると、神が作ったトリックかもしれない。どう頑張ったって、人間には解けないという」

二人の間に言葉が失われた。神が作った密室トリック。人間には解読不能。

ようやく、小田切は言った。

「そのトリック、しばらく考えてみるよ」

「頼む。ぼくはトリックの謎解きを諦めてる。それに、気がかりなことは他にもあるんだ。イエスの乳歯を聖遺物として保管する教会が、発掘跡地にすごいスピードで建てられていて、中心部分はもうできあがっているらしい。二、三カ月ほどで、あの乳歯も銀行の金庫みたいに頑丈な部屋に納められると聞いた。そうしたら――」

「乳歯は永遠に扉のむこうで眠るわけか」

「新たに疑問や疑惑が生じたとしても、扉の錠が開けられ、乳歯が科学の光の下に晒されることはないだろう。二千年前の乳歯で、DNAがホモサピエンスとは少しだけ違う――やつらにはそれだけで必要にして十分だ。トリノの聖骸布《せいがいふ》と同じミスは犯すはずはない」

「たしかに」

「残っているのは、年代測定やDNA解析の詳細データと、それから試料として使わなかった極々微量の歯髄細胞の粉が手元にあるが、それで何かできるわけでもない」

また二人の間に言葉が失われた。息を吐いてから、神のこしらえた完璧なトリックに加えて、時間という制約まで現れた。

「それはそうと、新しい仕事先は決まったのか」

話題を変えた。とたんに相手の声が明るくなった。

「比較検討して、決めたよ。今日、契約書にサインしてきたんだ」

夏原は日本でも知られたシカゴの大学名を口にした。准教授としての契約だという。

「おめでとう。アメリカン・ドリームだな」

新しい環境での仕事について、夏原は喋り始めた。夜中を過ぎているというのに、声が昂《たかぶ》っている。ちょっと心配になった。

「張り切るのはいいが、夏原、健康がいちばんだぞ」

友を案ずる月並みな言葉を口にして、電話を終わりにするしかなかった。

電話を切って、しばらく椅子から立ち上がることができなかった。一人しかいない会議室で呆然としていた。

乳歯のDNAに改変が行われていないことは、想定の範囲内だった。だが、新たな壁が現れた。乳歯の入った小箱は、周囲と変わらない固い石灰岩の下にあった。誰かが事前に工作したという形跡は周辺部分も含め、どこにもなかった。

〈神が作った密室だというのか……〉

ほんとうに、わけがわからなくなった。

「いいかげんに、あれは神の子イエスの乳歯だと認めてしまえよ」

耳の中で誰かの声が響いたような気がした。

6

夏原に電話をかけた翌々日の朝刊に、乳歯の発掘跡地に建てられる教会のことが載っていた。

日報新聞　1月20日　朝刊

謎の乳歯、新設の教会に

【テルアビブ=岡田義行】

昨年3月にイスラエルのナザレで発見され、推定される年代やDNA鑑定の結果、イエス・キリストのものではないかと言われている乳歯。その乳歯が発掘場所に建設が進められている教会に納められることが、バチカンをはじめとするキリスト教諸団体によって発表された。教会は「聖歯教会」と名付けられ、キリスト教諸団体によって共同管理される。教会の内部には、火災や盗難に耐えられるよう、鋼鉄製で厳重な錠つきの部屋が作られ、乳歯はそこに納められる。

乳歯が教会に納められるのは、イースターの日、4月21日に予定されている。

四月二十一日まで二カ月半だ。つまり、間もなくあの乳歯は堅固な扉のむこうで〝神〟としての地位を不動のものにするのだ。

夏原は言っていた。「聖骸布と同じミスを犯すはずがない」と。

人物の顔が浮かび出ていて、処刑後のイエス・キリストの体を包んだものと信じられていた謎の布が存在していた。イタリアのトリノにある教会に保存されていた聖骸布だったが、キリスト教サイドは、さらにその信頼度を高めようと、その調査を科学の手に委ねた。だが、裏目に出た。放射性炭素14による測定では、布は紀元前後ではなく、ずっと後の時代のものであることが示されてしまったのだ。もっと信頼度をと求めて、逆に信頼度を大きく損ねてしまった。

それゆえ、キリスト教側は、教会に納められた後、絶対にあの乳歯に再度、科学的なメスを入れようとはしないはずだ。あれはあれで、もう充分に「神」なのだ。

乳歯はずいぶん以前に夏原の手から離れて、「神の栄光を高める聖なる歯」協議会というキリスト教の連合組織の管理下にあるという。残ったのは、放射性年代測定やDNA解析で得られたデータと微量の試料だけだった。

夏原は、あの乳歯が最新の遺伝子工学を駆使して作られたものではないと断言した。イエスの乳歯についての疑惑解明は、スタート早々、行き詰まってしまった。

もう一つの課題は、自分の部屋ですることができた。ただし、沼修司が遺したノートや資料を読み進める作業は、かなりの忍耐力が必要だった。

それでも、何冊ものノートを読んでいくうち、小さな虫が行列しているような文字にも慣れてきた。時間の節約のため、八丈島にある遺跡について書かれているノートは飛ばして、源為朝の鬼退治伝説や青ヶ島のことが出てくるものを選んで読んでいった。

文献類は、さすがによく読んでいた。「保元物語」は当然のこと、「太平御覧《たいへいぎょらん》」「園翁交語」などの古文書の他に、こちらの知らない本も多数読んでいて、それぞれにコメントも記されていた。自分のように図書館に行っただけのお手軽調査とは違った。

八丈島には源為朝に関する伝説が数多く残っている。それらも一つひとつ見てまわっていて、小さなアルバムも付けられていた。

現代に生き、中学の教師をやっていたくらいだから、むろんパソコンはできた。だが、学生時代の沼は「フィールドワークの記録は、なるべく紙に書いたほうがいい。手で文字を書いていくと、脳の働きが活発になって、自分が調べたことの妥当性や弱点が見えてくる」と言って、レポートや調査記録は可能な限り、手書きだった。写真もスマホを使ったりはせず、ファインダー付きのカメラで撮っていた。デジタルはいちおう使いこなしたが、根源的な部分ではアナログ人間だった。

手書き文字を追っていくと、沼がどこに力を入れたかがわかる。線で消して、書き直した個所もある。余白に細かく注釈を入れた個所もある。沼修司の苦心のほどが伝わってきて、彼が近くにいるような気がした。

青ヶ島について記述したノートもあった。沼は八丈島の生れだったが、八丈の人間でも荒海を隔てた孤島の青ヶ島に渡った経験を持つ者は少なく、彼自身も六年前の訪問が初めてだった。

初回の訪問は〝鬼の痕跡〟探しというより、観光日記と呼んだほうがいいようなものだった。「船から見ると、どこもかしこも断崖絶壁ばかり、海岸には石がゴロゴロ転がっている。まさに為朝が見た景色だといってもいいだろう。たしかにこの島は鬼ケ島と呼ぶのにふさわしい」といった部分は、まだ鬼退治伝説を探る意気込みを感ずるが、防波堤もない素朴な港から上陸したあとは、青ヶ島の魅力を記すばかりだ。

まず島でもっとも高い大凸部《おおとんぶ》から見た二重カルデラの美しさは、こんなふうに書かれている。

眼下いっぱいに火口原が広がっている。その火口原の中心に小さな山が盛り上がり、またその中心部が陥没しているという風景に出会うのは初めてで、よくできたアニメかSF映画を見ているようだった。二重カルデラは濃い緑一色で、紺碧の太平洋をバックにして、原色のパワーに圧倒される。大自然の力を実感！

また大凸部からは四方をぐるりと眺めまわしても、海しか目に入っていないことについても書いている。

船が難破してこの島に流れついた者は、いちばん高い地点まで登って、どこか脱出できる場所はないか、探そうとするだろう。だが、ようやく登りついて、三百六十度見回しても海しか見えない。逃げ道はないという現実が突然、現れる。四方がどこまでも開けているというのに、絶望するよりない。絶望の頂きとでも、俺は呼びたい。

あいつ、意外に文才があるじゃないかと思った。起こった事実を無味乾燥な文章で書く新聞記者よりも、読ませる力に長けている。そういえば、学生時代「俺はロマンチストなんだ」と言っていた。ただし、牛丼を病気見舞いに持ってきた、どこかズレたロマンチストだ。

夜、展望公園で眺めた星空の美しさについても述べられていたが、こちらは二昔前の少女趣味みたいな文章で、読んでいて気恥ずかしくなった。

一回目の訪問はほとんどが青ヶ島の素晴らしさを紹介するような文章だった。

二回目の訪問からは、鬼退治の痕跡探しに島の中を歩き回っている。だが、成果はなかなか上がらない。

「為朝」にちなんだ名前の民宿があるように、青ヶ島でも源為朝の名前は知られている。が、あくまでも伝説の中での出来事で、遺跡などの物的証拠には出くわさない。

青ヶ島にいつ頃から人が住み始めたのかは不明である。記録に残っている最古の出来事は、十五世紀に青ヶ島に帰る船が行方不明になったというものだ。源為朝が伊豆諸島で活躍したと思われる十二世紀半ばの記録など残っているはずもなかった。

保元物語に登場する鬼とは、いかなる人種なのか。考古学上でいちばんありがたいのは、遺跡から人骨や副葬品が発掘されることである。時がたってDNAは壊れている場合もあるが、炭素年代測定で、どの時代の人物なのかはわかる。副葬品からも、属していた文化が見てとれる。しかし、遺跡もなければ、人骨も出てこない。沼は、こんなふうに書いている。

青ヶ島は江戸期に火山が大噴火して、多くの人が死亡し、生き残った者は八丈島に避難している。もしかすると、古くからの遺跡はこの大噴火で埋もれてしまったのかもしれない。人骨はあまり期待できない。なにしろ火山灰地は酸性で、人骨は残ることなく溶かされて消滅する。だが、諦めない。海のそばである。もし貝塚でも見つかれば、貝殻はアルカリ性だから、それに護られて骨が溶けずに残ることもある。諦めないぞ。秦野先生はいつも言っていたではないか、「クソ根性だ！」と。

秦野が登場したので、笑ってしまった。恩師の口から幾度も出たあの言葉は三人の中に強烈な印象を残している。

青ヶ島の神々についても、沼はこう解釈している。

青ヶ島ほどたくさんの神々が存在し、少し前まで信仰の対象となっていた地域は他にないだろう。その神々を祀っているのがイシバと呼ばれる神殿で、今でも、神社などに行くと、玉石を置いただけの素朴なイシバに出会う。村の人に言わせると、神社だけでなく、道ばたや野原などにもイシバは作られていたらしい。

一種のアニミズムの世界なのだろうが、これは大和民族以外に先住民族がいて、彼らの宗教が日本の神道と混じり合って、こんなふうになったのではないだろうか。きっと青ヶ島の神々の中には、『鬼』と呼ばれた民族が信じていた神々が混在しているはずである。

最後の部分は強引に自説に結びつけているきらいもあるが、青ヶ島の神々について、いちおうは筋だった仮説がなされている。

読み進めていくと、秦野先生がまた登場してきた。それも、言葉ではなく、ご本人の登場だ。ノートの書かれた年と月で確認すると、三年半前のことだった。

秦野先生が八丈島にいらっしゃった。大学を退官してからというもの退屈な日々を送っているから、かつて発掘調査をした遺跡を訪ねて歩いているらしい。私も先生のお供をして、湯浜、八重根、火《ひ》の潟《がた》などの遺跡を訪ねたり、お話を聞いたりした。

今、自分がしている『為朝が退治した青ヶ島の鬼』についても、お話しした。かつては幾度も八丈島に来た先生は為朝伝説に興味を持っていて、保元物語に登場する鬼の一族というのは、南方から渡ってきた民族ではないかという仮説すら持っていたのだ。保元物語の鬼は身の丈が三メートルという大男である。三メートルというのは誇張だが、南方のポリネシアには大男が住む島がたくさんあるというのだ。

ここまで読んできて、秦野先生が自分と同じ「鬼＝ポリネシアからの渡来人」を唱えていることに驚いた。自分は、あの秦野統一郎と似たレベルなのかと、一瞬嬉しくなった。が、考古学会の泰斗と言われた男である。小田切よりもずっと多くの引出しを持っていた。

水に乏しい青ヶ島では米作りはできず、少し前まで島民の主食はサツマイモだった。このサツマイモはどこから伝来したのかということを、秦野先生は問題にしている。サツマイモは元々中南米が原産で、それがいくつかのルートを経て、世界中に広がったそうだ。そのうちの一つに南米からポリネシアに伝わったというルートがある。それゆえ、ポリネシアからさらには北上して伝わったと考えるならば、絶海の孤島である青ヶ島でサツマイモが作られていた理由も説明できる。

〈主食から探っていく。さすがは秦野統一郎……〉

感心した。世界には米、小麦、トウモロコシなど主食で区分けされた文化圏があることは文化人類学の常識だったが、そちらには目が向かなかった。研究の第一線から退いて、だいぶ時はたっているはずだが、秦野統一郎の頭のキレには衰えが見えない。

さらに秦野はアドバイスを送っている。

先生は視野を狭くせず、幅広くものごとを考えなさいとおっしゃった。青ヶ島には『鬼退治伝説』だけではなく、『徐福伝説』もあるから、併せて考えれば面白いと。秦の始皇帝が不老不死の仙薬を探しに家臣の徐福を東海に派遣したが、見つけ出すことはできず、船に乗せていた女児五百人を八丈島に、男児五百人を青ヶ島に置いていったという伝説だ。その伝説は八丈島出身のぼくも知っていたが、先生はそうしたことも考慮に入れながら、鬼についての仮説を立てなさいと言うのだ。たとえば、きっちり男女を分けたのではなく、ある程度は男と女が入り混じり、彼らの子孫が為朝が退治した『鬼』となったとか——荒唐無稽な伝説とはいえ、その中に何かの真実が隠されているかもしれないという先生の姿勢は、大いに学ばなければならない。

秦の始皇帝の使者・徐福が八丈島と青ヶ島に残した男女千人の子孫が「鬼退治伝説」に出てくる鬼になったのか？　人類学から文化人類学、さらには伝説まで視野に入れて思考を進めよという秦野先生の視野の広さには、敬服するしかない。

次のノートにも、秦野先生とのやりとりが記されていた。秦野が鬼の正体につながるかもしれないものを手に入れたという記述に出会って、気が引き締まった。二年前の四月の日付の入った記録だった。

秦野先生より電話があった。一度、青ヶ島に行ってみたいが、同行してくれと頼まれた。むろん承諾した。

なにより驚いたのは、先生が青ヶ島らしき島にある「鬼のイシバ」の地図を手に入れたとのことだ。江戸期に船問屋を営んでいた知人の土蔵から見つかったものだという。イシバといえば、青ヶ島に多数存在する神様を祀った神殿みたいなものだ。漢字では石場と書くらしく、丸い玉石や尖った石を地面に並べただけという素朴な神殿だ。だが、鬼を祀ったイシバがあるなんて、聞いたことがなかった。

「もしかすると、為朝が征服した鬼を祀ったものかもしれんな。鬼のイシバに奉納品や祭器があれば、鬼たちがやってきたルートがわかる。いちおう村役場に電話して訊いてみたが、『神様のイシバはたくさんあるが、鬼のイシバなんて聞いたこともない』という返事だった。つまり、われわれが探し出して、新事実を明らかにするしかないわけだ」

先生の声は力強く聞こえた。

電話を切って、心が躍った。保元物語には、姿を消すことができる「隠れ蓑」や、財宝が出てくる「打出の履」などを、かつて鬼たちは持っていたと記されている。なにかとんでもないものが見つかるかもしれない。手がかりもなく、青ヶ島の遺跡や貝塚らしきところを探しまわるより、目標みたいなものがあったほうがどれほどよいことか。

その上、助かったのは、先生のご負担でヘリや民宿が使えるようになったことだ。小さな船に片道三時間も揺られることもないし、キャンプ場で毎日ふかした芋を食べることもない。

なにか遠足を待ち焦がれている小学生みたいな気分になっているのが、文章から伝わってくる。われわれ三人のうち秦野先生をいちばん敬愛していたのは沼だった。先生がいちばん可愛がっていたのも沼だった。

沼はヘリのチケットが予約できたことを記している。五月二十二日に青ヶ島に飛ぶことになった。そのノートは、そこで終わっていた。

さあ、青ヶ島での「鬼のイシバ」を探す旅はどうなったのか。期待をこめて、続くノートを探した。だが、見つからない。ダンボール三箱にノートや資料は整理されないままに詰めこまれていたから、すべてを机の上に出して調べた。が、鬼のイシバについて記されたものは皆無だった。

二年前の五月二十二日から、崖から転落して死亡した日まで、沼は何をやっていたんだ?

（4）聖母マリアはイエスを産んだのか？

1

二月初めの日曜日だった。外出の身支度を整えてリビングダイニングに出てくると、濃紺のワンピースにキャメルのショートコートを羽織り、ちょっとばかりお洒落をした妻がいた。

「あれ、どこかに行くの」

「言ってなかったっけ、大学時代の友だちとランチするの」

夕海は先月、病院を辞めて、調剤薬局の薬剤師へと転職している。夜勤もなく、土日も休めるところを探したという。大学卒業以来ずっと勤めてきたハードな職場を退職した反動からか、最近はよく外出しているようだ。

「あなたは、仕事？」

「ああ、科学博物館の先生がこの日しか空いていないと言うんで、上野まで行かなくちゃいけない」

つかなくてもいい嘘をついていた。

もう行かなくてはと言う妻を送り出し、小田切はリビングダイニングに残った。途中まで一緒に行ってもよかったのだが、嘘をついた負い目があったのか、少し遅れて家を出ることになった。

ソファに座って沼のことなど考えていると、いつの間にか家を出なければならない時刻になっていた。

和光市駅から私鉄電車に乗り、池袋で山手線に乗り換えた。ただし、上野ではなく、反対方向に行く電車だった。

昨年末と同様、目白駅で下車した。ただし、足を向けた先は教会ではなかった。駅から左手に歩き、ローストビーフサンドが美味しかった「あんだんて」に向かった。

歩きだして百メートルも行かぬうち、先日と同じあたりで、

「神はおられるのです」

声をかけられ、足を止めてしまった。今度は若い女性だった。化粧気もない彼女が差し出してきたチラシを今日も受け取ってしまった。

歩きながら、手にしていたチラシに目をやった。「オンリー・ワン・ゴッド」という名称が記されている。先日、受け取ったチラシにも同じ名前が書かれていた気がする。いつもあの場所で布教活動をしているのか。つい本文に目を通してしまった。神は世界

で唯一の存在で、ユダヤ民族を愛した。日本人もユダヤ人と祖先を一にしているから、同様に神に愛されている優秀な民族だ——そんなことが書かれている。カルトだ。小田切はチラシをコートのポケットに突っこんだ。

「あんだんて」のドアを開けると、秦野牧の存在はすぐ目に入った。一人ではなかった。頰のたるんだ白人男性が彼女の隣に座っていた。デイブだった。

牧が言った。

「教会で、私がこのあと小田切くんと会うって言ったら、デイブ、自分も会いたいと言い出して」

「すみません、用事が終わったら、すぐに退散いたしますので」

日本語が流暢なこのアメリカ人は、笑った顔を向けてくる。

小田切は向かいの椅子に腰を下ろし、前回と同じくローストビーフサンドとアメリカンコーヒーを注文した。

テーブルの上に置かれていたコップの水をひとくち飲んで、小田切は訊いた。

「それで、用事というのは」

「日報新聞さんでは『トラベル四季』という雑誌を出しておりますね」

「ああ、旅行月刊誌ですね」

「その雑誌の誰かを紹介していただきたいんです——四月のイースターに、イエスの乳歯が新しく作られた聖歯教会に納められることは、ご存じですよね。それを取り上げていただきたいんです」

「売り込みですか」

「はい。ぜひお願いしたいと」

大柄なアメリカ人は両手をテーブルにつき、わざとらしく深々と頭を下げた。大きな体が窮屈そうだった。元の姿勢に戻って、言葉をつなぐ。

「世界中の注目を集める一大イベントです。以降もずっと聖なる歯はその教会で保管されることになって、クリスチャン以外の方でも興味を持つ観光の目玉になることは間違いありません。それで『トラベル四季』に取り上げてもらいたいんです。取材に便宜をはかることは当然いたしますし、経費はこちらで負担することも考えております」

澱むところのない日本語で言ってくる。

少し考えて、小田切は答えた。

「タイアップ記事でない限り、経費の負担はお願いすることはありませんが、そうですね、『トラベル四季』の編集者に話を伝えることはできると思います。ただし、むこうが企画に興味を示すかどうかはわかりませんよ」

言いながらも、「トラベル四季」のほうは乗り気になるだろうと、小田切は思った。聖なる歯を教会に納めるイベントは世界的な話題になるはずだし、その模様を取材できれば、インパクトのある記事作りができる。

デイブは「アメリカ南部キリスト教連合」から始まる長い肩書がついた名刺を取り出

した。「むこうの編集部の方にお渡しください」と言って、小田切に託した。

せっかくの機会だ。こちらにも訊きたいことはある。

「あの乳歯は銀行の金庫なみに強固な部屋に納められるらしいですね」

「銀行なみどころではありません。なにしろ主イエスの乳歯ですからね、イランからの核ミサイルが落ちても無事な部屋にしまわれるそうです」

デイブはニッと白い歯を見せて笑った。年の割にはきれいな前歯だと思った。だらしなく垂れた頬との違和感も覚えた。

小田切は言った。

「もし核ミサイルが落ちても無事な部屋の構造やセキュリティー・システムについて取材させてもらえるんなら、『ガリレオ』でも記事にできるかもしれませんよ」

「ノー」相手は初めて英語を使った。「構造やセキュリティーについては、いっさいが秘密にされております。むろん、私も知りません」

アメリカンコーヒーが先に届いた。小田切は少しだけ苦味を感ずるコーヒーを舌で味わってから、問いを続けた。

「イエスの乳歯は教会の奥深くにしまいこまれたまま、もう表には出されないんですか」

「何十年に一度という特別な催しでもある時は別でしょうが、そう簡単には表には出せません。キリスト教における至高の聖遺物です。何かあったら、取り返しがつきません」

「新たに科学的な調査を受けるとかは」

「お友だちの夏原先生がしっかりと科学的調査をしたじゃないですか。あれがすべてだと、聖歯教会を設立するキリスト教関係者は考えているはずです」

夏原が言ったとおりの答が返ってきた。あの歯は二度と科学の目にさらされることなく、厚い扉のむこうで〝神の子の乳歯〟として存在し続けるのだ。

聖歯教会の概要などを聞いているうちに、ローストビーフサンドが届いた。

「お時間をとらせてしまいました。私は退散することにします」

デイビッド・ウッドワードは腰を上げた。「企画の件、よろしくお願いいたします」と、もう一度、頭を下げ、小田切や牧の分も記されている伝票をつかみ、踊るような足どりでレジのほうに行ってしまった。まるで日本人の営業マンみたいだった。

「ずいぶんな張り切りようだね」

大きな背中が見えなくなってしまうと、小田切は言った。牧は肩をすくめた。

「そう、盆と正月がいっしょにきたような、いえ、イースターとクリスマスがいっしょにきたようなはしゃぎようよ」

「で、今日の教会の入りはどうだった」

「満席以上。入りきれず、控室で備えつけのスピーカーから説教を聞いている者もいた。主日礼拝を午前と午後に分けようかという話も出てるみたい」

「もろびと、こぞりて、か――ああ、この前と同じカルトが、また同じ場所でビラ配りをしてたよ」

小田切は隣の椅子に置いてあったコートのポケットからチラシを取り出し、テーブルに置いた。

「今日も、つい受け取ってしまった」

「若い子が配っていたからでしょ。私はスルーしてきたけどね」

牧はチラシを手にとった。

「ふーん、『オンリー・ワン・ゴッド』ねえ。神は世界で一つしかないんなら、キリスト教もヒンズー教も、イスラム教も同じになってしまうのか。日本人とユダヤ人の祖先がいっしょなら、イエスと天照大神《あまてらすおおみかみ》の関係はどうなるのかねえ。うん、カルトだ。夏原くんの見つけた乳歯のおかげで、カトリックやプロテスタントも元気になるし、カルトも雨の後のキノコみたいにたくさん生えてきた、と」

「まあ、日本人とユダヤ人の祖先が重なるという日ユ同祖論は、明治以来、ことあるごとに言われてきた説だけど、そこにイエスまで結びつけてる」

つい笑ってしまった。猫も杓子も「イエスの乳歯＝神の証拠」だと言い立て、勢いづいている。

デイブに関わったり、カルトの話をしたりして、まだ本題に入っていなかった。サンドイッチを一切れだけ食べ、水を飲んでから小田切は言った。

「まずイエスの乳歯の件から話す。夏原と電話で話したんだが、乳歯は誰かの陰謀で埋められたわけではないという証言が新たに現れてしまった。夏原当人の証言だ」

乳歯が入っている小箱を覆っていた土が他の場所と違いはなく、固かったことを、小田切は話した。

「そうか、乳歯を埋めて、そう時がたっていなければ、周囲と違う感触だったろうしね。私もナザレに行って、発掘現場を夏原くんに案内してもらったけど、人っ気のないところだったから、誰かが小箱を埋めたかもしれないと考えてた。でも、その可能性はなくなったわけか」

「放射性年代測定、ミトコンドリアDNAだけじゃなく、固い土に覆われていたという証言まで加わったんだ。夏原は神が作ったトリックで、人間には解明不能かもしれないと言ってた」

「トリックなんかじゃなくて、二千年前に埋められたイエスの乳歯だと認めてしまったほうがすっきりするんじゃないの」

先日、自分の頭の中にも響いた言葉だ。苦笑の表情を作って、小田切は言った。

「クリスチャンなら気持がすっきりするだろうが、あいにくぼくは異教徒なんでね」

この話に拘泥《こうでい》していても、よいことはなさそうだ。話を進めることにする。小さく咳払いをして、小田切は言った。

「イエスの乳歯に比べればワールドワイドと青ヶ島ローカルと、スケールはずいぶん小さくなるが、沼の件だ。メールに書いたように、秦野先生も為朝の鬼退治に興味を持っていて、『鬼のイシバ』なるものを探しに、沼といっしょに青ヶ島に行ったらしい。ただし、島で何をしたのかは、わかっていない。そのあたりのことを書いた沼のノートが見当たらないんだ。為朝が退治した鬼について、秦野先生は何か言ってなかった」

「その前にもっと詳しく話してくれないかな。メールだから、ずいぶんはしょって書いてあるからね。友人である沼くんだけでなく、オヤジも登場してくるんだから、できるだけのことは知りたいのよ」

小田切はあらためて沼が遺したノートや資料について、話をすることになった。時折、牧が質問をしてきて、それに答えたりもする。為朝の鬼退治から始まり、鬼＝ポリネシア人説、徐福伝説、そして鬼のイシバまで、話は多岐に渡った。

ひととおりの話が終わると、牧が言った。

「三年くらい前だったかな、実家に帰って、オヤジと話をした時のことを思い出した。沼くんが為朝の鬼退治にいたく興味を持っているらしいという話になって、その時、オヤジ、保元物語に載っている鬼はけっこう有望じゃないかって」

「有望？」

「実際にいた可能性が高い、と。鬼とは書いてあるが、風体は鬼らしくはないから。ねえ、日本の伝説に出てくる鬼は角が生えていたり、牙があったりして、人間ではないことを誇示してるでしょ。だけど、保元物語の鬼は体が大きいくらいで、あとはふつうの人間と同じ。だから、現実にいたんじゃないかと」

「それはぼくも考えた。妙に普通っぽい鬼だ。その分、リアリティーがある。ただ、身長三メートルってところがな」

「そいつらを打ち負かした為朝の強さを際立たせるため、ちょっと盛ってみたんでしょ」

「まあな。そこで、沼のノートに書いてあったように、鬼の正体は海を渡ってきたポリネシア人という仮説を、秦野先生は立てたと」

「オヤジ、守備範囲が広くて、八丈島ばかりじゃなく、青ヶ島のはるか南にある北硫黄《きたいおう》島の遺跡発掘調査にも参加してたのよ。太平洋はポリネシア人ばかりじゃなく、さまざまな人種が新天地を求めて移動を繰り返した海の自由通路だったんだって」

「スケールが大きくて、先生らしい見識だな」

どの分野でも同様だろうが、学者には狭い専門領域を徹底的に研究する者と、いくつもの領域に幅広い見識を持つ者がいる。秦野統一郎は典型的な後者タイプで、専門は旧石器から縄文にかけての研究だったが、古い時代に関わるものだったら何にでも興味を示し、思考も柔軟だった。

「しかし、鬼のイシバの絵図か。なんなんだろうね、鬼のイシバって」

「イシバというのは、青ヶ島の神様を祀った神殿や神社みたいなものだ。神殿とはいえ、ただ石を並べただけのものらしいけどね」

インターネットで画像を見ることはしていた。丸い玉石や三角の石を地面に並べたという素朴な神殿だった。

「私もいちおうはネットで見てみた。だけど、あくまでカナヤマサマとかトウゲサマとか島の神様を祀ったもので、鬼を祀ったものなんてなかったよ」

「秦野先生も村役場に問い合わせてみたが、そんなものはないと言われた、と。絵図には描かれていても、一般の島民に知られてはいない秘密のイシバだったんだろう」

「そんなもの、わざわざ探しにいくだけの価値があったのかしら」

「イシバじゃないけど、神社には奉納品が納められている場合が多い。それを調べることができたら、鬼の正体をさぐる手がかりになる――とりあえず、鬼のイシバの絵図がどんなものなのか、見てみたい。そのことについて、秦野先生から何か聞いたことある？」

牧は首を横に振った。

「でも、江戸時代に船問屋をしていた家の土蔵から見つかったというんでしょ。オヤジ宛てに来た手紙とか調べてみようか。知ってのとおり、あの人は在野の研究者とのつきあいがあって、よくうちにも手紙が来てた。そういった書簡類はまだ書斎にどっさり残っているよ」

2

「小田切さん、いい話をありがとう。きのう、ウッドワードさんと会ってきたわ。イースターに合わせて開催される聖歯教会でのセレモニーも取材させてもらえそう」

パソコンの画面を眺めていると、隣の編集部から「トラベル四季」の編集者である小《こ》谷初穂《たにはつほ》がやってきて言った。

「いつの号に載せるの」

「教会のお披露目の翌月に出る号。五月だったら旅行シーズンだし、今年は聖歯教会もできたから、イスラエル旅行は人気が高くなるだろうし」

「小谷さん、自分で行くんですか」

「当然でしょ。こんなに美味しい仕事、外部のライターにまわすわけはない」

外報部の記者として世界を飛び回っているかたわら、海外観光地の記事を書き続け、ついには旅行雑誌の編集部に移動になったアラフォー女性編集者は肉付きがいい上半身を反らせた。

「きっとツアー広告もいっぱい入ると思うよ」

「イスラエル旅行の広告がねえ」

「そうよ。聖地を巡るクリスチャンのためのツアーの他、最近では有名観光地には飽きた旅行好きの狙い目になってる。待ってなさいよ」

言い置いて、小谷初穂は自分の編集部に戻っていった。

すぐに帰ってきた。手にしていたものを小田切の机の上に置いた。DVDだった。

「イスラエルの旅」というたってシンプルなタイトルがついていた。

「科学ばかりじゃなく、たまには文化の勉強もしなさい。仕事の幅が広くなるよ」

少し年上の女は偉そうに言って、小田切の席を離れていった。

忙しくもない時だったので、すぐにＤＶＤをパソコンにセットした。

ユダヤ教、キリスト教、イスラム教の三宗教の聖地となっているエルサレムがまず紹介されている。有名な嘆きの壁や、イエスにちなんだ聖墳墓教会、オリーブ山やシオンの丘が出てくる。街では普通のかっこうをした人の他、黒い帽子に顎ひげを蓄えたユダヤ教徒などが石畳の道を歩いていて、少し不思議な感じがする。

キリストが誕生したベツレヘム、少年時代を過ごしたナザレも出てきた。ナザレではマリアが天使から神の子を受胎したことを告げられた受胎告知教会が紹介され、白茶けた石灰岩の大地に緑がはりついた郊外の風景も映し出された。少し前に作られたＤＶＤには〝イエスの乳歯〟が発見された場所は出てこないが、聖歯教会ができれば、参拝者や観光客にとって最大の注目スポットになるだろう。

塩分が高くて体が沈まない死海や白ワイン、地中海料理なども満遍なく紹介され、四十分ほどのＤＶＤを、小田切は飽きることもなく観た。

ＤＶＤを見終えて、パソコンの電源を落とした時、大柄な男が編集部に入ってくるのが目に入った。そばまで来て、言った。

「小田切、今、話できるかい」

社会部にいた頃の同僚の風間《かざま》守弘《もりひろ》だった。

「おう、かまわないよ」

風間は周囲を見回した。編集長の野平は席を外していたが、他の部員は在籍していて、パソコンの画面を見たり、ゲラに目を通したりしている。

「会議室のほうに行こうか」

察して、小田切は言った。出版局には各編集部が共同で使っている会議室が二つある。第二会議室が空いていたので、そこに入った。

「なんだよ、内密の話か」

椅子に腰を下ろして、小田切は言った。

「内密というわけでもないんだが、まだ紙面に出ていない連載企画なんでな、人のいるところじゃ話しにくい――おまえさんが『ガリレオ』で担当したイエスの歯の件だ」

なんとなく予感はしていたが、やはりその件だった。

「野平さんから聞いたんだけど、イエスの乳歯の真相を暴く取材をしてるんだって。化けの皮は剝がせそうか」

苦笑いしてしまった。

「剝がせそうだったら、社会部、外報部、あらゆる部署に応援を頼んでいるよ。だけど、化けの皮はさらに強固になっている」

野平から聞いているのなら、ある程度は話してもかまわないだろう。小田切はアメリカにいる夏原と話した内容を簡単に説明した。最新の遺伝子技術を使っても、乳歯の偽造は不可能。さらに乳歯の入っていた箱を覆っていた地面は固く、近年、埋められたものではないことを話していった。

「放射性年代測定、ミトコンドリアDNA、地面は固かったと、合計三つの証拠が乳歯が本物であることを裏付けている。もし、あの乳歯が誰かに仕組まれたものだとするなら、それは神の作ったトリックが使われていると、発見者は言ってるよ。どうだ、最初からこれでは、連載なんて成り立たないだろう」

「いや、乳歯の真偽だけがテーマというわけじゃないんだよ」落胆する様子も見せず、風間は言った。「あの乳歯の発見以降、世界がどんなふうに変わったかをレポートしていくという連載企画なんだ」

「欧米でキリスト教原理主義が復活しているという現象か。世俗的な人間と衝突が多発しているとは、よく聞く話だな」

「欧米のキリスト教徒ばかりじゃないさ。その他の宗教でも神の存在が高まっている。タイやベトナムなどの仏教国では寺への寄進が格段に増え、若い出家者も目立ってきている。エルサレムでは黒帽子に髭を生やした正統派ユダヤ教の男が多くなったというんだ。その他、ヒンズー教や、世界中にある土着宗教も活動を活発化させている」

「だけど、仏教やヒンズー教は今回の乳歯発見と関係ないだろ」

「たしかにキリスト教の神の子であるイエスの乳歯の発見なんだから、他宗教とは無関係なはずだ。しかし――」風間はテーブルに指で横線を引いた。「どこの国でも、昔は人間と神との間に線が引かれ、人間の上には神や仏がいた。だけど、科学の進歩のおかげで、だんだん線の上にある神様の世界が薄ぼけてきた。そんな時代に、宗教こそ違えど、神が存在する証拠が発見されたんだ。やはり現実を超えた異次元世界があったのだと思う者が多くなった、と」

キリスト教以外の宗教も活気づいているということには、いま一つ実感が湧かなかったが、社会部でも敏腕記者で知られている風間が言うことだ。外報部からの情報も得ているに違いない。小田切は言った。

「だったら、日本はどうなってるんだ。寺の坊さんたちが元気になっているなんて話は、どこからも聞いていないぜ」

「日本は少し特殊なんだよ」風間は肉が少しついてきた顎を撫でながら言った。「日本の仏教は完全に葬式仏教化してて、極楽地獄や輪廻転生なんてことを、真面目に考えている日本人はほとんどいない。神道にしたって、初詣の時などに賽銭《さいせん》を入れて、願い事をするくらいだ。もともと日本の神道は山とか木とか自然を崇拝するアニミズムみたいなもので、外国みたいにはっきりとした神の概念を持ってるわけじゃない」

風間の言葉に、小田切はうなずいて返した。正月三日に湯島天神に初詣に行ったが、賽銭をあげて、今年一年の健康を祈ったくらいだ。とくに神の姿をイメージして掌を合わせたわけではなかった。

「日本という国ではな、既成宗教は形はあっても、中味がすっカラカラになったセミの脱け殻みたいになってるんだ。脱け殻になった姿では、もはやエネルギーも出ない」

風間の言い方は辛辣だが、事実の一端はえぐっている。

「その代わり、活気づいたのが二つある。一つはご承知のとおりカトリックやプロテスタントなどのキリスト教団体だ。そして、もう一つはカルト。各大学がカルトの復活に手を焼いているという記事、俺が書いたんだけど、読んだだろ」

「ああ、読んだよ。雨後のタケノコのように、いろんなのが出てきたとか」

「以前からあったものに加えて、新顔も出てきた。いろいろあるんだが、最近、目立って会員を増やしてきたのが『オンリー・ワン・ゴッド』という団体だ」

目白でチラシを渡してきたあの連中だ。

「道を歩いてて、勧誘チラシもらったよ。世界に神は一人しかいない。ユダヤ人は神に愛された国民だから能力が高く、日本人もユダヤと祖先を一にしているから、世界でも優秀な民族だ——たしか、そんなことが書いてあった」

「そうだ。明治以来論じられていた日ユ同祖論に神をくっつけ、その神の乳歯が発見されたと大宣伝している。二十世紀も末にできたカルト教団で、それまでは地味にやっていたが、ここにきて爆発的に会員を増やしている。大学生ばかりじゃなく、社会人も会員になっている。それも、けっこう高学歴で頭の良い人間が多い」

「頭の良い人間が、どうしてカルトに騙される」

「俺も教義を勉強させてもらったが、日ユ同祖論の学問的根拠から始まって、神の遺伝子、さらにはユダヤ人と日本人のノーベル賞受賞者の数まで並べて、けっこう科学的、論理的なんだ。とりわけ、広報部のトップである不破《ふわ》という奴が弁がたつと評判でな、皆、丸めこまれてしまうらしい」

「しかし、カルトに丸めこまれるとはなあ」

「フェイク・ニュースや陰謀論を信ずる者がいくらでもいる時代だ。しかも、日本人はユダヤ人と並んで世界でも優秀な民族だと主張されれば、高学歴の人間ほど自尊心も満足させられる。あそこの会員が増えるのも、理の当然かもしれん」

そういえば、先日、ビラを渡してきた若い女も大学生のように見えた。溜め息をつくよりなかった。

「信ずるほうも特定のカルトにどっぷり嵌まってしまう者もいれば、逆に軽いノリで神を信ずる者もいる。最近『神ング』という言葉がネットでよく使われているんだ」

「カミング？」

「カミングアウトを短くしたものだが、『カミ』の部分を『神』に置き換えてる。『〇〇先輩が神ングして、おれにも勧めてきた』みたいに使う。けっこう気軽に無神論から神を信ずる側にまわるみたいだ」

「大きな決意をするわけじゃないのか」

「現代日本のソドムとゴモラである新宿歌舞伎町や渋谷のセンター街に行ってみると、けっこう面白いものが見れるぜ。よくカルトの布教グループが出てきていて『悔い改めろ』と呼びかけてる」

知らなかった。社会部から科学雑誌の編集部に移動になって、少し世情に疎くなっているのかもしれない。

風間が言った。

「おい、おまえさんの机にイスラエル旅行のＤＶＤがあったよな。聖歯教会の見物にでも行くつもりか」

目ざとく見つけていた。

「あれは『トラベル四季』の小谷女史が貸してくれたものさ。あそこの編集部では、キリスト教関係者の誘いに乗って、イスラエルまで取材に行き、聖歯教会のオープニングを大々的に記事にするらしい」

「そうだよな、売れるからと、マスコミのほうもこの騒ぎに加担しているんだよ。皆がキリスト教やカルトの後押ししているみたいなもんだ」

溜め息の次は苦笑が口から出てきた。「乳歯の真偽について、何かわかったら報せてくれ」と言って、社会部記者は椅子から立ち上がった。

3

新宿駅東口の出口を出る前から、外のきな臭さを感じ取っていた。構内から出ると、それが何なのかがすぐにわかった。双方合わせて六、七人の男たちが言い争っている。

声からすると、布教活動をしていた若者グループに三人の中年男が文句をつけているようだった。揉み合いになって、すぐ近くの交番から警察官が靴音をさせてとんできた。怒号と罵声が夜の灯の下で交錯した。

〈こういう騒ぎか……〉

小田切は少しの間、警官が割って入った騒ぎを見ていたが、靖国通りの方向に歩きだした。

国立《くにたち》での取材が遅くなり、新宿駅で中央線の電車を降りた時、外は夜になっていた。山手線に乗り換えるつもりだったが、ふと気が変わって、歌舞伎町を見てみようと思った。社会部の風間から言われたことを思い出したのだ。新宿の歌舞伎町や渋谷のセンター街では、「悔い改めよ」と説くカルトが現れて、布教を行っているという。

しかし、新宿駅を出たばかりのところでもう騒ぎが起こっている。歌舞伎町ではどんなことになっているのだろう——期待に似た思いが胸には湧いていた。

靖国通りの横断歩道で赤信号に引っかかった。通りのむこうでは、毒々しいほどの赤で縁取られた「歌舞伎町一番街」のアーチが輝いている。日本の誇るソドムとゴモラの地だ。イスラエルにあった本家本元は神によって火で焼かれたが、日本のそれはまだ健在の様子だった。

信号が青に変わり、横断歩道を渡る。渡った先は日本一の歓楽街だった。道の両側のビルというビルには客を誘う派手な看板が隙間もないほどに光を放ち、広くもない通りは人で溢れている。

赤いアーチの下をくぐろうとした時、横あいから男の声で呼び止められた。若い男性の二人組だった。二人とも就職面接に行くみたいに髪を短く揃え、スーツを着て、ネクタイまで締めていた。

「ここから先に行くのは、止めておいたほうがいいです。神様の怒りを買います」

現れた——呼びかけは無視して、足を前に進めた。

久しぶりに来た歌舞伎町だったが、ネオン看板の下をくぐると、以前と変わらぬ街だった。男のグループが大声で話をし、大声で笑っている。体を密着させたカップルがやってくる。黒服に先導されるように三人組の中年男がキャバクラに入っていく。出勤を急ぐフーゾクの子なのか、茶髪の若い女が早足で歩いていく。テレビに取り上げられて有名になったホストクラブからホストに送られ、化粧の濃い女がもつれあうように出てくる。規則性もなく人がうごめく中で、欲望の熱気が立ち上っていた。

ここまでは「神」の力も及ばないのか。下手に布教活動をすれば、この街の裏側に潜んでいるヤクザや中国マフィアが圧力を加える。ここは、欲望の解放区だ。人ごみを縫うように先へと進んだ。だが——。

すぐ先で、白い物が見えた。客引きをしていた若い男を数人の若者が取り囲んでいる。白く見えたのは、若者たちが皆、白い上着を着ていたからだ。

「神が戸口まで来ているのがわからないのか」「悔い改めよ」

客引きは何か言い返したが、壁際まで後退した。

関わってはいけない。小田切は若者たちの後をすり抜けた。まだいた。やはり白い服を着た一人の女が行く手を遮った。

「この街から、すぐに立ち去りなさい」

若い女だった。白いシャツの胸元には大きな十字架がプリントされていて、その十字架を凝視してしまったのが、誤解されたのかもしれない。

「サタンを心のうちより追い出しなさい！」

女の声が険しさを帯びた。二つの目が動かずにこちらを見ている。目が据わっているというか、普通とは違った目だった。

「最後の審判は近いぞ」

大きな声だった。その声に客引きを囲んでいた男たちが、こちらを見た。女と同じ目だった。

恐ろしさでいっぱいになった。足が勝手に動いて、女の横をすり抜けて逃げた。バッグを抱え、人を避けながら走った。「俺は違うんだよ」走りながら、心の中で叫んだ。百メートルほど走り、狭い路地に逃げ込んだ。荒い息のまま、電柱の陰に身をひそめた。連中が追いかけてくる様子はなかった。気をゆるめた瞬間、路上に落ちていた何かを踏み、バランスを崩して転んだ。左の肘を舗道に打ちつけ、痛さに呻《うめ》いた。

なぜ、自分がこんな目に遭わなきゃならないんだ？　起こったことが、よく理解できない。

ようやく痛みがやわらぎ、バッグを拾って、立ち上がった。路地から首を出して、通りを窺った。白い服の連中はどこにも見えない。

もう歌舞伎町に現れるカルト見物などする気はなくなっていた。だが、まっすぐ新宿駅に向かえば、連中に会うかもしれない。小田切は新宿区役所のほうに向かって歩いた。東新宿の駅から電車に乗るつもりだった。

途中で気が変わり、ゴールデン街に行ってみようと思った。ただ気楽に酒を飲むだけの街だったら、カルトの連中だって「悔い改めよ」と、押しかけたりはしていないだろう。

さすがにゴールデン街まではカルトも遠征してこないようで、バーの看板が出ているだけの狭い路地は特段の変わりもなかった。社会部時代はよく来たものだが、ここ何年かはご無沙汰している。少し道に迷ったが、「キャパ」の前に出た。薄暗い階段を二階へと上がった。

厚い木の扉を開けて、一歩足を踏み入れると、

「いらっしゃい」

背の高い初老のマスターから言葉が飛んできた。次の言葉が出てくるまで、短い間があったのは、こちらの名前を思い出すための時間だったかもしれない。

「お久しぶり、小田切さん」

「ああ、インドア雑誌に異動になって、外をほっつき歩くことも少なくなってね」

カウンター席だけの狭い店は半分ほどの入りで、小田切は空いている椅子に腰をかけた。バーボンの水割りを頼んだ。マスターは昔、カメラマンをやっていた男だったが、ロバート・キャパとは違って報道写真家ではなく、被写体は動物専門。壁には熊やコウモリのモノクロ写真が睨みを効かせていて、酒場とは思えぬ雰囲気を作り出している。

グラスをスッと押し出したマスターが小田切の左腕に目をやって、言った。

「どうしたの、肘のところ」

見てみると、ジャケットの肘の部分がみごとに擦り切れていた。

「とんでもないところで、とんでもない目にあってね」

さっき歌舞伎町の通りであった災難について、小田切は話した。

「メンバーの皆、目が据わっているのが恐ろしくなって、逃げた。逃げた先の路地で転んで、こうなったんだが、転んだのはこっちの勝手だから、文句は言えない」

マスターは顔をしかめたような、笑ったような顔を作った。

「白い服に十字架だったら、KKKみたいだね。ここのところ、いろんなカルトが現れて、新宿も変な雰囲気になってる。うちのお客さんからも、よくそんな話を聞きますよ」

「連中、ゴールデン街までは来ていないの？」

「ここは女がらみの商売はしてないし、酒を飲んで喋るだけの健全な街だからね。クリスチャンのお客さんから聞いたんだけど、だいたいイエス・キリストというのはワインをがぶ飲みする大酒飲みだったそうですね。だから、酒を飲んで、いちゃもんをつけられる筋合いはない」

二人、笑ってしまった。話を聞いていたらしく、隣の席にいた中年の男も笑って、話に加わってきた。

「しかし、どうしてこれほど急速にカルトが増えてきたんでしょうね。イエスの乳歯とかが見つかってからまだ一年くらいしかたっていないでしょ。オウムなんかが大きくなるまでには何年もかかっていたような気がするけど」

「ネットやSNSのせいでしょうね、面白そうなネタはあっという間に拡散して、そういうのが好きな連中の中で濃縮される」

小田切の言葉に、二人もうなずいた。マスターが言った。

「うちなんかでも、話の最中にスマホをいじっているのがいるんだね。わからない用語かなんか出てきて、検索かけてるみたいなんだけど」

「素直に訊けばいいのに」

「検索かけたほうが早いと思ってるんでしょ。昔だったら、『俺の話を聞いてねえのか』と言われて、はっ倒されているところなんだけどね」

いつの間にかカルト批判からスマホ批判へと話題が移ってしまった。

久しぶりのゴールデン街は心地良かった。ソドムとゴモラの住人と狂信者が火花を散らすすぐそばの非武装地帯で寛《くつろ》いでいる気分だった。

バーボンの水割りを二杯飲んで、店を出た。いちおう編集部に電話を入れたが、皆帰ってしまったようで、誰も出ない。直帰することにして、東新宿の駅に向かった。

和光市の自宅に着いた時、時刻は十一時を回っていた。マンションのドアを開けると、部屋は真っ暗だった。まだ帰っていないのか。

いちおう寝室も見てみたが、ベッドに妻はいなかった。病院薬剤師をしている頃はシフトによって深夜に近い時間に帰宅することもあったが、調剤薬局にかわって、帰りは早くなっているはずだ。友だちと食事でもして遅くなっているのか。

破れて使い物にならなくなった上着を脱いだ。着替えを抱えて、バスルームに向かった。服を脱いでみると、肘のところに青痣ができている。腹立ちは改めてあのカルトのほうに向く。

しかし、ヤクザの影もちらつくあの街であれだけのことをやっているのだ。自分たちは神に護られていると信じきっているに違いない。誰もが同じような目をしているのが、恐ろしかった。

バスルームを出て服を着ていると、玄関ドアの開く音が聞こえた。ようやくご帰館だ。

リビングダイニングに出て、帰ってきた妻に言った。

「遅いね」

「えっ、ああ、千明《ちあき》と食事したら、話が盛り上がってしまって――明日は休みをもらってるから、遅くなってもかまわないと思ってたら、この時間になってしまった」

小田切も知っている友人の名前を、夕海は口に出した。

妻は部屋着に着替えるために自分の部屋に行ってしまった。それからすぐに着替えを持ってバスルームに向かう。

なにか最近、話をすることが減った気がする。リビングダイニングのソファに座って、ふと思った。

以前は二人とも不規則な勤務だったため、顔を合わせる時間そのものが少なかった。だが、限られた時間を惜しむかのように話だけはしていたはずだった。夕海が病院から調剤薬局に勤め先を変え、顔を合わせる時間は少しは増えた。だが、話の内容はむしろ薄いものになった気がする。

テレビのスイッチを入れた。若者向けのアニメが画面に現れた。チャンネルを変えてもテレビ通販やらアニメばかりで観る気にもなれない。欠伸《あくび》が出た。酒の酔いが今になって回ってきたようだった。

寝室に行き、パジャマに着替え、ベッドに入った。先に寝てしまった。

いつもより遅い時間に目覚めた。夕海はまだ眠りこんでいる。今日は休みだと言っていたことを思い出したあと、どこかに違和感のようなものを覚えた。少し考えて、それに気づいた。夕海のスマホが見当たらなかった。

二つのベッドの間にはサイドテーブルがあり、いつもテーブルの自分の側には自分のスマホ、妻の側には彼女のスマホが置かれていた。マスコミに籍を置く小田切には緊急の連絡があるかもしれず、夕海も薬剤師としてすぐに電話に出られるようにしていた。小さなことだった。だが、心に引っかかった。ベッドから起き出して、部屋着に着替えた。今日は十時半からの会議に間に合うよう出社すればいい。

洗面をすませてからも、気持の乱れは続いていた。突然のように職場を変わった。夫婦の会話が減った。寝る時、スマホの置き場所が変わっている。三つのことが、ぐるぐると頭の中で回った。当然のように、ある想像が湧く。

とりあえず、問題は妻のスマホだ。考えた。一つの方法が思い浮かんだ。

行動を止めることができなかった。スマホが置かれているとすれば、おそらく彼女の部屋だ。自分のスマホを手にして、夕海の部屋の前に立った。「連絡先」にある番号を押した。ドアを通して、着信音が聞こえた。

電話を切って、ベッドルームを覗いた。ゆうべは遅く寝たのだろう。夕海はまだ眠っている。

心を決めて、妻の部屋のドアを開けた。パソコンデスクのそばに大きなバッグが置いてある。たぶん、あの中。一度、大きく息を吸って、ファスナーを開いた。スマホはすぐに見つかった。ブルーグレーのｉＰｈｏｎｅ。

妻が夫の浮気を疑って、スマホを密かにチェックするのはテレビドラマなどでよく出てくるシーンだ。それを今、自分がしようとしている。数秒の間、スマホを凝視していたが、結局は暗い画面をタップしていた。

画面ロックがかかっている。パスコードを自分が知っているはずもない。スマホをバッグに戻して、部屋を出るよりなかった。

最近ではスマホにロックをかけている者が大多数だと聞いたことがあるから、まあ、それはいい。しかし、バッグの中にしっかりしまわれていたことが引っかかる。疑惑は膨らんでいく。

小田切が朝食を終えた頃に、夕海が起き出してきた。用意してあった嘘を言った。

「さっきライターの湯口《ゆぐち》くんに電話しようとして、きみの番号にかけてしまったよ。連絡先の隣にあったから、うっかり押しちゃったんだな」

4

これだけ今までと違ったことが重なれば、何かあったと思うのが普通だ。そして、まず真っ先に浮かぶのがフリン。

今の時代、妻のフリンなど珍しくもなく聞く話だ。しかし、夕海はそんなことにはもっとも遠い女だったはずだ——。

結婚して八年になる。

社会部で病院についての連載記事を担当した。薬剤師の夕海からも話を聞いた。取材後の雑談で、彼女がある音楽グループのファンであることを知った。小田切もそのグループの曲はよく聞いていたので、いっしょにコンサートに行くことを約束していた。それが始まりだった。

すぐに自分に合っている女性だと思った。理系女子である彼女はあまり感情的になったりすることもなく、二人の会話は自然に進んだ。女性相手に考古学の話をすると興味なしといった顔を露骨にされることが多かったが、夕海は面白がって聞いてくれたし、質問も飛んできた。

つきあいが深まるにつれ、彼女のバックグラウンドも知るようになる。東京の生れで、普通のサラリーマン家庭で育ったが、父親は彼女が大学一年の時に病死し、母親も社会人となったその年にやはり病気で亡くなっている。兄弟はなく、二十代で独りになった。

「私って、家族運がないみたいなんですよね」

細面の彼女がそう言った時、ひどく淋しそうに見えた。放っておけない。自分の中に強い感情が生れたのを、小田切は憶えている。相手を想う時、恋なのか同情なのかを区別することは、意味がなくなってくる。

交際は滞ることもなく進んだ。当然のように結婚した。

結婚はしたが、子供には恵まれなかった。検査を受けたが、二人とも大きな問題はなかった。

不妊治療で体外受精を試みた。二度やってみたが、思わしい結果は得られなかった。

「私、昔は生理不順がひどかったから、卵子の状態があまりよくないのかもしれない。三十歳を過ぎると、体外受精の成功率もどんどん下がるというしね」

もう止めようと、夕海は言った。もう少し続けてもいいと小田切は思っていたが、彼女が言った。

「これ以上続けると、止めにくくなるよ。次は妊娠するんじゃないかと、ずるずると続けて、お金を使い果たした人もいるし、仕事を辞めた人もたくさんいる。私、今の仕事は面白くて続けたいから、不妊治療で時間やエネルギーをあまり使いたくない」

病院での仕事に就いていたから、そちら方面の話はよく知っていた。理系の人間としての冷静さが、そう言わせたのかもしれなかった。

小田切にしても、なにがなんでも子供が欲しいとは考えていなかった。ただ「私って、家族運がない」と言っていた妻に、新しい家族を迎えてやりたいとは思っていた。

子供に手がかかることがなかった分、夫婦仲は良かったと思う。二人とも忙しい職場でスケジュールを合わせるのが難しかったが、美味しい店を探して食事をしたり、海外旅行にも何度か行った。

それだけに、今回の出来事は青天の霹靂《へきれき》だった。恋多き女というタイプではなかっただけに、フリンなどには無縁だと思っていた。夕海の中には自分が知らなかった何かがあったのか。

洗面所に行き、鏡を見た。三十代後半の男の顔がある。若さは失っていたが、老いたという顔でもない。身長一メートル七十五センチ。どちらかと言えばモテたほうだと、心の内に自慢の声が湧いて出る。こんな自分を妻は裏切ったというのか？

社会部時代、同僚のフリンを妻が知るところになり、離婚まで行った。同僚のフリン相手は文化部の記者で、小田切もよく知っている女性だった。少なくとも女としての魅力があるとは感じられない女性だった。フリンに合理的な説明はできないのかもしれない。

悩んだ。が、結局、専門家に頼むよりなかった。私立探偵だ。

依頼した探偵事務所では、十日ほどで調査の結果を報告できると言っていた。それまでの間、心を揺らしながら待つしかなかった。

そんなところに、またわからないことが加わった。

夏原圭介からの電話があったのは、探偵事務所に調査を依頼した翌日、夕方六時過ぎのことだった。そろそろ帰ろうかと腰を上げたところ、スマホの着信音が鳴った。発信者の名前を見て、また椅子に座った。

「ぼくだ、夏原です」

声に澱みのようなものを感じて、小田切は訊き返した。

「どうかしたのか」

「どうもしない。新しい仕事先のことも順調に進んでいる。ただ、思いついたことがあってな」

「何を思いついたんだ」

「簡単に言えば、一種の妄想みたいなものだ」フーッという吐息が聞こえてきた。「ぼくが発掘した乳歯の解釈だ」

「最大の問題点だな」

「今までは、どうやって乳歯を捏造したかということばかりを考えていた。誰かがインチキをやらかしたんじゃないかとね。だが、何のインチキもなかったんじゃないかって」

口から言葉を出そうとして、なにかが喉に引っかかった気がして、咳払いを二度した。ようやく言った。

「インチキがなかったんなら、あの乳歯はどう考えればいいんだ」

「そのまま受け取ればいいのさ。あれは二千年前に埋められたものだってね」

耳を疑った。相手はエビデンスのないものはいっさい信じない自然科学の研究者で、ついこの前までは、自分が発掘した乳歯について疑いの視線しか向けていなかった男だ。

息を吸い込んでから、小田切は一気に喋った。

「イエスが少年時代を過ごしたナザレで、イエスの家だと思われる洞窟住宅が見つかり、羊皮紙に包まれた乳歯が見つかった。乳歯は二千年ほど前のもので、ミトコンドリアDNAは現生人類のものとは違った。しかも、土は固くて、掘って埋めたような痕跡はなかった」声が大きくなって、居残っていた編集長の野平がこちらを見た。声のボリュームを少し下げた。「それをそのまま受け取るんなら、乳歯は幼少時のイエスから抜け落ちたもので、DNAは神の設計図の一部ということになる」

「ほぼ、そのとおりだよ」声が弱々しく聞こえた。

「おまえは科学者だろ。神なんて得体の知れないものを認めて――」

こちらの言葉を、あっちが遮った。

「論理的ではあるんだよ、いちおう」

「どういうことだ」

「少し長くなるが、聞いてくれ。神の子イエスの乳歯を発掘したというのに、クリスチャンではないぼくにはキリスト教の神のことが、よくわかっていない。そこで、少し勉強することにしたんだ。といっても、あの分厚い聖書を読む時間はない。幸い、今いるところはアメリカで、聖書に詳しい人間はいくらでもいる。彼らから、教えを受けたんだ」

弱々しい声は失せていて、いつもの淡々とした口調になっていた。

「旧約聖書の中では初めの頃、神はよく人と直接コンタクトをとったという。ノアの箱船で有名なノアも神の命《めい》を受けて、巨大な箱船を作って動物たちを乗せ、洪水から難を逃れた。神との契約を結んだアブラハムも、ユダヤ民族を率いてエジプトを脱出したモーセも神からの命を受けているし、中には神と格闘をしたなんて者もいた。つまり、かつて神というのはユダヤ民族よりもはるか上位に君臨してはいたが、けっこう身近な存在だったんだ」

「なるほど」

相槌めいた言葉を返したが、実際にはよく理解できていない。メモだけは取っていく。

「それがしだいに人の前に現れなくなり、三千年前、ユダヤの王だったダビデの頃にはまったく会うことができない存在になっていた。その後、神が人の前に姿を現したのは一度だけ。二千年前に神の国から人の世に送りこまれた者がいる。イエスだ――事実であるかどうかは知らないが、キリスト教ではそうなっている」

だから、あの乳歯はイエスのもので、得られたＤＮＡは神の設計図だというのか。宗教家の言い分だったら、わかる。が、夏原は気鋭の科学者なのだ。

「話は変わるんだが、人類の祖先は七百万年前にアフリカで誕生したことは知っているよな」

突然、話は七百万年前に逆上った。

「猿と分かれて、二本足で直立歩行した猿人だな」

「アフリカでは数知れぬ人類が誕生して、それらは世界中に広がっていった」

「人類アフリカ起源説か。今、主流になっている学説だ」

科学雑誌の編集者をやっていれば、このくらいのことは知っている。

「アフリカから世界に旅立った数知れぬ人類の中で生き残っているのは、我々ホモサピエンスだけだ。他の人類は移り住んだそれぞれの地で絶滅して、そのうちごく少数が骨や歯の化石を遺している。有名なところでは北京原人、ジャワ原人、フローレス原人、ネアンデルタール人、デニソワ人――」

「夏原、なにを言いたいんだ」

「つまり、この地球には無数の人類が誕生していたってことさ」

「そんなことは、わかっている」

「だったら、その中に、極めて優秀な『神人類《かみじんるい》』なるものがいたって、おかしくはないだろ」

「神人類――」

あまりにも突拍子もない話に、そう言っただけで言葉が止まってしまった。野平の視線はこちらに向けられたままだ。

「神人類といっても神ではない。ホモサピエンスよりもはるかに優秀な能力を持った別人類だ。彼らはユダヤ民族と契約を結んで、自分たちが神だと認めさせた。契約は幾度か結び直され、有名なのは『モーセの十戒』だ」

「だったら、神が天地を創造したって話はどうなる？　どんなに優秀な別人類だって、宇宙のすべてを造るなんてことは、できやしない」

「あれは神の権威を高めるため、ユダヤ人がこしらえた神話だ。どこにでもあるだろ、国造り神話って」

どこにでもある。日本にもある。イザナギとイザナミの二神が混沌とした海を矛《ほこ》でかきまぜ、滴《しずく》が落ちたところが日本の始まりとなる島になった。

「つまり『神』と呼んでも、それはあくまでもユダヤ民族が呼んだ呼称で、天地創造ができるような能力は持っていなかった。ただの優秀な、いや、超の字がつくほど優秀な別人類だったんだ」

「そんな超優秀な――」

「あくまでも相対的な優秀さだ。同じ人類でも、北京原人に比べれば、我々ホモサピエンスは神と呼ばれてもおかしくはない存在だろ」

いちおう筋は通っている。突拍子もない話だが、論理的ではある。

「さっき、イエスは神の国から人の世に送り込まれたと言ったよな」

「ああ、言った」

「だったら、神なる人類の男は聖母マリアと性交をしたのか？　性交もせずに妊娠する、そう、処女懐胎なんて、俺は信じないぜ」

「神の一族の男とマリアとは、セックスはしていない。なぜなら、神の痕跡はミトコンドリアＤＮＡの中に残されていたんだ」

瞬間、相手の言った意味が理解できなかった。

「ミトコンドリアは母性遺伝で、母親からしか子供へと受け継がれないことは知っているよな」

大急ぎで、頭の中を整理した。細胞の中にあって、エネルギーを産む源になっているミトコンドリアは男女ともに持っているが、子供に受け継がれるのは母親のものだけだ。

それゆえ、ミトコンドリアＤＮＡを逆上って調べることにより、母系の祖先がどこから来たのかがわかる――最新の人類学では、そうなっていたはずだ。

「あの乳歯がイエスのものだったとしよう。そうだったとしても、もし性行為の結果、生れてきたとするなら、ミトコンドリアＤＮＡは母方マリアのほうから受け継がれたものになる」言葉の速度を落として、夏原は話していく。「だが、マリアはただのユダヤの女だから、神人類の遺伝子を持っているはずがない。もっとシンプルに考えよう。赤ん坊のイエスは養子としてヨセフとマリアのもとに送りこまれたんだ。それなら、ミトコンドリアＤＮＡは神人類のもので、ホモサピエンスとは違ってくる。これで一件落着だ」

頭の中を、もう一度、整理した。ミトコンドリアは母性遺伝しかしない。つまり、マリアがイエスを産んだのなら、ユダヤ人のミトコンドリアＤＮＡが受け継がれる。しかし、現実のミトコンドリアＤＮＡはホモサピエンスとは異なる別人類のものだった。つまり――。

言葉を発するまで時間がかかった。ようやく言った。

「とんでもない仮説だな」

「そう、とんでもない仮説、限りなく妄想に近い仮説だ。神は神じゃなく、とてつもなく優秀な別人類だというんだからな。しかも、エビデンスは無きに等しい。しつこく主張すれば、気が狂ったとして、自然科学の世界からは追放される。だから、小田切、きみにだけ話してるんだ。とんでもない仮説だが、これ以外、あの乳歯の存在を合理的に解釈する方法はないんだよ」

小田切は訊いた。

「だったら、その神人類という別人類は今も生存しているのか」

「たぶん、死に絶えているんじゃないか。生き残っていたら、今の時代、目立って、すぐにわかる。神人類とは言っても、全知全能ではないから、なにか彼らだけが罹《かか》るウイルス性の病気にでもやられたかもしれない。あるいは、個体数が少なくて、種を維持することができなくなった。ただし――」夏原の言葉が止まり、それから吐き出された。

「神人類の一部はユダヤ人と性交して、ＤＮＡの中にひっそりと生き長らえている可能性はある。ネアンデルタール人やデニソワ人の痕跡が、彼らと性交したわれわれのＤＮＡの中に遺っているみたいにな」

言葉を出せずにいると、夏原がたたみかけてきた。

「おい、俺たちホモサピエンスが何万年も前にネアンデルタール人とセックスして、彼らの遺伝子をＤＮＡに遺している事実は、知ってるよな」

「ああ、十何年か前に衝撃の研究成果が発表され、自分の中にもネアンデルタール人がいるのかと、サイエンス好きの人間を驚愕させた。つまり、我々のほとんどは、アフリカで誕生したホモサピエンス純血種でなく、ネアンデルタール人との雑種なんだ」

「ご名答。だから、神人類のごく一部がユダヤ人とセックスして、その遺伝子を遺している可能性も排除できない――おい、ユダヤ人に優秀な人間が多いことは有名なことだよな。世界人口の〇・二パーセントしかいないユダヤ人がノーベル賞受賞者の二十パーセントを占めている。ノーベル賞受賞者はもちろん、映画や音楽といった芸術の世界でも偉大な人物はいくらでもいて、アインシュタイン、フォン・ノイマン、レナード・バーンスタインと、挙げていけばきりがない」

夏原の考えていることが少しは読めてきた気がした。

「そうした大天才は、ご先祖が神人類とセックスして、その遺伝子をゲノムの一部に遺しているんじゃないだろうか。そうした大天才のミトコンドリアDNAとイエスの乳歯のそれとを比較してみたら、どうだろう。もし、ふつうの現代人より、大天才ユダヤ人のほうが、イエスの乳歯とのDNA一致率が高ければ、大天才には神の一族の遺伝子が混じっていることになる」

とんでもない話になっている。スマホを握った手に汗が浮いてきた。

「ここからのことは誰にも言わないでほしいんだが――密かに行動に移したんだよ。ノーベル賞クラスの天才ユダヤ人研究者何人かに唾液を調べさせてくれるよう、ダメモトで手紙を書いた。『神人類』などという怪しげなことはいっさい書かず、イエスの乳歯に含まれているDNAとあなたのDNAを比較したいとね。すると、なんと三人の天才が面白がって、検討してもいいという返事をくれた。まだ、ちょっと名前は明かせないんだが」

夏原はそこまでのことを考え、行動に移していた。スマホを握ったまま、呼吸だけを続けた。

「大天才ユダヤ人の唾液を調べようとしていることは、しばらくの間、誰にも言わないでほしい。気が狂ったと思われて、新しい職場での居心地が悪くなることは避けたい」

抑えた声で、夏原は言った。

「わかった、了解だ」

終わりの挨拶をして、電話を切った。

スマホを机に置くや、「小田切くん」と、編集長から声が飛んできた。言うべきこと、秘密にしておくことを頭の中ですばやく整理して、野平の席まで行った。

「夏原氏からか」

「ええ、イエスの乳歯について、彼もいろいろ頭を悩ませているみたいで」

「神人類とか、ミトコンドリアＤＮＡがどうとか、話が聞こえてきたんだが」

まったくの嘘はつけない。

「けっして全知全能ではありませんが、ホモサピエンスよりもはるかに優秀な神人類なるものが人類史の中には存在していて、その子供であるイエスは養子としてヨセフとマリア夫婦にもらわれてきたんじゃないかって」

「おお、新説だな」

言ったあと、野平は何秒かの間、押し黙った。ゆっくりと口が開いた。

「つまり、イエスはけた違いに優秀な別人類の子だったってわけか。面白いね、それなら筋が通る――で、エビデンスは」

小田切は作った笑いを顔に浮かべた。

「それが、まったく。ただの思いつきみたいで、まあ、SFの領域ですね。エビデンス命の科学者にしても、次の一手が浮かばないようです」

「ふーん」と言って、野平はこちらの目を見た。

「面白い仮説なんですがね」とだけ、小田切は言った。

「そうか」短く言って、野平は視線を外した。「わかった。ただしだ、夏原先生とのコンタクトは密に取り続けてくれよ。謎を解けるのは、たぶんあの人だけなんだから」

何かに気づいている。自分の席に戻る途中、小田切は思った。野平は、夏原が何か重大なことを始めているのに気づいている。ただし、こちらも事実を告げるわけにはいかない。あいつとの約束だ――。

科学雑誌の編集者をしているからには、理系ノーベル賞クラスのユダヤ人については、ひととおりの知識を持っていた。一方で、小田切にとって思い出に残っているのは、科学者以外の天才――ウラジミール・ホロヴィッツとスティーブン・スピルバーグだった。

高校教師をしていた父はクラシック音楽を趣味としていて、とくにピアノ曲、中でも二十世紀最高のピアニストと言われたホロヴィッツの熱狂的なファンだった。家にあった何枚かのCDを小田切も聴いたことがあったが、クラシック音楽の素養がない人間の悲しさで、どこが良いのかさっぱりわからなかった。ただ、ホロヴィッツが言ったとされる「ピアニストには三種類しかない。ユダヤ人かホモか下手糞かの三種類だ」という言葉を、父が買っていた音楽雑誌で読んだことを、なぜだかよく憶えている。

スピルバーグの映画から受けた衝撃は大きかった。とりわけ「E．T．」には驚いた。従来のSF映画にある画一的な宇宙人を大きく変えた造形の力、ファンタジーと友情、冒険をミックスさせたストーリーなど、人智を超えた映画だとショックを受けた。「未知との遭遇」もスピルバーグの作だったため、彼は地球に来ている宇宙人ではないかと、半分、本気で思ったりもした。

スピルバーグは宇宙人ではない。が、神人類の血をひいている地球人かもしれない。

夏原が言ったのが全知全能の神だったら、こちらも信じなかっただろう。が、神人類とはあくまでもホモサピエンスの能力を大きくしのぐ、やはり人類なのだ。こうした人類が過去にいたとしても、おかしくはない。

夏原はユダヤ人の天才科学者から唾液の提供を受けるつもりだと言っていた。唾液があれば、DNAを調べることができる。もし、天才科学者のミトコンドリアDNAが普通人とは異なり、イエスの乳歯と共通する塩基配列を一部に有していれば、夏原の仮説が現実味を帯びてくる。

自分たちは世紀の大発見の入口に立っているのかもしれない。

日曜日。今日も夕海は午前中から出かけている。店頭販売が許可されることになっている新薬の臨時説明会があるのだと言っていたが、本当かどうかはわからない。リビングのソファに腰を下ろして、ぼんやりとしていると、悪い想像がどんどん頭の中で出てきてしまう。夕海は男とどこかで昼食をとり、その後、ホテルに行く。男というのは、おそらく病院時代の同僚だ。薬剤師かドクターかは知らないが、誰かと深い関係になり、それが病院内で噂になって、女のほうが勤め先を辞めた。よくあるケースじゃないか——。

依頼した探偵は夕海を尾行しているはずだ。行った先々をレポートにまとめ、さらにホテルから男と出てくる写真を添付してくる。悪い方向へばかり想像は進み、小田切は頭を振って、それを打ち消す。まだ具体的なことはなにもわかっていないのだ。意識して別のことを考える。

秦野先生と沼が「鬼のイシバ」を探しに青ヶ島に赴いた。これも何が何だかさっぱりわからない。ただし、沼が謎の死をとげたという事実だけは存在している。

夏原の言っていた神人類存在説は、もっとわからない。妄想だと一笑に付すこともできるが、ユダヤ人の並外れた優秀さを考え併せると、可能性なきにしもあらずだと思え

5

てくる。

わけのわからないことが重なって、脳が方向性を失う。同時にこんなことが起こるなんて、おかしな夢の中にでも迷いこんでいるような気さえする。

スマホの着信音が鳴って、我に返った。秦野牧と表示されていた。電話に出た。

「今、話すの、だいじょうぶかな」

硬質でよく通る声が聞こえてきた。

「だいじょうぶも、いいところだよ。日曜だというのに、一人で留守番をさせられていたところだ」

「ああ、だったら、長話してもいいかな。鬼のイシバの絵図について、脈ありの手紙を見つけたのよ」

「そりゃ、すごい。こっちも話がある。夏原が妄想みたいな仮説を唱えだした」

「じゃあ、どこかで会おうか」

「いつものカフェかな、ローストビーフの美味い」

「あそこも少し飽きてきた。それに今日は暖かな日だから、外に出たいね。だったら」

少し間を開けて、牧が言った。「小石川後楽園はどうかな。梅も見ごろだろうし」

東京ドームのそばにある小石川後楽園なら交通の便もいい。了解の返事をし、待ち合わせ場所と時刻とを決めた。

出るにはだいぶ早かったが、一人で部屋にいて悪い想像に苛まれるよりはいい。身支度を整え、自宅を出た。エレベーターで一階に下り、オートロックの玄関ドアを開けると、外気を顔に感じた。頬にゆるくあたる風が春が近いことを教えてくれる。駅に向かった。

時間があったので、駅前のハンバーガー屋に寄って、早めの昼食をとった。

有楽町線を使えば、飯田橋まで乗換えなしで行ける。乗客の少ない日曜の電車に揺られて、都心に向かった。

飯田橋駅の出口を出たところで、呼び止められた。

「聖書をお読みになりませんか」

目の前に小冊子が差し出された。聖母マリアの画が描かれている。顔を上げると、男女の二人組が笑顔を向けてくる。

「きみら、カルト?」

歌舞伎町ではなかったし、夜でもなかったので、つい無遠慮な言葉が出ていた。

「違いますよ。あんな異端の集団ではありません。イエスさまの昔からずっと真ん中を歩いてきたカトリックです」

妙に余裕があり、こちらを見下した笑顔のように感じられた。反射的に冊子を手で押し退け、歩きだしていた。

カルトも跋扈《ばっこ》していれば、従来からのキリスト教集団もあちこちに現れている。あいつら、日曜礼拝が終わったあと、勧誘のため教会から街に出てきているのか。

それまでキリスト教には悪いイメージは持っていなかった。牧だけでなく、友人や取材の際に知り合った人の中にもクリスチャンはいた。

親しくしていた同僚の奥さんがクリスチャンだった。穏やかな人で、満足に食事が取れない子供たちのために食料配達のボランティアをしていた。

社会部時代に東京の下町にある教会の牧師を取材したことがある。彼は、さまざまな悩みを抱える者たちが気楽に集える場所を教会内に作った。簡単な食事も出した。「キリスト者として当然のことをしているだけです」と、笑みを湛えた顔で言うだけだった。

聖書には「神を愛しなさい」「自分と同じくらい隣人を愛しなさい」という重要な二つの戒めがあるという。そのためなのか、彼らは他人を助ける行為を自然に行っていた。だが、このところ街で会うクリスチャンは押しつけがましさばかりが目立っている。正義は我にありという空気をみなぎらせている。

思いながら歩くうち、小石川後楽園の正門の前に出ていた。天気がよく、梅見の季節である。人出は多かったが、チケット売り場のそばに立っていた牧の姿は今日もすぐにわかった。明るい青のスプリングコートが陽射しの中で浮き立って見えた。重くなっていた気持が持ち上がった。

「お待たせ」

「五分ばかり待ったよ。時間を有効活用してチケット買っておいた。一人三百円だ、安いよ、安いよ」

牧はチケットをひらひらさせる。チケット売り場には列ができている。百円玉を三つ手渡して、足を前に進めた。

「せっかくだから、ついでに梅林に行ってみようか」

牧が言った。梅林はいちばん奥だが、都心の公園だ。さほどの距離はないはずだ。

「さっきまた布教の人間に呼び止められた。カルトかと訊いたら、カトリックだと答えてきた」

歩きながら、小田切は言った。

「私も呼び止められたから、プロテスタントだと答えたら、そのまま離れていった」

「イエスの乳歯が見つかったからなんだろうな、自分たちには神様がついているといった、どこか偉そうな態度がムッとさせる」

「人間、そんなものよ。教会の中には、虎の威を借りる狐じゃないけど、神の威を借りて己の力を広げようとしてる人もいっぱいいる。あなたも知ってるデイビッド・ウッドワードも成果を上げて、自分の地位が高くなることしか考えてない。ついでに、彼はゲイで、いいえ、同性愛者だっていいんだけど、教会でお相手を見つけている。おびただしい数のカトリックの神父が小児性愛に走って大問題になってるのは知ってるでしょ。神に仕えようと、人はあくまで欲望を捨てられない存在なのよ」

「神はろくでもない人間にも力を貸すってわけか」

「でも、神様は役に立つのよ、とくに医者にはね」

「とくに医者には？」

「誤診や判断ミスは、医療にはつきもの。もしかしたら、あの時のミスで、患者は死んだんじゃないか――そんなこと悩んでると、医者なんてやってられない。そういう時、思うの。死んだんじゃない、神の御許《みもと》に召されたんだって。そう思えば、気も楽になる。次の手術にも前向きに臨める。神様、ありがとう。アーメン」

クリスチャンの外科医はわざとらしく胸の前で十字をきった。昔から、そうだった。牧は悪い冗談みたいなことをよく言った。そして、その悪い冗談には必ず真実のかけらめいたものが浮いていた。

話をしているうちに梅園まで来ていた。おなじみの白梅に紅梅、八重、一つの木に赤と白の花が咲いているものまであり、そのゾーンだけは早春の空気に満たされていた。ただし、ゆっくりと花を愛でるということはできない。人の流れに従って歩き、話し声の聞こえる中で、次々に現れる花を見ていく都会の忙しない梅見だった。

「ねえ、梅と桃と桜、どれがいちばん好き？」

牧が訊いてきた。小田切は答えた。

「やはり桜だと思うよ」

「どうして」

「まあ、なんというか、それを口実にして、酒盛りとかできるからかな」

「つまんない答ねえ。私は桃がいちばん好き。慎ましやかに梅が咲いていてもまだ空気は冬。

でも、桃が華やかな色で咲く頃は空気も暖かくなっていて、ああ、いよいよ春が来たんだって、心が解き放たれる。順々に変化していく日本の自然はやはり得難いものね」

「それは東京中心の一面的な見方だと思うよ。ぼくの故郷は雪国だったから、遅い春が来ると、梅も桃も桜もほとんど同時に咲いた。だから、小さい時は、桃は桜の色の濃いやつだと思ってたんだ」

牧は笑った。笑って彼女の体が揺れると、梅の香の中に別の香を感じた。バニラに似た香だった。昔感じた柑橘系とは違うと、匂いの記憶が囁く。

話をしながら歩いているうち、さほど広くはない梅林を一周していた。まだ本題には入っていない。入口に戻るのとは違う道を行くうち、池の端に空いたベンチを見つけた。当然のように、そこに腰を下ろした。

「ねえ、夏原くんの唱えた妄想みたいな新説って、なに？」

牧が訊いてきたので、小田切のほうから先に話すことになった。先日、夏原から電話で聞いたことを話していった。大学時代からの仲だ。牧には「神人類」のことを話してもいいかと思った。ただし、三人の天才ユダヤ人のDNAを調べる予定になっていることは黙っているつもりだった。

かつて現生人類ホモサピエンスよりもはるかに優秀な能力を持った別人類が存在していて、ユダヤ民族から神として崇拝された。今から二千年前、その別人類から養子としてヨセフとマリア夫婦に授けられたのがイエスだった。それゆえ、幼少時のイエスの口から抜けた乳歯のミトコンドリアDNAはホモサピエンスとは異なっていた。

牧はうなずいたり、相槌を打ったりして、話を聞いている。

「面白ーい」話に区切りがつくや、いつもより高い声で、牧は言った。「それだったら、おかしなトリックもなしに、イエスの乳歯の解釈ができるもんね」

「『神人類』なんてネーミングも、なかなか気がきいている」

「オヤジ、よく言ってたもんな。ホモサピエンスは万物の霊長だとか言って威張ってるが、もっと優秀な人類がいたかもしれない、なあんてね。面白い」

「面白いけど、なんの物証もない妄想まがいの仮説だ——と、本人は言っている」

牧は首を傾げるような仕草をしたあと、少しの間を置いて言った。

「物的証拠はないけど、状況証拠ならあるんじゃないかって、さっきから考えてた——ね、ユダヤ人には、アインシュタインを始めとして、とんでもなく優秀な人間が山のようにいるじゃない。なぜユダヤ人の中に超優秀な人間が多いのかは大いなる謎だとされている。でも、もしユダヤ人の一部が、その神人類とやらとセックスしてDNAを受け継いでいたとするなら、説明がつく」

牧も夏原と同じことを考えた！

「ユダヤ人のうち超優秀な人間をたくさん集めて、DNAを調べてみたら、どうなんだろう。ゲノムにイエスの乳歯と同じDNAがあったら、神人類の痕跡が遺っていることになる」

牧の頭の回転の速さに呆れた。夏原の口から説明されてようやくわかったアイデアに、牧は階段を一足で何段も上がるみたいな感じで到達した。

「夏原から口止めされてるから、他の人間には言わないでほしい」

牧だったら、夏原も怒らないだろう。

「私は普通の女とは違って、口がかたいのが自慢なのよ」

「超優秀なのをたくさんというわけにはいかないが、三人のノーベル賞クラスのユダヤ人から唾液をもらえそうなんだという」

牧はヒューと口笛を吹いた。

「少しでも神人類のＤＮＡを受け継いでいるホモサピエンスなら、人間世界では天才になる。ごくごく小さな遺伝子変異だって、人間の体には大きな違いとなって現れるんだからね」

最先端の医療を担っている大病院の勤務医は、遺伝子をめぐる知識も豊富に持ち合わせているようだ。小田切は言った。

「ホモサピエンスの遺伝子にネアンデルタール人の遺伝子が混じっているのと似た現象が、大天才ユダヤ人のＤＮＡにも起こっていれば、別人類である神人類がいたという大きなエビデンスになる」

「嘘みたいな仮説だけど、本当のことかもしれない」

「ただし、アカデミズムに則った研究だから、時間がかかる」

「唾液一滴で、あなたが将来かかる病気のパーセンテージがわかります、といったお手軽検査じゃないものね。期待して、待つしかないか」

雲が動いたのか、日が少し陰った。西の空には厚い雲が控えている。なんといっても、まだ二月だ。すぐに地上は冬の顔に戻るだろう。先に進めよう。小田切は話を変えた。

「日本のことを話そう。鬼のイシバの絵図については、どうなった」

「神の一族に比べると、ずいぶんスケールが小さくなるけど、オヤジの書斎に残っていた手紙を片端から調べたら、こんなのが出てきた」

牧はバッグから一通の封筒を取り出した。「秦野統一郎先生」と、達筆の字で書かれている。手渡された。裏返してみた。静岡県下田市の住所と佃竜彦《つくだたつひこ》という名前が書かれていた。

便箋を引き出して目を通してみた。秦野に師事している民間の考古学研究者のようだった。中伊豆町にある遺跡について見解を求める記述があったあと、最後のほうに鬼のイシバの話が出てきた。

話は変わりますが、私の先祖は江戸期に伊豆諸島の特産物を江戸に運ぶ船問屋をしておりました。その時代に建てた土蔵が今も残っていて、先日、大掃除をした際、奇妙なものを見つけました。「鬼之イシバ之絵図」と称するもので、これはいったい何なのかと首を傾げてしまいました。

図に描かれている形はどこの島かと思い、調べてみたところ、伊豆七島ではなく、ぴったり当てはまったのが、八丈島のはるか南方にある青ヶ島でした。先祖は八丈島特産の黄八丈を買いつけていましたから、何かの折にその地図を手に入れたのではないでしょうか。

青ヶ島といえば、その昔、源為朝が鬼退治をしたところという話を聞いたことがあります。為朝の鬼退治と「鬼之イシバ之絵図」とは何か関係があるのではないでしょうか。古い時代のことなら、すべてに通じている先生のこと。なにかご教示いただければ幸いです。

「このあと、どうなったんだろう」

小田切は言った。

「わからない。そのあと、佃さんとやりとりした手紙は残っていない」

封筒の消印を見てみた。二年前の四月十二日の消印だった。バッグから沼の行動を記述したノートを取り出した。佃竜彦からの手紙を秦野が受け取った半月後、二人は青ヶ島に行くことを決めている。

「当人に訊いてみるよりないんじゃないの。もう電話番号は調べてあるよ。佃さんからは年賀状も来ていて、そこに電話番号が載ってた」

静岡県の下田ならば、日帰りで行ってくることができる。しかし、二人がまるまる一日空けられる時間が簡単には見つからない。さらには先方の佃竜彦の予定も考慮しなければならない。牧が電話をかけた結果、佃は二人の来訪を快諾してくれたが、彼は今、三店のコンビニを経営していて、かなり忙しい日々を送っているようだった。

結局、佃に会えるのは三月第二週の日曜日ということになった。それまでは「鬼のイシバの絵図」については、いったん頭から切り離すよりなかった。

夏原からの連絡を待ったが、なかなか電話はかかってこない。途中経過でも訊いてやろうかと思ったが、それは止めた。

「病気を発症させる遺伝子を受け継いでいないか」「親子関係があるのかどうか」などの遺伝子検査とは違うのだ。それらは、遺伝子ワンセット分であるゲノムのうち、決まった個所を決まったやり方で調べればいいだけだ。

しかし、研究の場合は違う。細胞核に比べればＤＮＡの数が圧倒的に少ないミトコンドリアを調べるにしても、一万六千五百ほどの塩基対があり、それらすべてについて天才ユダヤ人三人とイエスの乳歯とを比較しなければならない。いや、今は極めて高性能の次世代シーケンサーができているから、遺伝子読み取りの作業は、案外、簡単にでき

6

るかもしれない。

問題は、天才ユダヤ人の唾液の採取だろう。手紙やメールで依頼されただけの相手に、自分の唾液を疑いもせず宅配便で送る者がいるとは思えない。夏原が実際に相手のところまで出向いて、唾液を採取しなければ、研究の信頼性も確保できない。ただでさえも新しい職場で多忙を極める彼が、広いアメリカ大陸を飛び回らなければならないことになる。

時間はかかる。待つしかない。が、ただ待っているだけでは、気持が落ち着かない。

現生人類ホモサピエンスよりも能力的に高い別人類が、かつて地球に存在した痕跡はなかったのか、文献を調べていった。

見つからなかった。超古代文明が栄えたアトランティス大陸の謎、優秀な宇宙人が地球に来ていたなど、オカルトやSF的な文献だったら山ほどあったが、そんなものはエビデンスにはならない。

科学的な文献や論文からアプローチしても無駄だと思った。また東和大学の研究室に更科信三を訪ねた。

外部の人間に手持ちのカードをさらしたくはなかったが、ある程度は話さなければ、質問にもならない。夏原の名前は隠して神人類が存在したのではという仮説を話した。

「マスコミの方は、いろいろ考えるものですね」

更科教授は顔をほころばせ、逆に訊き返してきた。

「それで、私になにを話せと」

「聖書や聖書の研究書の中に、神人類を窺わせる事象が記されていないか、それを教えていただきたいんです」

「聖書の中でも、研究書の中でも、神はあくまで神です。イザヤやエレミヤといった神の言葉を預かって人々に伝える預言者もいましたが、あくまでも個人レベルのことです。人だが、神に近い者の集団なんて記されておりません」

答はそっけないほどシンプルなものだった。質問の仕方を変えることにした。

「ユダヤ人の中に普通とは違った集団というものは、いなかったんでしょうか。普通より神に近い立場とか」

更科は首をかしげ、それから真面目な顔になった。

「普通と違って、神に近いというなら、レビ族かな」

「レビ族？」初めて聞く名称だった。

「ユダヤの一部族です。古代ユダヤには十二の部族がおりましたが、その他にレビ族がいた。十二部族はさまざまな仕事についたのですが、レビ族だけは神に関わることだけをしていました。神殿で神に仕え、それが生活の糧になったんです」

神に仕えているのなら、可能性はあるのではないか。考えていると、

「レビ族は神人類の血をひいていると、お考えになっているんですか」

先に言われた。

「その可能性なきにしもあらずではないかと」

「証拠らしきものはどこにもありません。証拠がまったくなければ、科学的にはただの想像です。先日も申し上げたように、神様の存在を証明することはタマネギの皮むきと同じ、むいてもむいてもエビデンスが出てこない。それは神人類についても同じでしょう」

またタマネギの皮むきが出てきた。すごすごと研究室を出るよりなかった。

いや、「鬼のイシバ」「神人類」などというSF的なテーマより、もっと差し迫った切実な問題があった。妻の不可解な行動変化だ。

仕事をしている時こそ揺れる思いから逃れられるが、通勤の電車の中、昼食の時など、不信の念が頭をもたげる。夜遅くまでの勤務はないはずの調剤薬局に転職したのに、夕海は十時を過ぎた時刻に帰ってくることがある。ただし、態度そのものは変わったとは思われない。

当然かもしれない。男にせよ女にせよ、フリンした当人はそれを隠すため、態度そのものは変えないよう意識するはずだ。

夕海は服装や化粧が地味な理系女子で、フェロモンを振りまいているような女ではない。ただ小柄で小造りの顔が年よりも若く見られるし、子供を産んでいないせいか、体の線は昔のまま変わっていない。そんな彼女に惹かれる男がいたって、おかしくはない。

時間がたつにつれ、フリンをしているに違いないという思いが強くなってくる。

小田切が東和大学に更科を訪ねたその日の夜も、妻は十時過ぎに帰ってきた。

「風邪が流行っている時に、遅番の子が風邪で休んじゃったから、そのピンチヒッターで遅くなった。もうくたくた」

夕海は「風邪」を強調したかのように二度言い、夕食は仕事の合間にケータリングですませたと続け、すぐに浴室に向かった。

寝室へは入浴をすませていた小田切のほうが先に入った。ベッドに横たわり、暗い天井を目の中に入れながら、疑いの思いを転がした。風邪が流行っているのは事実。だが、ことさらにそれを強調しているように聞こえた。誰か男と密会していたのではないか。想像はどんどん進む。もし、そうなら、確かめてみなければ——春が間近だとはいえ、夜になると少し冷える。小田切はエアコンのスイッチを入れた。

パジャマを着た夕海が部屋に入ってきた。ベッドに入りながら言った。

「あら、暖房を入れてるの」

「うん、風邪をひくと困るからね」

立ち上がって、妻のベッドに入った。リモコンでLED灯の照度を落とした。

「今日は疲れてるから」

夕海は腕と上半身に力を入れた。黙って、パジャマの下に手を差し入れた。諦めたように妻は力を抜いた。服を脱がせ、自分も脱いでゆき、掌を肌に這わせる。もうどのくらいしたのかわからない通い慣れた行為だったが、今日はセックスが目的ではなかった。動きながら妻の首筋や胸のあたりに目を這わせた。だが、淡い光の下、情事の跡は見つけられない。体位を変え、さっきとは反対側の首筋を見ていった。指で髪をかき上げてみたが、頼りないほど細い首筋が灯を受けて白く光っているだけだ。体を合わせて、動いているだけの目的を失い、なんのための行為かわからなくなった。それでも終わりだけはやってきた。

夕海が静かな声で言った。

「明日も忙しくなるから」

妻のベッドを出るよりなかった。

ベッドに入り、電灯を消した。闇の中、また妻のフリンが頭の中に出てきた。体に痕跡は残っていなかった。だが、夫のいる女の体に情事の痕を残す者はいないはずだ。だから、やはり――。

「冷静になれよ」と、もう一人の自分が言った。まだ何もわかってはいないのだ。決めつけるのはよそう。

どこに気持を持っていけばいいのか、わからなくなった。眠れないまま、幾度も寝返りを打った。

（5）カルトの言い分

1

「イエスの乳歯」が四月のイースターに聖歯教会に納められることは、新聞やテレビなどでたびたび取り上げられるようになり、小田切も意識してそれらの情報に接した。神が存在する証拠が見つかり、最高の聖遺物として信仰の対象になることで、キリスト教徒の意気は日を追うごとに高まった。

信者が増えたばかりでない。アメリカなどでは、富裕層からの献金が爆発的に増え、それを政界に対するロビー活動に使用し、政治的な発言力が増したと、外国雑誌の日本語版ではレポートされていた。

欧米でキリスト教原理主義者が無神論や同性愛のグループとトラブルを起こすことは、珍しくもなく起こるようになっていた。サンフランシスコではゲイのパレードに大型トラックが突っ込んだ。他宗教との摩擦も増え、ヨーロッパではイスラム教徒の多く住む地域で放火が頻発した。

日本でも布教活動のため街に出た教会の信者やカルトが、あちこちで小さなトラブルを起こしていることは、小田切も知ってのとおりだった。また、キリスト教の入門書がベストセラーに顔を出したことは、出版関係者を驚かせた。ミッション系大学の入学志願者が何割増かになっていると、受験関係者のコメントが週刊誌に載るようになった。リアル世界を離れて、ネットやSNSを覗くと、過激なもの、フェイクじみたもので満ちあふれていた。

無神論者は悪魔にすべてを奪われている者だ。神の存在は立証された。早く悪魔の手から逃れ、神を信じなければ、最後の審判の時、地獄の業火に焼かれる。ビッグバンは神が起こしたもので、全宇宙は神によって作られた。三葉虫も恐竜も神が作ったもの。進化論は、神の手によって作られた生物が神の計画どおり進化していったと考えれば、聖書との矛盾はなくなる。

十九世紀に聖母マリアが出現し、そこから湧きだした水は万病に効くと言われているルルドの泉。その泉の水量が減少し始めているというのだ。その泉が枯れた時、人間は聖母からも見放される。

ヨーロッパの教会で、カーテンが上から下まで真っ二つに裂ける事件が多発しているらしい。これはイエスが十字架で処刑された時、大神殿の幕が裂けたのと似た現象で、悪いことが起こる前兆ではないかと噂された。

噂の多くに共通するのは、ソドムとゴモラの街のようになった現代を神が裁く日が近づいているという主張だった。気候変動による災害や苦しみ、疫病のパンデミックなど不安が世界規模で膨らんでいる時代だけに、ネット上の噂はさまざまに姿を変えて拡大し、収拾のつかない状態になっていた。

2

三月が始まったその日、探偵事務所からスマホに電話があった。調査の結果が出たという。

報告書を自宅に郵送してもらうわけにはいかない。依頼をした時と同様、渋谷にある探偵事務所まで出向くことにした。

探偵事務所は道玄坂を上がった雑居ビルにある。早く結果を知りたいと、渋谷駅から歩く足はしだいに早くなった。ビルを入って薄く滲んだ汗を拭い、古びたエレベーターに乗った。

三階で下りて、インターホンのボタンを押した。氏名を告げると、鉄のドアの錠がカチリとあく音がした。ドアを開けて中に入ると、先日と同様、ゴールドの眼鏡をかけた中年女が出迎えてくれた。眼鏡だけではない。三重に巻いた金のネックレスを揺らし、大きな指輪をいくつもしている。前回もらった名刺には所長の生田某と刷りこんであった。

入って左手にある小さな部屋に案内された。小田切がソファに腰を下ろすと、三人分の茶碗の載った盆を手にした、やはり中年の女が入ってきた。所長とは対照的に地味な格好をして、どこにでも溶け込んでしまいそうな女だった。彼女は茶碗をテーブルに置くと、部屋を出ていく。すぐに紙の封筒を手にして戻ってきて、所長の隣に座った。

「調査を担当いたしました石戸《いしど》と申します」

「それで、妻は――」

どこかで聞き耳を立てている者がいるはずもないのに、小声になっていった。

「尾行調査いたしましたが、浮気ではありません」

調査員は低い声で言った。瞬間、安堵の吐息が出そうになった。しかし、一瞬の間を置いて言われた。

「ただ、ある宗教団体に入っていらっしゃるようです」

今度はすぐには理解できなかった。耳を疑った。理系の夕海はエビデンスが得られない宗教などというものとは、もっとも遠いところにいる人間だと思っていた。

「宗教団体というのは」

A4サイズの茶封筒がすぐ前に置かれた。表題もなければ、探偵事務所の名称も印刷されていないただの封筒だった。今度は、所長が言った。

「この中に詳細が記された調査報告書があります。証拠の写真も入っております」

ここで中を読んでくださいということなのか、それとも一人で読んでくださいということなのか。こうした場面には慣れているのだろう、二人の女は表情も態度も変えず、こちらを見ている。

すぐに見たいという思いもあった。だが、見れば、狼狽するかもしれない。小田切は紙袋をバッグに入れた。立ち上がって、形式的な礼を述べた。

出口のところまで、所長が送ってくれた。頭を下げて、部屋を出ようとした時、

「かかった費用その他を記したものも同封されておりますので、手付けを引いた残金は期限までにお振り込みくださるようお願いいたします」

事務的な口調で言われた。

建物から通りに出て、どこで報告書を読もうか迷った。左手にコーヒー店があったので、小田切はそこに入った。

受け取ったコーヒーを手に、隣に人のいない隅の席に向かった。

腹を据えて、封筒から報告書を引き出した。三枚目にあった「オンリー・ワン・ゴッド」という文字のところで、目の動きが止まった。ページをめくった。日にちごとに、夕海がどこに行ったかがレポートされている。三枚目にあった「オンリー・ワン・ゴッド」という文字のところで、目の動きが止まった。夕海はそこに足を運んでいると記されていた。

「オンリー・ワン・ゴッド」。社会部の風間がこのところ会員数を急増させてきたカルトだとしてあげた団体だった。調査員が尾行した八日間で、妻は中野にある「オンリー・ワン・ゴッド」東京本部を三度訪れている。隠し撮りされた写真もあった。東京本

部はけっして目立つような建物ではなく、ビルの入口に「オンリー・ワン・ゴッド」という小さな表示板が出ているだけである。

〈「オンリー・ワン・ゴッド」に通いやすいように、夕海は勤め先を変えた……〉

勤務時間が不規則で忙しい病院ではなく、シフトが楽な調剤薬局に転職したのだ。よく出かけたり、帰りが遅くなったりするのは、むろん本部に行ったり、もしかすると、街頭での布教活動をするため――すべての説明がついてしまう。

コーヒーをひとくち飲んだ。味はわからなかった。

だが、夕海はなぜ宗教団体、それもカルトと呼ばれている団体に入信している、もしくは入信しようとしているのか。理系の彼女はエビデンスのない宗教なんてものには興味すら示していなかったはずだ。キリスト教にせよ、仏教にせよ、妻とそうした話をした記憶はない。

スマホを取り出した。「オンリー・ワン・ゴッド」を検索した。

「オンリー・ワン・ゴッド」は二十世紀末に日本で創設されたキリスト教系のカルト教団である。神なるものは全世界で一つと説き、他宗教の神はキリスト教の神ゴッドが、その土地や時代によって姿を変えて現れたものとしている。

この教団は、神に愛されたユダヤ人を他の民族より一段優れたものとしている。また、日本人もユダヤ人と祖先が重なる部分があり、アジアでは一等の民族だと主張する。

創設後二十年ほどは信者も限られていたが、「イエスの乳歯」の発見以降、神が実在していた証拠が見つかったと喧伝し、急激に信者を増やした。信者が急増した背景として、日本人は中国人や朝鮮人とは一線を画す一等民族だとする主張が、民族主義的傾向の強くなった二十代、三十代の若者や中年層の共感を呼んでいるらしい。

検索を進めている途中で、疲労感を覚えた。夏原の発見した「イエスの乳歯」がキリスト教系のカルトを力づけたのは予想されたことではあった。だが、そこに「日ユ同祖論」の味付けがあり、さらに若い世代の右傾化という流れまで加わっている。時代の追い風を受けて、高く舞い上がった奇妙な形の凧みたいなものだろうか。

小田切はスマホの画面を閉じた。

だが、わからないのは夕海だ。カトリックやプロテスタントの教会に通うならまだしも、どうして怪しげなカルト教団を選んだのか？　問い質してみるしかない。それも、できるだけ早くにだ。

3

茶封筒をバッグにしまい、コーヒー店を出た。歩こうとして、足に力が入らない。今までイエスの乳歯発見に伴う騒動については、驚いてはいたが、正直他人事だという思いが強かった。しかし、洪水は自分の足元にまで及んでいたのだ。

説得するしかない。なんとしてでも説得して脱会させるしかない。自宅に帰るまでの間に、決意を固めた。

今日は、妻のほうが先に帰宅していた。

「あ、夕飯できてるよ」

いつもとは変わらぬ顔と声で、夕海は迎えてくれた。

「食事の前に、ちょっと話したいことがあるんだ」

小田切はリビングのソファに腰を下ろした。妻も無言で椅子に座る。単刀直入に話していったほうがいい。静かに言った。

「宗教の団体に入っているみたいだね。いや、カルトと言ったほうがいい、『オンリー・ワン・ゴッド』だ」

夕海はすぐには言葉を発しなかった。目が一点を見たまま動かない。呼吸の音が聞こえてきそうだった。

大型トラックが通ったのだろうか。窓の外から重いエンジン音が聞こえてきた。それが遠ざかって、夕海は口を開いた。

「どうして、そんなこと言うの」

答は用意してあった。私立探偵のことを言うわけにはいかない。

「うちにも遊びに来てきみの顔を知っているぼくの友人が、中野にある『オンリー・ワン・ゴッド』の東京本部からきみが出てくるのを見てるんだ」

教団本部に行っていたことは写真に撮影されていた事実。

「きみは忙しい病院薬剤師の仕事をやめたにもかかわらず、しょっちゅう出かけている。夜遅くに帰ってくることもある。教団に行っているからだろ」

静かに訊くつもりだったが、最後のほうでは、声が高くなった。

「それ、いけないことなの？」

夕海が言った。

「だって、カルトだろ」

「カルトというのは言いがかりよ。私たちの側から見れば、カトリックやプロテスタントのほうがカルト」

夕海は「私たちの側」という言葉を強めて言った。二つの目がまっすぐにこちらを見ている。憤りの色を帯びているように見えた。

「おかしな物を高額で売りつけたり、出家を勧めることもしない、健全なキリスト教の教派よ」

「だけど、神に愛されたユダヤ人と日本人は祖先が重なっていて、それゆえ、日本人は韓国や中国よりも優れた民族だと主張しているんだろ」

「故郷を追われたユダヤ人の一部族が東に逃れ、中国を経て日本までやってきた。それは古墳から発掘された土偶や文化の一致点なんかで、明らかなのよ。だから、日本人は優秀。それを誇りに思って、どこがいけないの」

夕海の声も高くなった。論争をして論破するのが目的ではない。落ち着け。自分に言い聞かせる。一度、大きく息を吸って吐き、心を静めて、小田切は言った。

「どうして、その教団に入ったんだい。誰かに誘われたとか」

夕海はコクリとうなずいた。

「前の病院でいっしょだった看護師さん。生きるための中心軸が作れるセミナーがあるって。半信半疑でついて行ってみたら、とても感動した。イスラエルでイエス様の乳歯が発見されたことを、わかりやすく話してくれたわ。これが私の探していたもの、人生の中心軸だって、心が大きく動いた」

妻は「中心軸」という言葉を二度発した。

「それほど大事なことなのか、中心軸って」

「私、今までゆらゆら生きていたのよ。薬剤師って専門職についたけど、どこか変わりばえのしない毎日が続いてる。子供ができなかったのは年齢や体のせいだっただろうから、諦めはつくけど、成長する子供がいないと、目の前の景色も変わっていかない。あなただって、いつも仕事が――」

そこで言葉が止まった。それから先は聞かずともわかった。仕事にかまけて、妻の悩みを充分に聞いてやらなかったことは事実だ。夕海は話を続ける。

「神の子が実在したことは、乳歯の発見で、事実だと証明されたわ。教団に集う者はすべて神の家族の一員で、死んだら神の御許に行くことができる。生きている時は、ユダヤ人と並んで神に愛された民として、プライドを持って日々を送ることができる」

小田切のほうは言葉が出てこなくなった。何を言っても言葉がすれ違うばかりだろうと、諦めの気持が先に立った。説得なんて、簡単にはできない。

「教団で何をしてるんだ」

ようやくそれだけを言った。

「聖書の勉強をしたり、それから街に出て布教活動をしたり——でも、少し前にあったオウムみたいに出家したりしないし、きちんと仕事もしてる。麦の種を蒔《ま》き、麦を刈り取り、生活の糧にするのは、神もお喜びになることだと、教わってるわ」

「献金もしてるんだろ」

「私が働いたお金よ」

夕海は気色ばんだように言い返す。

出家をさせずに仕事をさせるのは、高額献金の原資を作らせるためだ。そう言おうとしたが、妻の気持を逆なでするだけだと思って、黙った。とりあえず、この場は結論を曖昧にするよりなかろう。小田切は言った。

「夕海、もう少し話しあわないか」

「話しあうのはいいけど、神を信ずる気持は変わらないわ」

「そんなに急いで結論を出す必要はないじゃないか」

「急がないと、第二の人類救済計画に間に合わない」

「第二の、人類、救済計画——」

「そう、堕落しきった人類を救うために、神は最後の救済をご計画なさったのよ。それがイエスの乳歯の発見。人類の危機は、もう目の前に迫っている。このご計画に乗り遅れれば、最後の審判の時、地獄の業火に焼かれる」

目の前に妻の形をした別な女がいる。


夫婦生活が大きく変わった。

妻は外出が多く、夜遅くに帰ってくることもあったが、外泊だけはしなかった。家事はもともと分担していたが、自分の受け持ちについてはきっちりこなした。

会話はあった。だが、その時に必要なことだけを話す、表面的な会話だったことは二人とも感じていただろう。

セックスはした。いや、しようとした。気持が通わなくなった今、体の交わりだけが夫婦に残った最後の絆だという気がした。だが、完全にはできなかった。自分も彼女も、体のほうが反応してくれない。

「同じ方向を向いていないから、こうなったのかしら」

上手くいかず、パジャマを着けて、それぞれベッドに戻ったあと、夕海が言った。

「何を言いたいんだ」

「あなたも入信してくれれば、きっと上手くいく。神様を同じように信じている者同士だったら」

セックスを餌にして入信させようとしているのか？　一瞬、頭に血が上った。冷静になれと自分に言い聞かせて、小田切は努めて静かな声を作った。

「無理だろ、神を信じることができない人間が信じるなんて」

「どうして信じられないの」

「神の存在は検証不可能だからだよ。信ずるというのは、存在を百パーセント肯定することだろ。検証不能のものを、信ずるなんて、できない」

「どうして検証不可能なのよ。あなたの友だちの夏原さんがイエスの乳歯を発見して、その細胞にあるＤＮＡは神の設計図以外考えられないわけでしょ」

また、これが出てきた。言葉に詰まった。

「私だって理系の人間よ。存在するかどうかわからなかったら、そんなもの信じない。でも、あの乳歯が見つかった。私もいろんな方向から考えてみたけど、あれはイエス様の乳歯で、神は実在するという結論しか出なかった。そして、この世界を創った神は四人も五人もいるはずがないから、オンリー・ゴッド――あなたは理系じゃないけど、論理的に考える人だから、きっと同じ結論に達するはずよ」

息を吸って吐くことしかできない。理屈から言えば、むこうのほうが正しいような気もしてくる。だが、カルトなんかに入れない。

「寝ましょ」妻が灯を消した。

4

中野駅北口を出たあとは、スマホの地図案内に従って、小さなビルの並ぶ裏通りを歩いた。七、八分も歩いただろうか、探偵の撮ってきた写真に写っていた建物の前に出た。ベージュ色のタイルが張られた四階建てのビル。入口に「オンリー・ワン・ゴッド」という表示板さえ出ていなければ、ただの雑居ビルだと思ったに違いない。

入口から若い男女三人が出てきた。夕海がいるのではと慌てたが、今日は調剤薬局のほうに行っているはずだ。三人の後ろ姿を見送ったが、歌舞伎町で遭ったカルトの連中とは違い、皆、普通の格好をしている。約束の時間まで十五分以上もあったので、周囲を歩いてみることにした。

〈なぜ、こんな目立たないビルに本部を構えたんだろう……〉

歩くうち頭に浮かんだのは、そんな疑問だった。カルトの根城には行ったことがなかったが、新興宗教の本部はいくつか訪ねたことがある。龍宮城みたいな建物だったり、屋根が金色に葺《ふ》かれていたり、派手な外観を持つところが多かった。信者の度肝を抜いてやろうという魂胆なのだろうか。が、反面、奇妙な建物は漫画チックで、とりわけ高学歴入信者は拒絶感を抱くに違いない。イエスの乳歯や日ユ同祖論など、難しい話も出てくる教団だ。多くの新興宗教とは正反対の路線をとっているのか――。

とうとう「オンリー・ワン・ゴッド」の本部を訪ねるところまで来てしまった。これ以上、仮面夫婦みたいな生活はしたくなかった。とはいえ、信じていない宗教に入信するなんてあり得なかった。

離婚するのか。だが、その前にやることがあるはずだと思った。

それに、自分にも非があったのではと考えたりもした。夕海は「生きるための中心軸」が見つかった、と言っていた。それまでは、ゆらゆら生きてきたとも言っていた。そんな妻に自分は気づかなかった。子供がいなくても、病院での仕事に使命感を持ち、安定した日々を送っていると、勝手に思い込んでいた。

〈もっと早く気づいてやればよかった……〉

結婚する前、夕海は「私って、家族運がない」と言って、淋しそうな表情を見せることがあった。そんな彼女に、なんとかしてやらなければ、と思った。が、結婚後はいっしょにいる日常の中で、いつしかそんな思いは空気のように意識されなくなっていた。

離婚なんて、そう簡単に口に出せない。何かできることはないのか。

とうとう、教団の人間に会ってみたらどうかというところまで、思いが行った。ネットなどの間接情報ではなく、現場に行ってみる――それは新聞記者としての基本だった。教団の現況を自分の目で確かめれば、良い知恵も浮かぶかもしれない。

幸い、自分には日報新聞社発行の科学雑誌「ガリレオ」という看板があった。ホモサピエンスと異なるＤＮＡを持つ「イエスの乳歯」の発見がもたらしたもの、というテーマで話を聞きたいと、取材を申し込んだ。夫婦の問題に会社の名前を使っていいのかという思いも湧いたが、それしかないところまで追い込まれていた。

科学雑誌の枠からは外れている申し入れだったが、簡単にＯＫが出た。むこうとしては、宣伝になれば何でもいいと考えたのかもしれない——。

ゆっくり歩いて、また建物の前に戻ると、ちょうどいい時刻になっていた。一つ息を吐いてから、ガラスドアを開け、中に入った。敵陣に乗りこむような気分だった。

入ってすぐ先に受付があった。セーター姿の若い女性が席についている。

名前と来意を告げた。女性は内線電話をかけたあと、

「エレベーターで二階へお上がりください」

と言って、エレベーターホールを手で示した。

言われたとおり、二階まで上がった。エレベーターのドアが開くと、そこにも女性がいて、小田切を応接室まで案内してくれた。手際がとてもよく、カルトの本部に来ているという感じはしなかった。

小さな部屋のソファに座って、相手が現れるのを待った。「オンリー・ワン・ゴッド」の副代表で渉外担当の不破という男がインタビューに応じてくれるという話だった。ネットで調べてみると、代表の東城嘉門《とうじょうかもん》は滅多には人前に出てこず、この不破が表の顔となっているようだった。

待つ間、室内を観察した。壁にバラの画が飾られているのが目に入った。カルトとは

いえ、キリスト教系ならば、十字架に架けられたイエスの画のほうがふさわしいだろうにと、一瞬思った。宗教を感じさせるものはどこにもない。

ノックがあって、ドアが開いた。軽やかな足どりで、男が入ってきた。ダークスーツにネクタイを締めていた。待たせたことへの詫びを言いながら、名刺入れから名刺を取り出した。「オンリー・ワン・ゴッド　副代表　不破翔起《しようき》」と記されていた。

不破は向かいの椅子に腰を下ろした。想像していたより若かった。年は自分と同じくらいかもしれない。細面で目鼻だちは整い、新興宗教やカルトの持ついかがわしさのようなものは、どこからも感じられなかった。

「『ガリレオ』のイエスの乳歯を特集した号は読ませていただきました。新聞や雑誌で乳歯のことを報じていただいたおかげで、私たちの教義を信じてくれる方々も大幅に増えました」

柔らかな声で言った。

「今、どのくらいの信者数がいるんでしょうか」

行きがかり上、質問はそこから入っていくことにした。いちおう取材だということになっているから、ノートを取り出し、ボイスレコーダーもオンにした。

「登録されているのは十万人といったところでしょうか。既成の宗教に比べれば、とてもささやかな数字ですが、二十代、三十代といった若い方々がほとんどで、どなたも熱心に信仰を深めておられます」

十万人はカルトにしては上出来だろう。その中に自分の妻もいると思うと、良い気分はしなかった。

「どうして、これほど若い世代を中心に信者が増えたのでしょう」

「前時代的なこけおどしはいっさい使わず、理詰めで説いていったので、若い世代の心に響いたんだと思います。ここに来て、お気づきの点はありませんか」

逆に訊かれた。正直に答えることにした。

「建物も受付にいた方もすべてが普通で、宗教的なものを感じさせるものは何もなかったということです。たとえば、あの画」壁にかかっているバラの画に目を向けた。「キリストの画とか、十字架とか、そうしたものを飾ったほうが、宗教組織の本部には似合っていると思うんですが」

不破が歯を見せて、笑いの表情を作った。歯並びが整い、白すぎる歯に、少しだが気持の悪さのようなものを感じた。

「いえ、十字架や宗教画はありますよ。四階は礼拝堂になっているんですが、そこには当然、十字架もあるし、受胎告知の画も飾ってあります。ただ、おどろおどろしい宗教的装飾で人を惑わす必要はないと考えているからなんです」

「人は惑わさず、理詰めで、ですか」

「はい、中心教義であるオンリー・ワン・ゴッド。つまり神はただ一つの存在であるというのも、当然のことですよね。世界を創った神がヨーロッパと中東、アジアで違っていたならば、そちらのほうがおかしい」

「ただ一つの神が、それぞれの文化の中で形を変えて現れたものだと」

「そう考えるのが自然なのではないでしょうか」

「では、日本人とユダヤ人の祖先が同じだというのは、どうなんでしょう。『神はただ一つの存在である』という教義に比べれば、かなり不自然なものに思えますが」

「これは、代表の東城が熱心に唱えていることでして」

不破はまた歯を見せた。頰に皺ができていて、今度は苦笑いのようにも見えた。

「私も入ったばかりの頃は、多少の違和感も覚えました。ただ、調べてみると、じつに的を射ているんですね。日本とユダヤとは祖先が同一であってもおかしくはない。いや、同一である可能性が極めて高い。古代イスラエルの北王国がアッシリアに滅ぼされ、東に逃げた部族の一部が中国を経て、日本まで来たんです。遠いとはいえ、アジアの域内移動ですから、けっして不可能ではありません」

言語や祭器、墓などの同一性、関東地方の古墳からユダヤ教徒としか思えない埴輪《はにわ》が出ていることなど、日本人がユダヤ人と祖先を同じくしているという証拠はいくらでもある――そうしたことを、不破は弁舌も滑らかに説いていく。

「いくら話してもきりがありませんので、これを差し上げます」

テーブルには小さな茶封筒が置いてあり、それを差し出した。受け取って、中を改めると、「日本人とユダヤ人　血族の証」と表題のついた小冊子が入っていた。

「文化に同一点があったり、ユダヤ教徒に似た男の埴輪が古墳から出土したのは、存じております。しかし、遺伝子的に日本人とユダヤ人は一致点が低いというのが定説なんじゃないでしょうか。とりわけ、ミトコンドリアDNAのハプロタイプは日本人の多くが中国や朝鮮からやってきたことを示しております」

小冊子を封筒に戻して、小田切は言った。日ユ同祖論については、本部を訪ねる前、あらためて調べてきていた。

「女系のミトコンドリアDNAはそうでしょうが、日本人の男系で受け継がれていたY染色体のあるハプロタイプは東アジアではほとんどない型で、一方、地中海地方では珍しくないタイプのものです。それゆえ、男子が中心となってユダヤ人が日本に渡来したということも考えられています。なにしろ中国と日本の間には荒海がありますから、やってきたのは主として男子で、着いた日本で日本人の妻《めと》を娶った。それならY染色体のタイプだけがユダヤ人に類似するということも理解できます。実際、日本の古墳から出土している埴輪は男性のユダヤ教徒を模したものばかりです」

かなり強引な論理立てのような気がしたが、今日は日ユ同祖論について議論をしにきたのではない。小田切は言った。

「しかし、東城代表はどうして日ユ同祖論なんて、ただ一つの神――オンリー・ワン・ゴッドとは直接、関連のないことを主張しているのでしょう。それがために、教団に入るのを躊躇する者もいるんじゃないでしょうか」

「逆なんです。今、若い世代には、これも大いにアピールしていることなんです」

不破がにやりと笑った。

「今の五十歳以下の世代はメイド・イン・ジャパンが世界を席巻した高度成長時代のことを知りません。金融や先端科学は欧米、工業製品は中国や韓国に圧倒され、低成長の下で細々と生きています。しかし、DNAはユダヤ人と同じで世界で最高のものなんです。ご存じでしょうが、ユダヤ人はノーベル賞受賞者の割合の高さを始め、映画、音楽と、世界一優秀な民族です。彼らと祖先を同じくする日本人は自然科学だけでも三十人に迫るノーベル賞受賞者を出している。対して、中国や韓国は――」

聞いていて、うんざりしてきた。日本自慢をする民族主義的な雑誌や本と同じ主張をしている。しかし、今の日本では、そうした主張に賛同する人間が一定以上いることも事実だ。

いつまでも日本自慢を聞いているわけにもいかない。質問の方向を変えた。

「若い世代を中心に信者を増やしている『オンリー・ワン・ゴッド』ですが、カルトだとして警戒されていることについては、どう思われますか」

「カルトですか――私たちからすれば、どっちもどっちで、カトリックやプロテスタントのほうもカルトだと思うんです」

「あっちもカルト？」

不破はうなずいた。

「草創期のキリスト教は、イエスは神なのかそれとも人なのかなど、さまざまな解釈が生れていました。それでは混乱するばかりだと、四世紀から五世紀にかけて、統一された教義を作るための公会議がニケアやコンスタンティノープルなどで幾度も開かれました。その会議で、主導権を握った多数派が神と神の子、聖霊が一つのものだとする三位一体などの教義を決め、それと異なる教義を持つ少数派を異端、カルトだとして追放したんです」

このあたり、知識の乏しい小田切は聞いているだけだ。

「でも、おかしいと思いませんか。公会議で教義を決めたのはイエスではなく、多数派の人間なんです。私たち『オンリー・ワン・ゴッド』も異端に分類されるわけですが、誤り多き人間からそう決めつけられることこそが誤りなんです」

渉外担当の副代表だけあって話は巧みで、聞いているうちに、彼の言うことのほうが正しいのでは、という気持になってくる。最後の質問をすることにした。

「イエスの乳歯発見にからめて、第二の人類救済計画なるものを、そちらでは唱えているそうですが」

「最初の人類救済計画というのは、ご存じですか」

「少しは勉強してきました」

俄《にわ》か勉強してきたことを、小田切は話す。

モーセの十戒にも記されている神と人間との契約を、人間の側は守ろうとせず、不敬で自堕落な生活を続けた。神は人類を滅亡させてしまおうかとも思ったが、愛をもって立ち直りの機会を与えてやろうと考えた。それが最初の救済計画だ。

神は人間世界に自分の子供であるイエスを送りこんだ。イエスは捕らえられ、十字架刑で殺されるのだが、それは人類全体の罪を背負って死ぬことにより、罪が帳消しになるという神の計画だった。全知全能の神の計画どおり、イエスは罪を背負って死に、しかし、三日後に死から甦り、天に昇った。

不破は大きくうなずいてから言った。

「主イエスが十字架刑で亡くなり、罪が消されたにもかかわらず、人類は相変わらず欲にまみれ、神を信ずる者も減っていっています。そこで、神は第二の救済計画を考え、実行に移したんです。イエスが子供時代に暮らしていた洞窟住居から、乳歯が発見されるよう仕向けた」

乳歯は放射性年代測定やＤＮＡ鑑定の結果などから、イエスが遺したものだという以外に解釈ができないようにした。つまり、神の子イエスが実際にいたことを広く人類に伝えたのである。神の子が実在したと知ったなら、人類の多くが神を信じ、行動を慎み、結果的に救済される。ただし、この救済計画にもかかわらず、相変わらず人類が自堕落で身勝手な生活を送っていたとしたなら――。

「今度こそ、神はお許しにならず、人類を滅亡させるでしょう」

中野駅に向かう帰りの道で、頭の中を整理した。

〈若い世代に信者を増やしているというのも、よくわかる……〉

イエスの乳歯発見により、神がいるという可能性が高くなった。天地を創造した神はただ一つの存在だということは、誰にでも受け入れられる発想だ。

日本人とユダヤ人の祖先が重なるというのは、こじつけのような気もする。しかし、明治時代に日本を訪れた外国人がユダヤと日本の文化的同一点が多いことに気づいて、日ユ同祖論を唱えて以来、数多くの日本人研究者によって、その証拠探しが行われてきたのは事実だ。

そして今、神に愛された民ユダヤと血が繋がっているという主張は、自信を失いかけた日本の若者にアピールしている？

第二の人類救済計画。乳歯発見後のカトリックやプロテスタントも似たようなことを言っているから、キリスト教的には自然な考え方だ。「人類救済計画」というネーミングはＳＦアニメのようで、このあたりも若者に受け入れられる要因になっているのかもしれない。

最大の問題は、自分の妻もその教義を受け入れた一人であるということだ。夕海には「私は家族運が悪い」という心の隙間があった。そんな彼女の前に、高学歴者でも受け入れられる教義を持った宗教が現れた。

「オンリー・ワン・ゴッド」の本部を訪ね、妻を説得する突破口を得ようとした。だが、見つからなかった。

中野駅の方向から四、五人の男女がやってくるのが視野に入り、次の瞬間、棒立ちになった。夕海がいる。反射的に脇道に入った。

駐車してあった宅配便の車のうしろに身を隠した。夕海たちが通り過ぎてゆく。誰かが冗談でも言ったのか、小さな笑いが起こった。夕海も笑っている。

通りすぎて、小田切は脇道から出て行き、「オンリー・ワン・ゴッド」の本部のほうに向かう一団を見送った。皆、それぞれに大きな荷物を持っている。おそらく布教活動に行った帰りだ。そして、夕海も——今日は勤務だと言ったのは嘘だった。

しかし、あんな生き生きとした表情の夕海を見るのは、近頃ではなかったことだ。妻をカルトに奪われた。実感として胸に迫ってきた。

5

「カルトも含めて宗教の団体が信者を引きつけるのは、そこが居場所だと思わせるからなんだよ」

風間はもう一度「そう、居場所だ」と強調するように言った。

「そこが本来、自分がいる場所だと心から思わせる。そうすれば、献金だって布教活動だって喜んでやってくれる。頑張れば、居場所での立場が強くなるんだからな」

夕海の生き生きとした顔が脳裏に浮かんで、小田切はうなずいた。

「少し前のことなんだが、ある新興宗教の大祭に行ったら、信者だと思ったんだろうな、『お帰りなさい』と迎えてくれた。家族みたいな扱いだな。どこの団体だって、支部やその下のもっと枝分かれした小グループで始終集まりをしている。だから、一種の疑似家族ができあがってるんだな」

「新興宗教やカルトでは、か」

「いや、従来の宗教——たとえばキリスト教では村々に必ずあった教会がその役目を担っていた。アメリカなんかでは、少し前までプロテスタントなんて、富裕層、労働者層など属する階層ごとに日曜礼拝に行く教会が異なったらしい。それぞれ心地のいい居場所でのひとときを楽しんだわけだよな」

さすがは連載企画を始めようとしている新聞記者だけあって、そちら方面は詳しく調べてあった。

自分の気持の中だけでは収めきれず、風間守弘に相談した。さすがに自分の妻がとは言えず、親類の娘さんがカルトにはまりこんで相談を受けているということにした。

「だったら、その心地のいい居場所からどう脱会させればいいんだ。そのカルトの教義がどんなに荒唐無稽で有害かを説いても、当人にはまったく効き目がないというんだ」

小田切は訊いた。すぐには答が返ってこなかった。会議室の安手の椅子をきしませてから、風間は言った。

「どんなに荒唐無稽で社会的規範から外れた教義でも、当人が信じきっているなら、これを翻意させるのは難しい。だいたい神の存在を百パーセント信ずるというスタートの時点から現代の常識とは水と油みたいなものだから、話が嚙み合わないだろう。それに、荒唐無稽といったって、いちおう筋は通っているのがカルトの教義だ」

今度は「オンリー・ワン・ゴッド」の本部で会った不破のことが頭に浮かんだ。

「陰謀論を信じこんでいる連中と同じ心理構造なんだ。ひところアメリカで広まった『ピザ屋の地下に政治家向けの児童買春組織がある』なんていうバカバカしい噂だって、信じたい人間は信ずる。よく言われるが、人は自分が信じたいものしか見ないんだ。そして、信じたいものはSNSの特定のアカウントに溢れかえっている。つまりSNSが自分にとって心地のいい居場所になっているから、簡単には抜けられない。どんなに陰謀論は間違っているという証拠を出したとしても、その証拠こそが陰謀だと逆ギレされるのがおちだ。カルトにはまっている人間も、それと同じだ」

言葉もない。カルトを抜けさせる上手い手などないと、風間は言っているのか。ようやく小田切は言った。

「なにか手段はないのか。ご両親もほんとうに困ってるんだ」

「と言われてもなあ」風間は顎に皺を作り、天井を睨んだ。天井を見たまま、言葉を選ぶようにして言った。「一方的にカルトの教義を否定したり、叱りつければ、かえって逆効果になりかねない。あちら以上に、いや、あちらと同じくらいに本物の家庭は心地のいところだと思わせるようにする。そうじゃないと、糸の切れた凧みたいに帰ってこなくなる」

風間の言うことは理解できる。しかし、それは現状を動かすものとはならない。

「親類のお嬢さんが入っているカルトというのは、なんという団体なんだ?」

視線を戻して、風間が訊いてきた。短く答えた。

「オンリー・ワン・ゴッド」

「あそこか。やっかいなところにはまったな。ただの狂信的な団体じゃない。教義も理路整然としているから、高学歴の者ほど信じこむ。ただ――」

風間の言葉が止まった。「ただ」何なんだ。急かしたい思いを制して、次の言葉を待った。

「理論派カルトだけに、逆に大きな穴が生じる可能性なきにしもあらずだ」

「大きな穴って何だよ」今度は急かした。

「あそこは、イエスの乳歯が見つかり、遺伝子解析で神の子であることが証明されたということを主張して、多くの若い人間を集めている。だから、もし逆に、あの乳歯が神のものでないことが、なにかのはずみで証明されてしまったら――高学歴の信者は雪崩《なだれ》をうって組織から離れていくに違いない」

（6）青ヶ島にいた鬼

1

特急電車が南に下るにつれ、春の色は濃さを増す。木々の緑だけでない。川奈駅を過ぎる頃からはっきり見えてくる海は水彩絵の具で描いたように明るい。遠くに島影が見えた。

「大島かな」

窓側の席に座る牧が言った。

「そのむこうに見える小さいのは利島《としま》だったっけ」

伊豆七島の順番は昔、憶えたはずだが、頭の中でごちゃごちゃになっている。

「八丈島――じゃないかしら」牧が口から出まかせを言う。

観光でないとしても、春のはじめに伊豆を訪れるのには楽しさがあった。伊豆は近いのだが、当たり前すぎて、あまり来ていない。最後に来たのはいつだっただろうか。

「春はなごむよねえ、平和な景色だ」

牧は両手を挙げて伸びをした。その手を下ろし、小田切の顔を見ながら言った。

「なにか浮かない顔をしてるのね、春だと言うのに」

「いや――わけのわからんことを言う執筆者を説得するのに手間取っててなあ」

頭の真ん中には、カルトに入った妻をどうすればいいのかという難題が居座っていた。

だが、それを牧には言えない。

「ま、今日は仕事のことは忘れて、伊豆の春を楽しもう。佃さんに会って、オヤジが何をやろうとしていたのか聞くのが目的なんだけど、どうせなら、楽しんだほうがいい」

「美味い魚を食べたりしてな」

気持を整理して、牧との雑談を楽しむことにした。

電車は海沿いを走ったかと思うと、トンネルに入って、すぐに抜け、また海が見える。それを繰り返したあと、まもなく伊豆急下田駅だというアナウンスがあった。

終着駅に着いた。特急電車からホームに下りて、外気を頬に当てると、季節が変わったのではないかと思う暖かさを感じた。ここは温暖な伊豆半島でも南端に近い町である。

早春の日曜日だ。電車を下りた観光客がひとつの流れとなって、改札に向かった。

佃竜彦は駅前ロータリーで出迎えてくれるらしい。牧によれば「アラ還で、背丈は百七十センチの標準体型だと言ってた」ということだ。二人であたりを見回していると、長袖シャツを腕まくりした男から「秦野先生の――」と声がかかった。色黒で端正な顔だちをした初老の男だった。

簡単に挨拶を交わした。佃は白い大型のSUVで来ている。車に乗る前に訊かれた。

「お昼、まだでしょ」

朝九時に東京を出た特急電車は昼少し前に下田に到着している。腹も空いてきていたので、お薦めの店に連れていってもらうことにした。佃はスマホを取り出し、席の予約をする。

車が発進すると、すぐに都合を合わせられなかった詫びを、佃は述べていく。コンビニ三店を経営しているが、パートがなかなか集まらず、自分でもレジの前に立つことがよくあるのだという。

「忙しいのなんの。しかし、ま、ご先祖様が船問屋をやっていたんで、商売をやるのは血筋なんでしょうけどね」

そんな話を聞くうち、車は地魚料理の看板の出ている駐車場に入っていった。地元の人間もよく行く店だそうだ。のれんをくぐって、店に入った。

海鮮丼ランチが早いし、魚の新鮮さも折り紙付きだと薦められる。三人とも同じものを注文した。この店は親類が地元で水産会社をやっているから、港に揚がったばかりの新鮮な魚が食べられるのだという。

さほど時を置かず、注文の品がテーブルに届いた。金目鯛や鯵《あじ》、シラスなどの地魚が丼の上で小山を作っている。お碗から脚がはみ出ているカニの味噌汁もついてきた。言葉は必要なかった。小田切はもとより、牧も、そして地元の人間である佃までもほとんど言葉がないまま海鮮丼に取り組んだ。

半分ほど食べて、少しは舌も胃袋も落着きを取り戻した頃に、佃が箸を止めて言った。

「こうして地魚料理を食べていると、秦野先生と初めてお目にかかった時のことが思い出されます。もう三十年も前になりますか、こちらに講演にいらした先生と、会食をする機会を得させていただいたんです」

出てくる魚介の料理を、どれも「美味しい」と言って、すべて平らげたと、佃は目を細める。

「先生は健啖家でしたからね」

「美食家ではなかったですけど、食べるのは好きでしたね。地方に発掘調査に行く時、よく一日くらい前に出かけて、名物を食べに寄り道してたみたいです」

笑いが弾けた。秦野は「たっぷり食べておかなければ、体がもたんぞ」と言って、発掘調査に加わった学生たちに食べることを半ば強制していた。

在野の考古学愛好家にも分け隔てなく接する秦野に、佃は自分が発掘した土器や石器について教えを乞うたという。食事をしながら師弟の交流に話がはずんだが、どうしても〝魔法の手事件〟が発覚する前のことに限られてくる。いつしか丼も碗も空になっていて、三人は席を立つことにした。

佃はさっさと伝票を持っていってしまい、「ここは私の縄張ですので」と言い張って、昼食代を受け取ろうとしない。商売で成功している人のようだったので、丁重に礼を言って、ご馳走になることにした。

店の駐車場を出た車は、木々の緑が陽の光に輝いている丘陵地帯の道を走った。須崎の御用邸に近いことが自慢ですと、ハンドルを握る男は言う。

緑の回廊を通って、車は左手にある門を入っていった。門の中は都会にある小学校の校庭くらいの広さがあった。正面に大きな二階家があるが、予想とは違って青い瓦の洋風の家だった。その左奥に白壁の土蔵があり、これがかつて船問屋を営んでいた名残かと思った。玄関の前で、佃はSUVを停めた。

車から下りると、小田切が口を開く前に、牧が土蔵のほうに顔を向けて言った。

「あの蔵に鬼のイシバの絵図がしまわれていたんですか」

「そうなんです。大掃除した時に見つかったんです。今は母屋のほうに移してありますので、のちほどお見せいたします。その前に、こちらをご覧になってください」

佃は土蔵とは反対の方に歩きだし、二人もあとに続いた。

敷地の端らしきところにくると、家の主は足を止め、「どうぞ」と言わんばかりの仕草で右手を横に差し出した。

二、三歩進んで、「おっ」と声を上げた。遮るもののない先には海が広がり、大きな島が浮かんでいる。その島の先にも二つ三つと島影が見える。伊豆諸島だ。電車の中から見た時よりも、ずっと鮮明に島の連なりが見て取れた。輪郭のはっきりしすぎた絶景は現実のものではなく、銭湯の画でも見ているようだった。

「左のいちばん大きいのが大島で、順に利島、新島、式根島、神津島《こうづしま》。今日みたいに天気の好い日は五つまでは保証つきです」

「羨ましいですね、自宅の庭が展望台になっているなんて」

小田切は言った。牧が続いた。

「八丈島や青ヶ島は見えませんか」

「ハハ、見えたら、コンビニやめて、観光客相手の展望施設を作ります」

佃は笑いながら言った。その笑いを引っ込めて、言葉を続ける。

「昔は帆船でしたから、下田はよい風が吹くのを待つ風待ち港として栄えたんです。うちのご先祖様は上方やら伊豆諸島やらを巡って産品を買いつけ、江戸に送る船問屋をしてたので、下田の港はよく利用したんです。そのうち、ここが気に入って、高台に自分たちの住む屋敷を建ててしまった。なにしろ伊豆諸島は見えるし、気候は温暖で温泉まである」

「おまけに魚も美味い」

「ありがとうございます」真面目な声になって言葉を続けた。「よくここに立って、ご先祖様のことを思うんです。自分のところの船は無事に帰ってくるだろうかなんてね」

目の下の海をエンジン音を響かせた小さな船が走っていった。昔の船は今よりもずっと性能が低かった。遭難しやすくもあった。南に連なる島影を眺めていると、佃家のご先祖様の気持がわかってくるような気がした。

「そうでしたね。地図をお見せしましょう」

もう少しこの景色の前にいたい気もしたが、母屋のほうに向かう。

「おしゃれな現代建築ですね」

きれいな煉瓦色に塗られた玄関ドアの前で、牧が「現代」に力をこめて言った。鍵を取り出した家の主は応ずる。

「十何年か前に建て替えたんです。前の家は大きいだけで、雨戸の開け閉めだけで十五分はかかって、女房から文句が出たんです」

「でも、前の家って文化財としての価値が高かったんじゃないですか」

「いや、大正の頃に一度、建て直していて、年代的にも中途半端なんです」

玄関を入った。靴をスリッパに履き替え、案内されるまま右手のリビングルームに移動する。

「今日は女房が合唱サークルの練習に行っていて留守なんで」

言いながら、ドリップのコーヒーを淹れてくれる。個装されたシュークリームもテーブルに置いていく。

「これ、うちの店に置いてある人気ナンバーワンの洋菓子なんです」

「最近のコンビニのお菓子って、有名な洋菓子店並みに美味しいですからね」

牧はさっそくシュークリームの袋を手に取っている。

「かんじんなものを持ってきましょう」

佃はリビングルームを出ていった。

小田切がコーヒーをひとくち飲み、シュークリームの袋を開けようとした時、紙袋を手にした佃が戻ってきた。袋から一枚の紙を抜き出して、小田切と牧の前に置いた。汚さぬよう、二人ともコーヒーとシュークリームを紙から離した。

古い紙に絵図が描かれている。「鬼之イシバ之図」明和元年と記され、島の輪郭が筆で描かれている。「鬼之イシバ」と記された場所には×印が打たれていた。位置としては島の東海岸の縁になる。その他に「火之山」「庄屋」「神社」と記されたところがあり、それらには○印が打たれている。

地図を見ながら、佃は言う。

「昔、描かれた絵図だから、測量などせず、島の住人の言葉にしたがって作ったものでしょう。全体の形からして、最初は大島かと思ったんです。島の形も縦長だし、火山の場所もだいたい一致している。しかし、島の南側の形状に違和感を覚えましてね。大島とは隣組みたいなところに住んでいる人間だから、どこか違うと感じたんです。それで、ま、うちの蔵に入ってたんだから、伊豆諸島のどれかに違いないと片端から調べていったら、えらく南のほうにあった」

佃はもう一枚、地図を取り出して、二人の前に置いた。青ヶ島と記されている現代の地図だった。

「そっくりでしょ」

全体の形にほとんど違いはない。火山の位置も同じだ。

「神社や庄屋も調べてみましたが、庄屋の跡や青ヶ島でいちばん古い神社というのが絵図どおりにありました。間違いありません。イシバの意味についても少し調べてみましたが、青ヶ島の神様を祀った神殿みたいなものらしいですな。まあ、インターネットにある画像を見てみただけですが、地べたにいろんな形の石を並べただけの素朴なものでした。ただし、鬼のイシバについては、ネットで調べたかぎりでは、何も出てこなかった」

「私も検索をかけてみましたけど、何もヒットしなかった」

牧が言う。小田切は訊いた。

「この絵図は、どんな状態で保存されてたんです」

「引札を集めた中に紛れこんでました」

「ヒキフダ――」初めて聞く言葉だ。

「簡単に言うと、江戸時代の宣伝ビラです。うちは昔、佃屋という屋号で商売していて、伊豆大島まで物を運ぶといくらとか、そんなことが、画入りで刷られている。お見せしたいけど、整理した古い物は市の文化財保護委員会のほうに渡してしまったんで、蔵にも残ってないんです」

「鬼のイシバについて、佃家に伝わる話などというのはありませんでしょうか」

佃は斜め横を見て、小さく息を吐いた。

「聞いたことは、まったくありません。私自身、古いものが大好きな人間ですので、蔵にある古文書の類は目を通しております。しかし、鬼がどうかしたとか、そんなことを読んだ記憶はありません。ただし――」

顔が正面に戻った。小田切と牧を交互に見て、言葉をつないだ。

「先祖の誰かが青ヶ島まで行った可能性はあります。その頃は黄八丈を産する八丈島が商売の南限でしたけど、八丈島と青ヶ島とは人の往き来があった。だから、何か商売のネタはないかと、太平洋をさらに南下して、青ヶ島に行ったとしてもおかしくはありません。当時の商売人は命知らずでしたからね」

「だったら、青ヶ島に行った時、その地図を手に入れた」

「あるいは、面白い話を聞きこんで、島の住人に絵図を描かせたのかもしれません。そのあたりのことは、皆目わかっておらんわけですが」

三人のうちから言葉が消えた。何と言っていいのか、わからない。佃の口が開いた。

「ただ、伊達や酔狂で描かせたわけじゃないと思うんです。当時はネットから手軽に地図を印刷することができる時代じゃありません。今の地図と比べても、かなり正確な絵図になっているから、それなりの手間ヒマもかかったでしょう」

言われて、もう一度、二枚の地図を見比べてみた。筆で描かれた絵図のほうは、今の地図と比べれば大雑把だったが、海岸線の細かな部分まで描かれている。お遊びで作られたものではない。

「別な考え方もあると思います。鬼というのは、強い者、豪胆な者のたとえとも言います。先祖の中でも豪気な者が富を求めて青ヶ島まで行き、そこで客死したのかもしれない。で、イシバを作って遺体を葬ったとか。いえ、想像しただけのことです」

一理はあると、うなずいたあと、小田切は訊いた。

「鬼といえば、保元物語に源為朝が青ヶ島で鬼を征伐した話が出てきますが、それとの関連はいかがでしょう」

「私も、そのことには気づいておりました。しかし、うちの先祖が海運業を始めたのは江戸の前期で、絵図には明和元年、西暦に直すと一七六四年となる年号が記されています。為朝は十二世紀の人だから、六百年も新しい。ここまで時代が違ってしまうと、為朝の鬼と関係があるかどうかは、うーん、どうでしょうか」

船問屋の末裔は腕を組んで首を傾げる。牧が訊いた。

「父に絵図のコピーを郵送したいきさつについて、もう一度お聞きしたいんですが」

「先日の電話でも少しお話をしたんですが、下田市には海岸近くに古代の墓地があるんですね。そこから見つかった埋蔵物について、先生の考えを伺いたいと手紙を書いたんです。その手紙に付け足しみたいにうちの土蔵から見つかった意味不明の絵図のことを書いたんです。そしたら、すぐに先生から電話がかかってきた。いつもは手紙で返事をもらい、電話がかかってくることはなかったんですが」

「それで」

「鬼のイシバがあるのは青ヶ島に間違いないんだなと、いきなり念押しされてしまって。私が島の形状だけでなく、火山や神社、庄屋のあった場所から見ても間違いないと説明すると、絵図をコピーしてすぐに送ってくれと言われまして——なにか息せき切った口調だったので、先生の声が今でも耳の中に残っておるんです」

「父は青ヶ島というところに、ひどく興味を持ったと」

「としか考えられない。なぜですかねえ」

佃は、もう一度首を傾げた。

2

帰路は車窓の風景を楽しむ気持の余裕はなかった。

まず「鬼之イシバ」の正体がわからない。為朝の鬼退治伝説がある以上、彼らを祀ったものと思うのが自然かもしれない。しかし、六百年の時を超えて、鬼のことを島民が憶えているだろうか——。

「わかんないよねえ、鬼のイシバ」やはり考えこんでいた牧が隣の席から声を上げた。

「佃さんの言うようにご先祖さまの誰かが青ヶ島に行って事故か病気で死に、遺体は持って帰れないから島に墓を作って埋めたとか。あとで一族の誰かが行った時、目印になるように地図を作ったとか」

「荒海をものともせず商売を拡大させたような男がいたとしたら、〝鬼〟の異名がついたとしても、おかしくはないよな。為朝より、そっちのほうが自然かな」

「だったら、佃家にそれについての話が伝わっていてもおかしくないよね。でも、ないという」

「それが昔の出来事なんだよ。明和から現在までは二百五十年の時間が流れている。一族の誰かの変事など、記録していなければ、あるいは記録が失われてしまえば、なかったことになってしまう——ね、今ある大阪城は誰が作ったと思う」

話は逸れるが、少しは「昔ものがたり探求会」にいたことを示してやらねばと思った。

「豊臣秀吉でしょ」

「違う、徳川家康だ、いや、二代将軍の秀忠だったかな。秀吉の大坂城が大坂夏の陣で焼け落ちたあと、秀忠が別な城を建てたんだけど、太閤さんびいきの大坂町民はそれを認めたがらなかった。そして百年、二百年とたつうち、ほとんどの人が秀吉の建てた城だと思いこむようになった。で、昭和の大修理の時に、土の中から秀吉が建てた城の遺構が見つかり、ようやく徳川の建てた城ということで落ちついた。もっとも今でも『太閤さんの城』と思っている人も多いみたいだけど」

「ほう、さすがは元歴史研究会」

「違う、昔ものがたり探求会だ。ともかく城なんてどでかい物だって、少し時がたてば建てた人間が忘れられる。だから、ご先祖様のことなんて、四代も逆上ると、詳しいことはもうわからない。きみは自分の曾祖父のことを知ってるかい。ぼくは曾祖父が太郎《たろう》左衛門《ざえもん》という名前だったことは聞いてるけど、どこで何をしてたのかはまったく知らない」

「私は名前も知らない」言ったあと、笑った顔になった。「でも、千五、六百年前のご先祖様なら知ってるわ」

「千五、六百年前って――古墳時代だぜ」

「祖先はその頃、中国から一万人単位で渡ってきた秦氏《はたうじ》で、秦野家はその末裔なんだって。これって、オヤジの受け売りなんだけどね」

「秦氏か――」

高校の歴史教科書にも載っている事実だったが、大陸からの渡来人ということくらいしかすぐには頭に浮かばない。

「なんでも、秦氏は秦姓だけじゃなく、畑とか羽田、秦野とか時代が下るにしたがって、いろいろ変わっていったんだって。姓は変わっていっても、日本に養蚕《ようさん》や鋳造を伝えたエリート氏族である秦氏の末裔であることを誇りに思わなきゃならないと力説していた」

少し思い出した。

「たしかにエリート渡来人で、聖徳太子のブレーンだったり、八幡神社を日本中に広めたとかしたんだよな」

「最晩年は、オヤジ、秦氏のことを調べるのに熱中してたのよ。自分のルーツだからって、文献を買い漁ったり、書斎が古本臭くなってた」

「古本臭くか」

少し奇異な感を受けた。秦野先生は遺跡を発掘するなど、あくまでフィールドワークの人で、必要以上に文献に頼ることはしなかったはずだ。

「晩年の秦野先生とは接していないんだ。どんなふうだったの、先生」

「うん」すぐには言葉が返ってこなかった。電車のモーター音が高くなったあと、牧は言った。「最後の頃は、正直おかしかったよね。自分の考えに凝り固まって、聞く耳を持たなかった。それも仕方がなかったかもしれない。にっちもさっちもいかなくなってたんだもの」

溜め息をついたのか、牧は唇をすぼめた。

「魔法の手スキャンダルで大学を追われてからは、お金も人手も必要な発掘調査なんてできるわけはない。どこかの遺跡調査に呼ばれたりもしない。仕方がないから、歴史学のほうに行ったというか、逃げた。たまに実家に帰ったりすると、土器や石器の代わりに古文書やら本ばかりが増えてた」

昔のことを研究するといっても、考古学と歴史学とは似て非なる学問だ。考古学は遺跡や地層を発掘して、出てきた土器、石器、人骨などを調べる。一方、歴史学は古文書や古い手紙などを読み解き、その時代に何があったのかを探る。

発掘現場で土埃にまみれ、「クソ根性だ！」と叫ぶ秦野先生の姿が頭に浮かんだ。先生は部屋の中で本の虫になっているのは似合わない。

「歴史学に転向したといっても、あっちの世界にはもう大家がごろごろしてるでしょ。還暦過ぎて歴史学に来た人間なんて素人扱いされるだけ」

聞いていて、自分も責められているような気になっていた。記者生活の忙しさにかまけて、先生を訪ねるどころか、電話も入れていなかった。夏原も同じだっただろう。しかし、沼だけは違っていたはずだ。

カーブを曲がったらしく、横Gともに車両が傾いだ。その傾きがなくなったあと、小田切は言った。

「申し訳なかった。亡くなったと、牧から知らされるまでご無沙汰していた。元気な時に、もっと顔を出すべきだった」

「元気な時に来なくてよかったよ。一部のアマチュアを除いては誰からも相手にされなくなり、酒の量が増えていって、それもからみ酒になることが多くなった。オヤジが脳出血で倒れたのも、酒量が増えて血圧が大きく上がってたせい」

秦野先生は入浴中に倒れ、三日後に亡くなったと聞いている。

「沼だけは別だったんだろうな。八丈島暮らしだから、そうたびたび訪問はできなかっただろうが、手紙のやりとりはしていたみたいだ」

「そんな忠実な弟子だったから、オヤジは為朝の鬼退治の話にも相談にのってやり、青ヶ島に鬼のイシバがあるとの情報を聞いて、すぐに絵図を取り寄せたんだろうね。そして、二人して島に渡った」

「うん」曖昧な言葉を返して、小田切は佃からもらった二枚の地図のコピーをあらためて見比べた。島の形状、火山や神社の位置から見て、墓のある場所が青ヶ島であることは、間違いないだろう。

「ただ一点、気になることがあるんだ。佃さんは『鬼のイシバの地図をすぐに送ってくれ』と、先生が息せき切った口調で言ったと。その声が今でも耳の中に残っていると――沼に協力するだけだったら、息せき切るほど興奮するだろうか」

「たしかに」牧はうなずいた。「だったら、どうして息せき切るほど興奮したんだろう」

「考えたんだが、わからない。ただ、それほど興奮したんなら、為朝の鬼退治以外に理由があった」

「鬼退治以外にか」

牧は背もたれに体を預け、口を閉ざした。小田切も同じ格好をして、考えに沈みこむ。

〈為朝伝説の他、青ヶ島に何かあった……〉

電車の天井に目を投げかけながら、小田切は都立図書館で仕入れた青ヶ島に関する知識を頭の中に引っ張り出した。古文書にはっきりその名前が出るようになったのは、たしか十五世紀。十八世紀の後半、島内の火山が大噴火を起こし、全島民が八丈島に避難した。その程度のことしか頭に浮かばない。

目を窓の外に転ずると、いつの間にか外は暗くなっていて、通過駅の灯が前から後へと飛んでいく。

「しゃあない、行くっきゃないか」

体を起こして、牧が言った。

「青ヶ島か――ヘリのチケットは簡単には取れないらしいし、船だと欠航がふつうにあって、最低でも五日間くらいの余裕は見ておかなきゃならないみたいだぞ」

「東京都内に行くのにかあ」

牧は立ち上がって網棚からバッグを下ろし、黒革のシステム手帳を取り出した。ページをめくっている。

「五月の後半なら、そのくらいの休みが取れそうだね。行こっ」

言って、小田切の顔を見た。五日間、いや、それ以上かかるかもしれない青ヶ島行きが決まりそうな成り行きになっている。

「時間がかかるな」

小田切は言葉を曖昧にした。頭には夕海のことがある。四月のイースターには聖歯教会にイエスの乳歯が納められ、以後、カルトの活動もさらに加速するだろう。そんな時期に、夕海を一人にして大丈夫なのだろうか。

「どうしたの？　気が乗らない感じね。この前は青ヶ島の写真を見て、行きたいと言ってたじゃない」

「ああ」

「今日の小田切くん、朝からいつもとは違うよ」

一人で抱えこむのも辛くなってきていた。牧ならば、誰かに喋るということもない。キリスト教の信者だから、何か有効な助言ももらえるかもしれない。

「じつはかみさんの調子が少しおかしくなっていて、五日も六日も家をあけるのは不安なんだよ。というか、今そっちをどうするかに頭が行っている」

「調子悪いって、病気？」

牧は医者だった。

「違うけど、うーん、心の病気と言えば病気かな」

普通に喋っている限り、電車の走行音で周囲の人間に話を盗み聞きされることはないだろう。

「カルトに入ってしまったんだ」

一瞬、牧の顔がこちらを向いた。

「そりゃ——大変だねえ」

「青天の霹靂だ。最近では、しょっちゅう家を空けている。『オンリー・ワン・ゴッド』というキリスト教系のカルトだよ」

「街のあちこちで布教活動をしてる団体だよね。この前、興味本位でビラを受け取ってみた。イエスの乳歯が発見されて神の存在が科学的に証明されたとか、日本人はユダヤ人と祖先を同じくする優秀な民族だとか、信ずる人は信じそうなことが書いてあった」

「そう、かなり理屈っぽいカルトだ」

「それで、奥さんとは？」

「話しあってみた。だけど、むこうは頑なになっていて、やめるなんて言わない。もともとは理系で論理的で、宗教なんてものには無縁な人間だったんだが、夏原がイエスの乳歯を発見したおかげで、神の存在を信ずるようになった。夕海は両親を早くに亡くし、兄弟もいない。子供もいなくて、なんていうか心に隙間があったんだ。そうしたことに気づいてやらなかったぼくにも責任はあると思ってる」

感情を殺して、淡々と話していった。話の区切りがつくと、牧は言った。

「カルトか。簡単にはいかないよね、心の問題だから。私みたいに親に連れられて教会に行った人間にはいい加減な信者もたくさんいるけど、大人になって自分の意思で宗教を選んだ人は全身全霊で神を信じてるもんね。なにか抜けさせる名案はないかね」

クリスチャンでもある牧にしても、すぐには策は思いつかないようだった。

「やはり、イエスの乳歯の遺伝子が神のものではないことを証明することか。理屈っぽいカルトだけに、その理屈が破綻すれば、脱会する者が続出する」

牧も風間と同じことを言った。それしかないのか――。

「そう。イスラエルで見つかった乳歯は神の子が遺したものではないことが証明されれば、きっと夕海は元の彼女に戻る。だけど、夏原だけじゃなく、世界中の科学者の英知を集めても、突破口が見出せていない」

「なにかないか、ブレイクスルーする方策。私もあれはイエスの乳歯だと言ってたけど、心の底では何かトリックがあるんじゃないかと」

牧は腕組みをして、上半身を背もたれに預けた。視線は動かさず、考える顔を作っている。小田切もあらためて突破口がないか考えることにする。

すぐに諦めた。昨年、夏原と会ってからずっと考えてきても解けない謎が、この場で解けるわけもない。

「ちょっと変だよねえ」

隣の席にいる牧が突然、呟くように言った。

「どうしたんだよ」

牧は上半身を起こした。

「ここ一年くらいの間で、私たちのまわりでとんでもないことがいくつも起こったよねえ。まず夏原くんがイエスの乳歯なんてのを発見した。一方で、沼くんが青ヶ島で転落死した。そして、小田切家では奥さんがカルトに入った、と——ちょっと多すぎるんじゃないかな」

「牧、何が言いたいんだ」

「どれも、オヤジが噛んでる」

「えっ」

「夏原くんの発掘調査団入りは、オヤジが推薦した。鬼のイシバがあると、沼くんを青ヶ島に連れ出したのもオヤジ。それと、奥さんの件と直接関係ないかもしれないけど、『オンリー・ワン・ゴッド』の唱えている日ユ同祖論。思い出したんだけど、晩年のオヤジも同じようなことを言っていた」

「嘘だろ」思わず言っていた。

「嘘じゃないわ、晩年のオヤジなのよ。学問の客観性を重んじていた頃とは違う。根拠の薄い説も信じこんでしまう人間になってたのよ」

「あ、ああ」

「自分の祖先はユダヤ人と重なってるから、今、自分はキリスト教の信者になっているとか言い張ってた」

「なんで、祖先がユダヤ人といっしょなら、キリスト教を信ずることになるんだよ」

頭がこんがらがってきた。

「イエスは形式的にはユダヤ人夫婦の間に生れてる。キリスト教の布教に命をかけた使徒もユダヤ人。だから、自分がキリスト教を信じたのもユダヤの血が流れているからだと——これがオヤジの論理。ああ、それから鼻も。オヤジ、鉤鼻《かぎばな》だったでしょ」

「あ、ああ」

思い出すまでもなかった。秦野先生の鼻は先が少し曲がっているいわゆる鉤鼻で、それが独特の風貌を作り出していた。

「鉤鼻っていうのはユダヤ鼻とも言われて、日本人にはあまりない。そのこともユダヤ人の血を引いている証拠だと、オヤジは言っていた。私としては、自分に遺伝してなくて助かったと思ったけどね」

横から見ると、牧の鼻は鼻筋が通って、父親とはまったく違う。

「この前、小石川後楽園で会った時、青ヶ島に徐福伝説があることを、オヤジが沼くんに話していたとか、言ってたよねえ」

「ああ、沼の残したノートにあった。秦の始皇帝の命を受けて不老不死の仙薬を求め、東の海に旅立った徐福が合計千人の男女の子供を八丈島と青ヶ島に置いていったという伝説だ」

「佃さんからの手紙を探すのにオヤジの書斎をひっかきまわした時、おかしな原稿を見つけちゃった。徐福の一行の中には西方からやってきたユダヤ民族も混じっていたとかいう説があるんだって。そして、徐福の子孫は秦姓を名乗った」

またユダヤ人の登場だ。徐福までが出てくる。混乱した。牧は続ける。

「まとめるよ、秦野家の先祖は大陸から渡ってきた秦氏で、これは学問的にたぶん正しい。そして、徐福も秦氏の一員で、彼の一行の中には西方からきてユダヤの血を引いている者もいた、と。ああ、それから秦氏そのものがユダヤ人だったという説もあるんだって。これらの説は、どこまで本当かわかったものじゃない。でも、オヤジはそうだと信じていた」

「そして、八丈島と青ヶ島には徐福が男女合わせて千人を置いていった伝説が残っている。もしかすると為朝が退治した鬼はその千人の末裔ではないかと、秦野先生は考えていた」

頭の中は混乱したまま、ともあれ小田切も話を合わせた。

「だから、佃さんとの電話で、オヤジは青ヶ島に激しく反応した、と」

「うーん」と唸るよりなかった。頭を振ってから、小田切は言った。

「たしかに点と点を結ぶ線は引けるよな。だけど、点というのが伝説や空想の類で、まともに信ずる気にはなれない」

「それは、私も同じ。だけど、考えたのは判断力がおかしくなっていた晩年のオヤジ」

二人とも言葉が止まった。電車の走行音だけが耳に入ってくる。まともではなくなった人間の思考を、普通の頭で処断してはいけないのか――。

「私、恐いのよ。オヤジ、青ヶ島で沼くんに何かしたんじゃないかって」

牧が言った。いつになく硬い声だった。何かしたって――沼を崖から突き落としたのか?

「最後の頃のオヤジって、ホラー小説なんかに出てくる狂人博士みたいだった。そのオヤジが夏原君のイスラエル行きにも、沼くんの青ヶ島行きにも噛んでいる」

行くしかない。心は決まった。

（7）驚異の島

1

脳が頭蓋骨の中で揺さぶられ、また胃袋が持ち上がってきた。トイレの中でしゃがみこみ、突き上げてくるものを吐き出そうとしたが、胃の中は空になっていて、うめき声が出てくるだけだ。

〈酔い止め薬を買っておくんだった……〉

便器に向かって口を開くたびに、後悔の思いが頭に浮かぶ。

朝、低気圧が南下してくるという中で船の出港が決まった時は、助かったと思った。甘かった。八丈島の底土《そこど》港に停まっていた「あおがしま丸」は太平洋を行くには、心細いほど小さな貨客船だった。嫌な予感がした。乗り物酔いの薬は用意していなかった。

港を出てほどなく予感は現実のものになった。船室の窓の外にある海はさほど波立っていないように見えたが、小さな船はドロドロとせいいっぱいのエンジン音を響かせ、うねりの中を進んで行った。船室の床は上下動を繰り返し、三十分もしないうち、頭の真ん中と胃の底とに不快なものを感ずるようになった。気持の悪さは時間がたつにつれひどくなり、とうとうトイレに急ぐことになった――。

いつまでもトイレの個室を占領しているわけにもいかない。洗面所で口を濯《すす》ぎ、手すりにつかまりながら、船室まで戻った。

薄い絨毯が敷かれた船室には、十名に満たない乗客が魚河岸のマグロみたいに転がっていた。小田切は先ほどまでいた場所に戻り、床に寝転がった。

当初の予定では秦野牧もこの場に転がって、たぶん船酔いに悩まされているはずだった。

昨日の昼前だった。牧からのメールが入った。

「念のためヘリを確認したら、一名分だけキャンセルがあったから予約したよ。悪いけど、私ひとり飛んで行く。ごめんね。宿で会いましょう」

こちらのことなど考えていない牧らしいメールだったが、受け入れるしかなかった。

彼女は今朝の飛行機で八丈島に着き、ヘリに乗り継ぎ、二十分の快適な飛行で、すでに青ヶ島に到着しているはずだ。一方、小田切はと言えば、昨日、八丈島に着き、ホテルで一泊した。翌朝、貨客船に乗り込み、船酔いに苦しむ三時間の旅を強いられているのである。

世の中には船酔いとは無縁の者もいるらしく、寝ころびながら、壁に設《しつら》えられた大型テレビで大リーグ中継を観ている。小田切は目を閉じ、耐えることでこの時間をやりすごそうとした。早く揺れないところに着くことだけを祈っていた。揺れとエンジンの振動とを全身で受け止めている時間が過ぎていって、突然のように船室のドアが開いた。

「おい、青ヶ島が見えてきたぞ」

若い男が寝ころんでいる仲間に声をかけた。声をかけられたほうは体を起こして、靴を履く。船室を出ていった。

外に出てみよう。小田切も思った。

船室を出て、手すりを頼りに階段を上っていった。いちばん展望のきく三階デッキまで上がった。

船の進む方向の斜め前方に島が見えた。ほんとうにクリスマスケーキからロウソクやクリームを取り除いて海に置いたような形だった。が、デッキは船の最後部にあり、ブリッジに邪魔されて島の全景は見えない。離れ小島に物資を運んで行くのがいちばんの目的になっている貨客船では、映画の「タイタニック」で主演の二人がやったようなことはできない造りになっている。

もっとよく見ようと、舷側に移動しようとした。とたん排気筒から噴き出したガスを顔に浴びて、咳きこんだ。また胃袋が持ち上がってくる。

先に来ていた若者二人はデッキにある椅子に座って海を見ている。彼らと同じことをしたほうが賢い。どうせ島には上陸するのだ。後ろ向きに設えてある椅子に、小田切も腰を下ろした。

船尾からは果てしなく海が広がっていた。空は雲に覆われていたが、水平線から下は見事な群青色だった。ペインティング・ナイフで荒っぽく塗りたくったような群青色を、泡立つ航跡が白く切り裂いていく。風が髪を散らしたが、気持の悪さはいつしかおさまっていた。こんなことだったら、狭い船室でマグロになっているんじゃなかった。

ここまで来ると、復活祭の騒ぎなど、どこの世界の出来事かと思われてくる。イエスが死から甦ったことを祝う四月下旬の復活祭は、いつもならば日本では子供たちが卵に色を塗ってイースターエッグを作ることくらいしか話題にならないが、今年は様子が違った。イエスの乳歯が聖歯教会に納められることを、マスコミが盛んに報じた。テレビではワイドショーまでがこのことを取り上げた。

これを好機ととらえたのか、キリスト教諸派は布教活動に熱を入れた。イースターの特別礼拝を案内する近所の教会のチラシが新聞に折り込まれていた。大学では四月に入学した新入生に対するカルトの勧誘が盛んに行われ、大学当局との間でトラブルを起こしていた。

妻の夕海は復活祭の前後は連日のように家を開けていた。薬局のほうも休みをとっているようだったが、外泊はしていなかったので、咎め立てすることもできなかった。

圧巻だったのが、復活祭の当日、世界中で行われた大行進だった。キリスト教国でない日本でも各地で多くの人が参加した。日報新聞の前にある日比谷通りにも行進が通った。

どのくらいの人がいるのだろうか。延々と行進が続き、途切れることがなかった。「神を信じなさい」「イエスに愛を」などのプラカードを手にした者も少なくなかった。これが日本なのか？　信じられない思いだった。

「透明なアルカリ水にフェノールフタレインの試薬を一滴落としたようなものだろう」六階の編集部から肩を並べて通りの行進を眺めていた編集長の野平が言った。科学雑誌の編集員だ。野平の言うことは理解できた。

「赤紫に一気に変わってしまいましたか」

「なにも潜在的なクリスチャンがあれほどいたというわけではないだろう。心の支えになるものだったら、そしてエビデンスがあるものだったら、何だってよかった」

その日の行進は特定の宗派によるものではなかった。「イエス・キリストを信ずる者なら、誰でも参加を」と、ネットで呼びかけられていたから、カトリックやプロテスタントばかりでなく、キリスト教カルトと呼ばれている団体も参加していただろう。そして、夕海もその中にいたかもしれなかった。

「怖いね、ネットの時代は……」

いつもは豪胆な野平が声を震わせていた。それは小田切も同じだった。抗しきれない巨大な流れが押し寄せてきているように感じた。

「しかし、もし彼らの言うとおり神がいたんなら、不信心なおれたちはどうなるんだろうな」

そんな呟きも野平から聞こえてきて、思わず彼の顔を見ると、編集長はアハハハと取ってつけたような笑いを発して、小田切の肩をポンと叩いた。

四月も末になると、表立った騒ぎは治まったが、代わりに週刊誌などがこの騒ぎを報じたし、新聞にはイスラエル旅行の広告が多数載った。むろん来月になれば、「トラベル四季」でも小谷初穂が聖歯教会で行われたセレモニーを詳細にレポートするはずだ。

また、ネットの世界では、言うまでもなく事実とフェイクがごった煮状態になった情報が溢れ返っていた——。

船尾から続く航跡がゆるい曲線になった。立ち上がると、左舷に島の全景が見えた。

異形といってよかった。海岸はどこも急峻な崖で、黒や茶色の岩肌に草木の緑が弱々しくへばりついていた。わずかにある海岸には大小の岩が転がっていて、波がしぶきを上げていた。

「島は荒磯で、白波が折り重なるようにうち寄せていて、船を近づけてよいような所がない」

保元物語の現代語訳の一節が頭に浮かんだ。

〈秦野先生は、この島で何をやっていたのか……〉

何度も考えたことが、また頭に浮かんだ。

「為朝が鬼退治をしたのは、まさしく青ヶ島だった」「徐福伝説によれば、八丈島と青ヶ島に男女千人を残していって、彼らが鬼と後に呼ばれるようになった」「秦氏はユダヤ人の末裔で、徐福もその一員だった」

どれもがにわかには信じがたい説である。しかし、今回それらの中心にいたのが秦野統一郎なのだ。

フェイクを信じこんで、ネットに過激な書きこみをする者がいくらでもいる時代だ。置かれていた状況を考えれば、晩年の秦野がおかしな説に固執したとしても不思議ではない。牧は父親を「狂人博士」だと呼んでいた。そして、夏原の発掘調査団入りにも、沼の青ヶ島行きにも、秦野が嚙んでいたのは間違いないのだ。

〈ともかく、あの島で秦野先生がやっていたことを調べるしかない……〉

荒々しい姿を見せている島を見ながら、小田切は思った。

八丈島から南下してきた船は島の西側を回りこむようにして港に入るようだ。やがて、それと思われる施設が見えてきた。「あおがしま丸」は船首を埠頭のほうに向けていく。三宝港《さんぽう》だった。

港のそばまで近づいて驚いたのは、その姿だった。港とその周辺はほとんどすべてがコンクリートで固められていた。とりわけ港の背後の切り立った崖は格子状に区切られたコンクリートで塗りこめられている。まるで要塞だ。港周辺の海岸を埋めつくした波消しブロックを白い波が洗っていた。

船はエンジンをふかしながら船体を少しずつ少しずつ港に横づけしようとしている。防波堤はなく、波はそのまま埠頭に打ちつけている。速度が落ちて、揺れはさらに強まった。「海が少し荒れると、船は欠航する」という理由がよくわかった。八丈島から出て、海は渡れても、青ヶ島の港に接岸できない。

置いたままになっていたリュックを取りに、船室に下りた。

自分の他に旅行者と見える者は二人だけで、あとは作業服っぽい格好をした男性だ。インフラ整備の工事関係者が交代でこの島にやって来ているというから、彼らなのだろう。

ようやく船が接岸した。短い吊り橋のようなタラップを恐る恐る渡り、埠頭に足がついて安堵した。揺れない地面がありがたかった。

「小田切さん？」

小太りで五十年配の女から声がかかった。「星空の宿」から迎えにきたという。民宿の奥さんらしい。青ヶ島には島内を巡るバスもタクシーもない。それゆえ、民宿の人間が港まで迎えにいくと、予約の時に聞かされていた。

駐車スペースにあるのは、工事用のトラックを除けば、軽自動車ばかりだった。リュックを下ろして、「星空の宿」とボディに書かれている軽ワゴンの後部座席に乗りこんだ。

「お連れの方、もう来られてますよ」

車が走り出すや、奥さんは言った。

「あっちは、ヘリでしたからね。運良く空席が出たみたいで」

「きれいな方ですね」

聞きようによっては思わせぶりな口調で言われた。フリン旅行と思われた？　まあ、どうでもいい。いちおう部屋は別なのだし。

道路に出ると、すぐに「青宝トンネル」という表示板のあるトンネルに入った。車がなんとかすれ違えるほど狭いトンネルだった。エンジンの音が高くなった。上り勾配を上がっているようだった。

「このトンネルができる前は、つづら折りって言うのかね、曲がりくねってて、急な坂を苦労しながら上っていったんですよ」

前の席から声を張り上げて、奥さんが言った。青ヶ島の地図を頭に浮かべて、小田切も負けずに大きな声で言った。

「今、走っているトンネルはカルデラのいちばん外の壁を、南西側から貫いているわけですね」

返事が返ってくるまで、少しの時間が必要だった。

「まあ、そんなふうになんのかな」

トンネルは長くはなく、ほどなく外に出て、窓が明るくなった。

トンネルを抜けると、そこは山国だった——川端康成の下手なパクリが頭に浮かぶほど、景色は大きく変わった。荒々しい海岸から緑豊かな山の風景へ突然、変わったのだ。

箱根にでも来たかのような曲がりくねった坂道を、軽ワゴンは車体をロールさせながら上っていく。ガードレールのむこうは絶壁になっていて、背筋に冷たいものが走るが、地元の運転者は小さなエンジンをいっぱいに回したまま、カーブをクリアしていく。

「今、どこを走ってるんですか」

少し間の抜けた質問をしてしまった。

「どこと言われてもねえ」一拍置いてから言葉がつながった。「今は火口の中を走っているんだね」

「こんなに広くて、木もたくさん生えている」

「江戸の大噴火から二百何十年かたてば、草木でいっぱいになるさ」

そうこうするうち、車はまたトンネルに入った。ヘッドライトを頼りに、パイプの中のような狭くて暗い空間を進む車の中で、小田切は考えた。今は火口原の壁を抜けるトンネルを走っているのだ、と。

想像は当たった。短い時間でトンネルを出ると、奥さんが言った。

「火口を抜けて、ここから先は人が住んでいるんだ」

島の面積の半分近くを占める火口原にも以前は人が住んでいたが、今は高台の北部地域にまとまって住んでいる。人口わずか百七十名ほどの村だが、国や都の離島対策のおかげでひととおりの生活基盤は整っている。小中学校、駐在所、郵便局はもとより、小さいながら医師のいる診療所もあるし、宅配便やインターネットも使えるから、離れ小島にしては文明的な生活が送れていると、奥さんは笑う。

「うちの親が子供の頃は、電気も来ていないし、八丈からの船も欠航ばかりで、本物の絶海の孤島だったらしいよ」

車が進むのは山の斜面を引っ掻いて作ったような道路だ。ガードレールのむこうは相変わらず崖で、山側は崩落を防ぐためコンクリートで塗り固められている。

ほどなく道沿いに人家が現れるようになった。その一軒の敷地に軽ワゴン車は入っていった。

車から下りたすぐ前には、古ぼけた二階家があった。

「ここが泊まるところ」

「『星空の宿』ですか、ここが」

つい口に出していた。民宿とはいえ、名前からしてペンションふうの建物を勝手に想像していたのだが、現実にあったのはモルタルの外壁も変色しかけた年代物の建物だった。

「そうさ、夜になって窓から空を見上げれば、都会じゃ絶対に見られない満天の星だ」

玄関の引き戸ががらがらと重い音をさせて開いた。牧が姿を現した。

「いらっしゃい。船旅は快適でしたか」

笑った顔がわざとらしかった。

「なんというか、ま、きみも帰りはたっぷり楽しめるよ」

「ヘリは上空から島の全景が見れて、ちょっとした感激ものだったよ」

奥さんが口をはさんで言った。

「お昼は食堂に用意してあるよ。食事の時間やお風呂やトイレはこっちの人に話してあるから、聞いてちょうだい。私は母屋のほうにいるから、何かわからないことがあったら、聞きにきなさいな」

右隣にどう見ても民宿よりきれいな母屋があった。奥さんは小太りの体を揺らすように母屋のほうに行ってしまった。

「もう少しきれいだと思ってたよ。ネットの写真で見た時は、けっこう新しそうに見えたんだけどな」

部屋の予約をしたのは小田切だった。建物に視線を送りながら、いいわけがましく言った。

「ネットの写真は加工されてたかもしれないね。でも、部屋はなかなかのものよ」

牧が玄関を入ったので、小田切も続いた。食堂と浴室、トイレは一階、客室は一階に二部屋と二階に三部屋あると、先着者は説明する。

「今はオフ・シーズンで他に客はいないから、好きな部屋を使っていいって。当然、眺めのいい二階にしたけど、小田切くんもそうするでしょ」

玄関を上がってすぐのところにある階段を上っていった。踏み板がぎしぎしと音を立てた。

階段を上がって右手の部屋を牧は使っているという。自然、左の部屋に行くことになる。

ドアを開けた。和室の六畳間だった。小型の液晶テレビと座卓が置かれているだけで、あとは何もない。いや、ビニールロープが張られて、針金ハンガーが三つぶら下がっている。洗濯ばさみもついていた。洗濯したら、ここに干せということなのだろう。畳が日焼けしている。

なにが「部屋はなかなかのもの」だ。学生時代ならともかく、ここしばらくこんなボロい宿に泊まったことはなかった。お嬢さん育ちの牧から、よく文句が出なかったものだ。だが、仕方がない。この島には工事関係者も泊まるという民宿が六軒あるだけで、ホテルもペンションもないのだ。

空気が湿って澱んでいる。リュックを下ろすと、小田切は曇りガラスの窓を開けた。瞬間、すべてが変わった。小さな林のむこうに大きな海があった。群青色は水平線まで続き、他には何もなかった。首を左右に振っても、海しかなかった。

2

食堂のテーブルには、オムレツに漬け物、味噌汁という海辺の民宿とは思えぬ昼食が載っていた。

青ヶ島には居酒屋こそあるが、食事を出してくれるような店はないから、三食を泊まった民宿で食べるよりない。もう食べてしまったという牧は向かいの椅子に座って、お茶を飲む。期待していなかった分、オムレツは案外おいしかった。

食事が半分ほど進んだ時、よく日に焼けた中年男が食堂に入ってきた。

「ああ、いらっしゃい」

外見に似合わぬ高めの声で言ってきた。

「ご主人ですか。オムレツ、おいしいですね」

「オムレツがおいしいのはいいけど、ご主人なんて呼ばないでよ。俺は信一《しんいち》さん。佐々《さ さ》木《き》信一っていうんだけど、この島に佐々木、奥山、広江、菊地なんて名字は海岸の岩みたいにゴロゴロしてるから、みんな名前で呼ぶようになってるんだ。俺は信一さんで、かみさんは美智子《み ち こ》さん」

「はい、信一さん」

名前で呼ぶと、信一さんは目尻に皺を寄せてにっこりと笑った。けっこういい人みたいだ。つい訊いていた。

「島の民宿なんだけど、どうして魚じゃなく、卵料理なんでしょう」

「昨日は海が時化《し け》てたから、漁船が下ろせなかったんだ」

「下ろせなかった——」

「うん、ここは港に船を繋いでおくと、波で岸壁に打ちつけられてしまうんだ。だから、クレーンで道路を越えた反対側まで持ってきて陸に置いとくんだけど、波が高い時は、船を海に戻せなくてさ」

驚いた。漁船をクレーンで海から上げてしまう。初めて聞く話だったが、防波堤もない港だ。あおがしま丸が接岸に苦労している様子が頭に浮かんで、納得してしまった。

「たしか隣の透《とおる》さんが港まで釣りに行ってるはずだから、夕食には釣ったばかりの魚を出せると思うよ」

「期待してます」牧が言った。

ちょうどいい。訊いてみようと思った。

「ところで、この島に鬼のイシバがあるって話は聞いたことないでしょうか」

「鬼って、あの鬼かい？」

「その昔、源為朝が青ヶ島で鬼退治をしたという伝説はご存じですか」

「ご存じもご存じ、この島に残っている数少ない伝説だから、みんなが知ってるよ」

「おそらく、その鬼のイシバがこの島に残っていると聞いたんです」

信一さんの目が丸くなったまま、こちらを見ている。何秒かの後、その目が細くなったかと思うと、アハハと声を立てて笑った。

「もしかすると、あんた方、その鬼のイシバを探しにきたの」

「まあ、そんなところですか」

「暇な人がいるもんだねえ、ドンゴだあ」

大声で言って、また大笑いした。「ドンゴ」が何なのかはわからないが、ろくでもない意味に違いない。少しムッとしたが、民宿のオヤジはダメを押した。

「神様を祀ったイシバは神社だけじゃなく、道端とかいくらでもあるけど、鬼を祀ったイシバなんてさ、俺はこの島で生れて五十五年生きてるんだけど、聞いたこともねえ。あんた方、そんなもの探してる時間があったら、早いとこ大凸部《おおとんぶ》に行ってみて、島の全景を見ておいたほうがいいんじゃないかな。霧が出ると最高の景色が見られないよ。ああ、そうだ、地図あげる」

信一さんは大型テレビの横にある棚からパンフレットを取り、小田切と牧に一部ずつ渡した。青ヶ島のイラストマップで、名所や道路などが載っている。

「鬼のイシバでなくてもいいんですけど、この近くで見ることのできるイシバはありませんか。写真でしか見たことがないんで」

イラストマップに目をやりながら、小田切は言った。大凸部もいいが、やはり島に来た第一の目的はイシバ探しだ。

「うーんと、どこがいいかな。大里《おおさと》神社に行けば、すごいのが見られるけど、階段が急もいいとこで簡単には寄りつくことができない。ちょっと前までは、そこらここらにあったんだけどね」信一さんは考える顔になったが、すぐに「あそこだったら、わかりやすいな。小さな神社なんだけど、イシバがあったはずだ」と言って、シャープペンシルで地図に小さな印をつけた。

「郵便局のそばだから、そこらにいる人に訊けば、わかると思うよ」

言うと、信一さんは片手を上げて、出て行ってしまった。

牧が軽く言った。

「ま、本格的な鬼のイシバ探しは明日からにして、今日は信一さんのお勧めどおり、イシバを見たら、大凸部に行ってみない。沼くんの跡をたどることにもなるし」

小田切にも異存はなかった。遅い昼食で、もう時刻は二時近くになっている。今からイシバ探しに動いても、すぐに夕暮れになる。イラストマップを見てみると、今いる民宿は青ヶ島の東側で、島の最高地点である大凸部は西側になる。

公共交通はないが、レンタカーはあるとネットには書いてあった。牧がスマホで電話をかけ、レンタカーの予約をする。

食事を終えると、身支度を整え、すぐに「星空の宿」を出た。

玄関を出たところで、奥さん、いや、美智子さんと会ったので、レンタカー屋の場所を聞いた。十分も歩かぬところに酒屋があって、そこがレンタカー屋を兼ねているという。

アルコールを売っている店でアルコールが禁止されている車が借りられるとは変な話ですねと小田切が軽口を叩くと、美智子さんは真顔で答えた。

「二百人もいない島だからね、一つのところがいくつも仕事持たなきゃ、まわっていかない。そこはガソリンスタンドや自動車修理工場もやってるんだ。うちだって、民宿の他、漁船にも乗ってるし、火口の中の池之沢ではカンモ、ああ、サツマイモも作ってる。都会みたいに一つやってればすむようなところじゃないんだ」

学校やクリニックなど基本的なインフラは整備されていても、やはり絶海の孤島なのだ。

マップを手に酒屋に向けて歩きだした。途中、駐在所があった。沼の死体が発見された場所などを訊いてみたかったが、不在のようだった。島には四泊する予定だったから、明日にでも訪ねればいい。

小中合同の学校の前を通った。信号機があった。押しボタン式の信号機だった。車なんてたまに通るだけなのに、信号は必要なのか。

スマホを手早く操作した牧が言った。

「島内でただ一つの信号で、子供たちの教育用に作ったんだとさ。高校がないから、進学にせよ就職にせよ、中学を出たらほとんどの子供が島を出るんだけど、信号に慣れておかなきゃ危ないでしょ」

絶海の孤島では、本土に住む人間が想像もつかない問題がある。

話をしながら歩いていくと、もう酒屋だった。酒だけでなく、食料品や雑貨も売っている。むかいに小さいながらガソリンスタンドもあった。

レンタカーを借りる手続きをした。軽自動車だ。道幅の狭い島内では、住民の足とし

青ヶ島
ヘリポート
村役場
星空の宿
渡海神社
尾山展望公園
大里神社
東台所神社
平成流し坂
トンネル
大凸部
火口原
沼の遺体
発見現場
キャンプ場
丸山
大千代港跡
青宝トンネル
三宝港

て使われているのはほぼ軽のようだ。店のおばさんに訊いてみた。

「このあと大凸部に行くんですけど、車を駐車できる場所はあるんですか」

「駐車場はないけど、登山道になる手前に広くなっているところがありますよ。そこから歩くんだけど、たいした道のりじゃない」

イラストマップには標高四百二十三メートルと記されているから、低い山だ。

「ただし、登山道の途中で東台所《とうだいしょ》神社の階段があるけど、絶対にそこを上がっちゃいけないよ」

突然、ホラーめいた話になった。

「旅行者が行ったりすると、なにかタタリでも」

「たくさん人を殺して自殺した人がタタらないよう祀った神社だけど、そっちは心配いらない」おばさんの顔が笑った。「それよりか、石段の傾斜がとんでもなく急でね、あんた方が上がろうとしたら、間違いなく途中で転げ落ちる」

心霊的な話ではなく、物理的な話だった。

軽ワゴン車のところに案内され、キーを受け取った。品川ナンバーがついていた。ここは東京都だった。

イラストマップで確かめると、郵便局の近くにあるという神社は、大凸部に行く途中で立ち寄れるようだった。とくに決めたわけではなかったが、小田切が運転席に座り、助手席に乗った牧がマップを見ながらナビゲーター役を務めることになった。

走りだしてすぐにふつうの道ではないことを悟った。上り坂は前方の路面が見えないほど急で、660ccのエンジンは恥ずかしいほどの唸り声を上げて前進し、頂点に達すると、今度は急な下りの道になる。それを何度も繰り返し、車はスピードの出ないジェットコースターのように進んでいった。

小さな島の道はシンプルで、牧の指示を一度受けただけで郵便局の前に行き着いた。郵便局があれば、ゆうパックも出せる。とたんに絶海の孤島ではなく、ふつうの田舎に来たような気分になった。

ちょうど郵便局を出てきたオバさんがいたので、神社の場所を訊いてみた。だが、知らない。荷物を手にしたやはり中年の女性がやってきた。訊いてみると、今度は、

「あのあたりに鳥居があったような気がするけどねえ」

自信なさげに、だいたいの場所を教えてくれた。インターネットもゆうパックも使える時代、神様の存在はどんどん薄くなっているのか。

教えられたとおりに細い道を歩いていくと、鳥居があった。渡海《とかい》神社と記されていた。

鳥居の際に玉石などいくつもの石が置かれていた。これがイシバなのか。石は鳥居の先にもあるようだったが、草が邪魔して、よく見えない。

「ここに神様が祀られてるのか」

牧が低い声で呟く。

「素朴な神殿だな。言われなきゃ、そうとわからない」

ここの神様にお参りするのは、どうすればいいのか。いちおう鳥居があるのだから、本土の神社と同じように掌を合わせた。

郵便局のそばまで戻って、また車に乗りこんだ。今度は大凸部だ。

少し行って、車は大凸部に向かう細い道に入った。さらに進むと、フロントウインドウの先には草の繁る登山道が続いていた。道脇にスペースがあったので、車を駐めた。

前方に緑繁れる小山があった。そこを目指して、二人は足を進めた。登山道の両側には背の高い草や低木が密生していた。中から鳥の声が聞こえる。ウグイスの他は聞いたこともない鳴き声で、それも本土で耳にする鳥の声の三倍くらいの音量で聞こえる。バサバサと大きな音がして、鳩の形をした黒い鳥がすぐ近くから飛び立ち、牧が「きゃ」と声を上げた。草木も鳥もいっぱいのエネルギーを放出していた。ここが日本だとは思えなかった。

「ジュラシック・パークの中を歩いているみたいね」

ちょうど考えていたことを、牧が言ったので、

「恐竜の声も混じっているかもしれない」

と応じた。

道が二手に分かれていた。左に行く道には鳥居が立っていた。「東台所神社」とあった。

「これか、上がっちゃいかんというのは」

鳥居の少し先から階段が始まっている。コンクリート製ではなく、カボチャくらいの玉石を横に一段ずつ並べて造った素朴な階段だった。

「へー、ここは江戸時代に恋を成就できず、自暴自棄になって七人を鉈《なた》で切り殺し、自殺した浅之助《あさのすけ》という男のタタリを恐れて作られたんだって」

すばやく検索したのだろう、スマホを見ながら牧が言った。

「八つ墓村みたいだな」

躊躇したが、二人とも鳥居をくぐっていた。玉石の石段は垂直とまではいかないが、傾斜がかなりきつくて、まるで壁のようにそそり立っている。角のない玉石は苔むしていて、いかにも滑りそうだ。

「参拝者に来るなと言ってるみたいだ」

尋常ではない感じがした。海岸線の険しさや要塞のような港、海から山へと一変する景色。石を置いただけの神殿。そしてタタリ神を祀り、人が容易には上がっていけないような階段のある神社。この島には尋常ならざるものが揃っている。鬼がいたって、おかしくはないか――そんな気もしてくる。

スマホの画面を見たまま、牧が言う。

「島の総鎮守である大里神社も山のてっぺんにあって、そこも玉石段の傾斜がきついらしいね。そんなところなんだけど、昔はいろんな祭が開かれていたって」

「ジイさんバアさんの中には、転がり落ちて死んだ者も出たんだろうな」

自分で言った冗談だったが、壁のような玉石階段を見ていると、冗談だとは思えなくなってきた。

元の道に戻った。山の中の上りの道が続いた。玉石が置かれ、砂利も敷かれていたが、スニーカーの底が湿った土で滑った。時折、とんでもない声で鳴く鳥にびっくりさせられる。しばらく足を動かすうち、息が荒くなってきた。いつの間にか、牧が先になっていた。スポーツジムにでも通っているのか、牧の足どりは軽い。最初のうちはジーンズの中で動く形の良い尻に目をやっていたが、だんだんそんな余裕はなくなった。

突然、牧が「頂上みたいだよ」と言った。最後の力を振り絞って、彼女のところまで行った。

見える世界が一変した。周囲に遮るものが何もなかった。

四方は果てしない海。それよりも息をのんだのは、南側の眼下に広がる景色だった。切り立った崖に囲まれて、広大な平坦地が口を開けている。平坦地の真ん中に小ぶりな山が盛り上がり、その中心がまた凹んでいる。見たこともない景色だった。牧が言った。

「二重カルデラか――」

大きな火口原の内側はほとんどが緑で覆われ、外側は紺碧の海。その組み合わせが現実の景色ではないように見える。沼はアニメかSFの世界のようだと書いていた。画像を見せられ、精密なCGで想像上の惑星を描いたものだと言われれば、信じていたに違いない。

言葉を失って、眼下の絶景に見入った。

「マチスの絵みたいね」

牧が言った。たしかに色彩豊かな印象派の油絵を見ているようでもあった。

牧が足を踏み替えながら、南、東、北、西と四方を眺めてまわった。小田切も同じことをした。

どこも同じ景色だった。島の外は海しかない。陸地にいて、三百六十度見まわしても、水平線のかなたまで海しか見えない光景など、今までお目にかかったことがなかった。八丈島の島影くらいは望めるかと思ったが、北側の水平線上には雲が低く灰色の帯を作っているだけだ。

「青ヶ島という船に乗っているみたいなものだね」

小田切は言った。その言葉に沿った応じ方を、牧はしてくれた。

「でも、この船は動いてくれない。どこにもたどり着けない。永遠に動かない船」

「沼はノートにこんなふうに書いていたよ。乗っていた船が難破して、なんとかこの島に上陸した。どこかに渡ることはできないか、いちばん高いところに登った。だけど、四方、見えるのは海ばかりで、絶望する。これほど残酷なところはない絶望の頂き」

「沼くん、案外、文学的なんだね。外見に似合わずに」

「あいつ、ロマンチストなんだよ」

牧は笑うかと思ったが、彼女は真顔で言った。

「ロマンチストというのは、ものごとを主観的、一面的にしか見れないのが、最大の欠点ね。もし、この頂きに登った者が敵対する勢力から逃れてきたのだとすれば、どこも繋がっていないことを知って、安堵するんじゃないかな。絶望の頂きじゃなくて、安心の頂きになる場合もあるのよ」

彼女は徹底したリアリストだった。大学時代、秦野の家で飲んだ時、いちばん話が噛み合わないのが沼と牧だった。

しばらく大凸部のてっぺんにいた。

水平線に囲まれた場所にいると、太陽の移動がよくわかる。傾いていた太陽が西の水平線に近づいて、空も海もまっ赤になっていた。帰ることにした。

登山道の斜度はきつくなかったから、下山は案外楽だった。

東台所神社の前を通った。光が乏しくなった中で見る鳥居は薄気味悪く、足の運びが速くなった。

駐めてある軽ワゴンに乗り込み、来た道を戻った。

思いついて、先ほどの酒屋に寄った。島でとれるサツマイモから造られる焼酎が旨いと、旅ブログに書いてあったのを思い出したのだ。いちばん人気の高いという芋焼酎を買って、宿に帰った。

3

入浴をすませ、食堂の大型テレビで天気予報を観た。低気圧が南下せず、八丈島地方の今夜と明日は晴れだという。そういえば、大凸部から見た西の空は夕焼けだった。

夕食のテーブルには刺身の皿があった。お隣の透さんが三宝港の埠頭で釣ってきたシマアジだという。ようやく島の民宿らしくなった。

買ってきた芋焼酎を水割りにして飲んだ。すっきりした喉ごしで、脂の乗ったシマアジがさらに旨くなった。アシタバの天ぷらもなかなかのものだった。牧も「おいしい」を連発しながら、箸を動かす。

空腹がある程度満たされた頃、テーブルの上のスマホが着信音を立てた。「夏原」と表示されている。突然のように気が引き締まった。「夏原だ」言って、すぐにボタンをタップした。

「小田切か、ぼくだ。天才ユダヤ人のDNAを検査した結果が出た」

「それで、どうだった」声が大きくなった。

「ノーベル賞クラスの三人だけじゃなく、フィールズ賞をとりそうな二人にも協力してもらって、DNAゲノムを解析した――だけど、神人類の遺伝子なんか見つからなかった。全員が普通のユダヤ人と同じ遺伝子だった。ナザレで発見された乳歯に似たDNA

を持った者は一人もいなかった」

電話のむこうで溜め息をついた音が耳に届いた。こちらも溜め息をついた。

「神ではないが、ホモサピエンスよりも格段に高い知能を持つ神人類がいたというぼくの仮説は、あっけなく崩れたというわけだ」

「だけど、たった五人調べただけなんだろ」

「たった五人だが、超優秀なユダヤ人だ。ぼくの仮説が正しければ、少しくらいは神人類の痕跡が残っているだろう。それにノーベル賞クラスのユダヤ人を五十人も百人も調べる余裕は、今のぼくにはない」

苦笑なのか、小さく笑った声が聞こえた。たしかに、そのとおりだ。夏原は言葉を続ける。

「悪いが、この件からは下りることにした。これから死ぬほど忙しくなりそうなんだ。ナザレの乳歯にエネルギーを取られていると、次の成果が上げられず、キャリアが終わりになる」

「たしかに、な」

「そっちは、どうなんだ。沼が死んだことについて何かわかったか」

今、青ヶ島に来ていることを言おうかと思った。だが、秦野の空想じみた仮説を一つひとつ説明するには、そうとうな時間がかかる。牧と二人だけだということも、誤解を招きかねない。

「鬼がどうしたのと、まともな頭では理解できないことが山ほど出てきて、まいってる。そっちは夜中なんだろ」

「ああ」

「時間のある時にじっくり話してやる。今日は、神人類の話だけで終わりにしよう。本業の研究、がんばれよ」

それだけ言って、電話を終わりにした。

「神人類のこと、上手くいかなかったみたいね」

電話をかけている様子で悟ったのだろう。牧は言った。

「ああ、ノーベル賞やフィールズ賞クラスの天才ユダヤ人五人のDNAを調べたんだが、イエスの乳歯と共通するものは皆無だった。神人類なるものがいて、ユダヤ人の一部にそのDNAを遺したという仮説は九十九パーセント否定された。夏原は謎解きから離れて、本業に専念するそうだ」

「残念ね」

「残念じゃなく、クリスチャンとしては安心しただろ」

「そうでもないよ。神人類なんてのが存在したほうが面白くなってくる」

牧がどこまでクリスチャンなのか、またわからなくなる。

こちらは力が抜けた。神人類仮説に少しは期待をかけていた。もし神ではなく、あくまで神人類なるものが存在し、イエスもその一人だったとするなら、局面は大きく変わる。イエスは本物の神の子ではなくなり、「神の存在が証明された」と叫んでいる連中はその拠り所を失う。夕海はエビデンスを重視する理系女子だ。神の存在証明が効力を失えば、「オンリー・ワン・ゴッド」への熱も冷めるはずだ。だが、失敗。持ち札がどんどん少なくなる。

「ま、神人類のほうは諦めて、こっちはこっちでがんばるしかないかね」

牧が言った。芋焼酎の水割りをひとくち飲んで、小田切は言った。

「だけど、鬼のイシバなんて知っている人はいるのかなあ。地図だけを頼りに探すのも漠然としすぎてるし」

「村役場に行ってみたらどうかしら。観光課とか教育委員会の人とか、少しくらいは知ってるかもしれない」

「たしかに。誰か郷土史家のような人を紹介してもらえれば、いちばんいい」

地方に行くほど郷土のことを研究している人間が存在する。人口が二百人に満たない青ヶ島だって、島の歴史を調べている者がいるかもしれない。

明日は「鬼のイシバ」探しを始める前に村役場を訪ねてみることにする。

「小田切くんは鬼のイシバについて、どう思ってる？」

牧が訊いてきた。

「秦野先生は、こう考えたんだろう。秦氏の一員である徐福が八丈島と青ヶ島に男女千人を置いていき、その子孫が『為朝の鬼』になった。彼らが鬼のイシバを遺したものとして、沼をともなって青ヶ島に行くことを決めた。鬼のイシバを発見できれば、徐福を含め、かつてこの島で実際にあったことがある程度はわかってくると」

「たしかに、狂人博士なら、そう考えてもおかしくないよね。でも、狂人ではない小田切くんだったら、どう思う」

「やはり、為朝の鬼＝ポリネシア人説を採用して、ポリネシア人が遺したのが鬼のイシバではないかと考えてるんだ。石といえば、ポリネシア人が住んでいたイースター島には石の文化があるだろ。モアイ像だ」

小田切は考えてきたことを披露する。

「高さ三メートルから二十メートルもある巨大な石像が建てられている。きっと為朝の鬼みたいにどでかい人間が造ったんだろうな」

「なるほど」

「石の文化を受け継ぐ為朝の鬼が『鬼のイシバ』なるものを遺した。それが八丈島から渡ってきた日本人に受け継がれて、今日、郵便局のそばで見たイシバとなった」

「さすがは科学雑誌の編集者。狂っているオヤジの仮説よりずっと説得力がある」

牧の言葉には応じず、話を進める。

「青ヶ島のイシバについて調べてみたら、奉納品があるんだそうだ。だから、鬼のイシバにもきっと奉納品がある。そして、もしそれが南の海で採れる貝の加工品だったりしたら、鬼はポリネシア人だったという傍証になる」

たら?」

「でも、もし奉納品が南洋の貝じゃなく、イスラエルでとれる石灰岩を使った何かだっ

牧が笑った顔で言った。

「オヤジは大喜び。西方からやってきたユダヤの一部族だった男女が子孫をなし、為朝の鬼となった。そして、ユダヤの末裔である証拠として、石灰岩で作った奉納品を鬼のイシバに遺した。オヤジはユダヤ人説、小田切くんはポリネシア人説。どっちが正しいかな」

「それは――」

上手く続く言葉が出てこなかった。常識で考えれば、太平洋の島という場所からいっても、ポリネシア人説が優勢だ。しかし、秦野先生が相手だと、分が悪い気がする。夏原が言っていたことが頭に浮かんだ。イスラエルは木の文化ではなく、岩や石の文化だという。だったら、岩や石の文化を持つユダヤ人がイシバの原型を作ったとしても、おかしくはないではないか。

ここで考えても、正解が出るわけもない。

突然、重要なことに頭が行った。

「先生と沼は、鬼のイシバを発見できたのだろうか」

「書斎に残されたノート類も調べてみたけど、それらしき記述は見つからない。でも、少しおかしくない。研究者だったら、少しくらいは調査記録を残しておくものじゃない」

たしかに、そのとおりだ。考古学の調査は地図や図を作り、写真を撮り、当然、文書で詳しい記述をする。目的の物が発見されなかった場合でも、記録を作るのは常識だ。おかしい。

「青ヶ島に同行した沼くんのほうも記録らしいものは残さなかったんでしょ」

「ノート類には何もなかった」

「残っていなかったのが、かえって不自然」

記録は遺さず、当事者二人は死んでいる。牧が言った。

「何かあった。そう、鬼のイシバを発見した。とんでもないものが出てきたんだろうね、正式発表できるまで、記録はまとめて人目のつかないところに隠した」

「とんでもないものか――」

沼、秦野の二人とも鬼のイシバの調査記録を残していないのは、あらためて考えてみても不自然だ。何かの〝作為〟があったと考えるべきだろう。隠したのか？　いや、別な可能性もある。

「もう一つの考え方がある。鬼のイシバを発見したところまでは同じで、記録のほうは第三の人物が奪い取った」

「第三の人物って、誰なの」

「それがわかれば苦労はない。だけど、第三の人物が奪ったと考えれば、つじつまが合ってくる」

「確かにね。えーと、鬼のイシバ探しをしたオヤジと沼くん、それから私と小田切くんを除けば、関係者はただ一人──夏原くんしかいない」

「まさか、だって、夏原は鬼のイシバなんてのにまったく興味を持ってないぞ」

「それは、わかってる。ただ引き算してみただけ」

笑った顔を見せた牧はグラスを引き寄せて焼酎を飲んだ。小田切も同じことをした。氷が溶けて水っぽくなっていた。

グラスを手にまた思いに沈んだが、途中で止めた。秦野先生の言葉が頭に浮かんで、言った。

「まず動いてみてから考えよう。先生がよく言ってた。『考えるばかりは、休むに似たり。考えてわからなければ、動いてみる。動いて、土器のかけら一つでも見つけたら、新しい展開が見えてくる』ってさ」

「そういう人だったよねえ。まず行動せよ、と」

そんな話をしていると、玄関の戸が開く音がした。民宿の奥さん、そう、美智子さんが食堂に入ってきた。

「まだ飲むんだったら、最後にグラスは流しに出しておいて。明日、洗うから」

空になっているご飯茶碗や皿を流しのほうに運んでいく。

戻ってきて、言った。

「あんた方、飲んでるのもいいけど、外に出て、空を見てごらんよ。満天の星だ。青ヶ島に来て、星空を見なかったら、損するよ」

それだけ言って、美智子さんは食堂を出て行く。

「よし、行こう」勢いよく、牧が椅子から立ち上がった。小田切も立ち上がった。

靴を履いて、玄関を出た。上を見た。瞬間、足が止まった。

夜の空一面に星が撒き散らされて、瞬いていた。数ばかりではない。東京や埼玉で見るより、一つひとつがはっきりと見えた。

「きれい」

玄関前には灯があった。道路にも街灯があった。地上の光がないほうへと、二人は歩いていく。

街灯の光が届かなくなったところで、また空を見上げた。星はさらにはっきりと見えた。宝石のように煌《きら》めいたり、漆黒の生地に散らされたラメのように細かく光を揺らしていたり、水平線から上は夜のショータイムの真っ最中だった。

言葉はいらなかった。ただ星を見ていた。

そう長い時はたっていなかっただろう。すぐそばに牧の肩があるのを意識した。体温が感じられそうな近さだった。抱き寄せたい。思って、躊躇した。躊躇して、今度は強く思った。ここは星空の下、二人しかいないのだ。心臓が十五の少年のように高鳴った。

「あの、明かり」

牧が言葉を発した。前方を指さした。

「うっすらと明かりが見えるよね」

目をこらした。たしかに水平線の上にぼんやりとした小さな明かりが見える。

「あれ、八丈島じゃないかな」

「方向からいって、そうか。夜だったら、見えるんだね」

「この島に流されてきた人は、たまらない気持になったでしょうね」

「鳥も通わぬ八丈島って言うけど、青ヶ島に比べれば、ずっと人も多いし、本土にも少しは近い」

長い言葉が出てくると、現実に戻ってしまう。

「おーい」八丈島に向かって、牧が大きな声を発した。

「やめな、八丈島に届かない代わりに、近くの人を起こしてしまう」

牧は笑い声を立てたあと、「少し寒くなった。帰ろか」と言った。

民宿に戻った。

食堂で、食器やグラスを片づけ、流しに出した。

階段を二階に上がった。上がりきったところで、「おやすみ」とおたがい言い、右と左に別れた。

ドアを開けると、くたびれた部屋があった。スマホをあらためて見てみると、ＬＩＮＥの受信マークが出ていた。夕海だった。現実に引き戻された。「島に無事上陸できましたか。ネットで調べると、荒々しい島だと出ていたので、心配しています」とあった。

「心配している、か」

スマホを手にして、呟いた。遠く離ればなれになっているためなのか、その言葉が思いがけず心にしみた。細い糸かもしれないが、気持はまだつながっているのだ。

青ヶ島行きは取材の仕事だと、夕海には告げてある。牧のことも当然、言っていない。心が少し痛んだ。

「カルトにはまったおまえが悪いんだぞ」

さっき牧の肩を抱こうとした言い訳が口から出た。

昨夜は八丈島のホテルから「無事です」とだけ返信した。今夜は、その言葉のあとに「小さな船で上陸するのに苦労しましたが、島の中の風景は別の天体のようで驚きました。帰ったら、写真を見てください」そう書いて、返信した。

4

窓の曇りガラスが明るかった。起き上がって、窓を開けると、青い海と青い空とが目の中に飛びこんできた。

服を着替えて、一階に下りると、

「良かったねえ、天気が良くて、宝探しができて」

間違えたのか、わざと言ったのか、食堂のテーブルに朝食を並べていた美智子さんが顔をほころばせた。晴れは終日続き、夜は霧がでるかもしれないと、奥さんは続けた。

「そんなところまでわかるんですか」

「うちのお父ちゃんは予報のプロなんだ、青ヶ島限定だけどね。船が来ないとお客さんも来ないから、インターネットの天気予報と天気図を参考にして、ズバズバ当ててしまう」

「民宿やってる人にとっては、船が来る来ないが、大問題か」

「一昔前までは、少し海が荒れると、一週間も十日も八丈から船が来なかったから、生活物資が足らなくなって、大問題どころか死活問題だったんだよ。テレビが受信できなかった頃は、巫女さんに来るか来ないか占ってもらったりしてね」

「巫女さんって」青ヶ島には多くの神様がいて、神々に仕える巫女もたくさんいたと、読んだ本には書かれていた。「まだいるんですか、巫女さん」

美智子さんは手を横に振った。

「ほとんどはもう亡くなってるし、生きていたとしても、八丈の老人ホームに入ってるんじゃないかな。そうだね、昭和の東京オリンピックの頃までは、占いから病人の回復祈願まで、みんな巫女さん頼みだったみたいだね」

朝食を並べ終えると、美智子さんは食堂を出て行ってしまった。入れ代わりに牧がまだ眠気の抜けない顔で現れた。

テーブルにはアジの干物、玉子焼き、味噌汁という朝食の定番が並んでいる。

そう長く島にいられるわけではない。朝食を終えると、身支度を整え、民宿を出た。村役場や駐在所、小中学校といった村にとって重要な施設は一つのところに固まっているし、民宿からも近い。車ではなく、徒歩で出かけることにした。

市役所や区役所を見慣れた目からは、村役場はひどく小さな建物に見えた。応対に出た若い職員に「江戸時代のことを調べている」と告げた。すると、奥から年配の職員が出てきた。

「還住のことでも、お調べなんでしょうか」

と訊いてきた。

「カンジュウ？」

「ええ、江戸時代に火山が噴火して、八丈島に避難した島民が青ヶ島に戻ってきた時のことです」

「ああ、いや」小田切は少し声を潜めた。「じつは、江戸時代に描かれた絵図に載っていた鬼のイシバについて調べようと思っているんですが」

「鬼のイシバ？」

大声を出したので、二人の職員がこちらを見た。小田切は絵図のコピーを取り出した。

「これはある旧家の土蔵から発見された絵図なんですが、島の形が青ヶ島そっくりで、鬼のイシバの場所も描いてあるんです」

年配の職員はかけていた眼鏡を外して、絵図に顔を近づけた。

「たしかに、これは間違いなく青ヶ島ですな。鬼のイシバともありますね。場所は大千代港の近くになるかな——イシバはあちこちにありますが、しかし、鬼のイシバなんて聞いたこともありません」

ここまでは想定の範囲内だった。小田切は訊いた。

「この村で、どなたか昔のことに詳しい方はおられませんでしょうか」

「昔のことねえ」考える顔になったのはほんの短い時間で、すぐに口を開いた。「浅沼《あさぬま》先生だったら詳しいな。昔、小中学校の校長をしてまして、今は青ヶ島の歴史について調べているんですよ」

地方によくいる郷土史家だ。最適の人物だと思った。

「浅沼先生は、どちらにお住まいなんでしょうか」

「家は焼酎工場の手前なんだけど、毎日のように図書館に来てるからね。今日も来てるんじゃないかな、見てきてみたらどうです。髪が真っ白で、鼈甲縁《べっこうぶち》の眼鏡をかけてるから、すぐわかりますよ。あっちが図書館です」

職員は小さな広場の反対側にある建物を手で示した。

礼を言って、二人は役場を出た。

図書館の扉を開けると、カウンターのむこうで女性職員が本を読んでいた。書架の並んでいる先が閲覧室になっていて、白髪で茶色の眼鏡をかけた老人が椅子に座り、テーブルに向かっているのが見えた。

牧と目配せした。こうした場合は、女性のほうが上手くいく。近づいていって、牧が声をかけた。

「浅沼先生ですね」

老人が顔を上げた。眼鏡の中の細い目がこちらを見た。

「そうですが、どちらさんですか」

「じつは私たち青ヶ島の昔のことについて調べておりまして、役場の方から浅沼先生のことを教えていただいたんです」

「まあ、どうせ暇だからかまわないけど――菊地さん、ここで話をしていいかね」

カウンターの中にいた女性職員に大きな声で訊いた。むこうは無言でうなずいて返す。図書館は静粛を保つのがルールだが、今、来館者は浅沼の他には小田切たちだけだ。テーブルの角を挟んで、小田切たちは浅沼の左側に着座した。元校長で郷土史家の老人は広げていた本やノートを横にのけた。

小田切はリュックから名刺を取り出し、名前を言いながら、浅沼の前に置いた。牧も同じことをした。浅沼は手にとって名刺をしげしげと眺めた。

「科学雑誌の『ガリレオ』ですか。私は読んだことはありませんが、日報新聞のほうは全国紙ですからな、何日分かまとめてここで読ませてもらっております。えーと、こちらの方はお医者さんですか」

「はい、病院の勤務医ですが、歴史や民俗学に興味を持っておりまして」

浅沼先生は勝手に納得したみたいで、大きくうなずいている。

「それで私に聞きたいというのは、還住のことですか、それとも青ヶ島の神様ですか」

単刀直入にいくことにした。

「じつは伊豆下田の旧家の土蔵から青ヶ島と思われる絵図が出てきたんです」

小田切は用意してあった絵図のコピーを浅沼の前に置いた。

「これがそうなんですが、鬼のイシバの絵図と記され、その場所も書き込まれているんです。青ヶ島には為朝の鬼退治伝説の舞台になったという話もありますから、何かがあるのではないかと思って、実地調査に参ったしだいなんです」

浅沼は視線を絵図、小田切、牧と巡らせ、それから小首を傾げるという動作をしたあと、言った。

「不思議ですなあ、この間も同じようなことを言って、訪ねてきた人間がいる。たしか、高齢の男性と三十代に見える男性の二人連れでした」

秦野と沼だ。

「それは、いつ頃のことだったんですか」

「さあて、いつだったった。一昨年だったか——歳をとってくると、記憶力が衰えてきましてねえ。できるだけメモをするようにしてるんだけど、二人のことはノートに書くようなことでもなかったので」

牧が凛とした声で言った。

「その高齢男性というのは、私の父なんです」

「あの人が」

「はい、考古学の研究をしていて、変わったものに出会えるかもしれないと、青ヶ島に渡ったんです。でも、東京に帰ってきた直後に病に倒れて、鬼のイシバを探りあてたかどうかも言わずに亡くなったんです。だから、父がどんな学問的成果を得たのか、知りたいと思いまして、こちらにやってきたんです」

　とっさに上手いことを言うものだと感心した。

「もう一人いた若いほうの人に聞いてみればいいんじゃないですか」

「父の助手だった人なんですが、今、連絡が取れないんです」

　浅沼は小さく何度もうなずいている。そして話しはじめた。

「青ヶ島の歴史については、私もいろいろ勉強した人間なんですが、鬼のイシバなんて聞いたのは初めてでした。為朝の鬼退治の舞台になったのは、たしかに青ヶ島なんでしょう。ただし、保元物語にあるのは、かなり誇張された話だと思います」

　校長までつとめた人間だけに客観性は失わない。小田切は言った。

「しかし、伝説の裏にはある程度の事実が隠されているといいますから、得体の知れない人間が、かつてこの島に住んでいたとは言えないでしょうか」

「可能性はあります。ただし、それがイシバと結びつくとは思えない。イシバというのは、神様を祀るところなので、正反対の鬼は祀らないでしょう」

「でも、タタリを恐れて江戸時代の殺人犯を祀った神社がありますよね」

「東台所神社ですか。しかし、タタリ神を恐れて神社に祀ることは本土でもあります。たとえば、平将門や菅原道真を祀った神社があるでしょ」

元校長は博識であることを示し、話を元に戻す。

「しかし、私が知る限りでは、鬼のイシバなどはありません。この島で鬼と言えば、為朝が退治した鬼と、そうですね、お祭ごとの時に使われる鬼の面くらいですか。むろん、鬼の面は青ヶ島だけのものではなく、能でも使われているように、日本全国にあります」

浅沼は口許に掌を当て、考える顔になった。多少の期待を持ちながら、郷土史研究の元校長の口がふたたび開くのを待ったが、結果は同じだった。

「やはり、私の知識にはありませんな、この島に鬼のイシバがあるとは。おびただしい数の神々が祀られている大里神社の大きなイシバも一つずつすべて調べましたが、そういったものはなかったはずです」

少しだけ落胆した。小田切は訊いた。

「イシバを造るという風習は、いつ頃からできたものでしょうか」

「わからんのです。神社の原型になったものだという説もありますが、そうなると、かなり古い時代から続いていることになります」

「ちなみに、イシバに祀られる神様というのは、どんなものがあるんでしょう」

「いちばん有名なのは鍛冶の神様であるカナヤマサマ、木の霊であるキダマサマといったところですが、中にはネズミ退治に活躍するネズミカミサマなんてのもあって、どのくらいあるのかは正直よくわからない。まあ、本土の八百万《やおよろず》の神ほどはないでしょうが」

皺としみが目立つ頬をゆるめて、浅沼は初めて笑った顔を作った。

重要な点を訊くのを忘れていた。小田切は言った。

「神社には奉納品というのがあって、イシバにも奉納されている品があると聞いておりますが、どのようなものが多いんでしょうか」

浅沼の顔が少し前に出た。

「いい質問です。じつはイシバにある丸い玉石自体が奉納品なのです。玉石は波に洗われて丸くなったもので、わざわざ海岸から急な崖を運び上げて、神様に奉納したのです。そのくらいの苦労がなければ、御利益もないということなんでしょう。それから、奉納品として多いのは銅鏡です」

「銅鏡というと、日本の古墳などからよく見つかる」

「そうです。中国や朝鮮などでも使われていたものですので、青ヶ島も東アジア文化圏に属するのかもしれません。ああ、それから、水を入れる器なんかもありましたかな」

「南方で採れたようなサンゴとか貝の装飾品などは、なかったでしょうか」

「南方から来たものですか——さあ、どうなんでしょう」

「では、石灰岩などの石で作られたものとかは」

牧が訊いた。

「石を家形にしたものはいくらでもありますが、それが石灰岩かどうかは……」

浅沼は語尾を曖昧にする。それから言った。

「しかし、不思議ですな。あなたのお父さんもやはりイシバの奉納品のことを訊いてきましたよ。はい、同じように答えましたが」

「それで、父は」

「地図を頼りに探します、と。大千代港の手前あたりで、海岸線沿いだから、探す範囲もかなり絞りこみができますからね」

言ってから、浅沼はこちらにも聞こえるほど長い溜め息をついた。

「どうかされましたか」

「ああ、いや、私、別れ際、お二人に頼んだのです。鬼のイシバを探す時、誤って他のイシバを荒らしたりはしないように、と。いや、公共工事が増えたり、観光客が来るようになると、イシバが壊されることも起こるようになりましてね。神社にあるようなはっきりとしたイシバはともかく、道端にひっそりと造られているものもあるから、島外の者はそれと知らず、うっかり壊したりする。当然、島内には腹を立てている者もおるわけです」

「私たちも気をつけたいと思います」

「うむ、そうしたほうがいいかもしれないね」

浅沼の口調にぎごちなさのようなものを感じた。いちおうは取材の経験を積んできた人間だ。引っかかりを感じて、小田切は訊いた。

「何か気になることでもあるんですか」

「ああ、つまらんことだ」言ったが、浅沼はすぐに小さくうなずいた。「去年の秋の頃だったが、大千代港の近くで、男の死体が見つかったんです。どうやら、崖から転がり落ちて死んだらしい」

沼のことだ。気持が引き締まった。

「その男、火口原のキャンプ場にテントを張って寝泊まりし、ずっーと以前から島の中で何かを探していたらしいというんだ。それで、イシバを壊すとか、銅鏡を盗むとかして、神様から罰を受けたんじゃないかと言う者が出てきましてな」

「青ヶ島の神様はタタったりするんですか」

「たいがいは大丈夫だが、カナヤマサマは恐いといわれ、粗末にすると、とんでもない目にあうらしい――いやいや、今ではそんなことを本気で信ずる者はほとんどいないけど、まあ、イシバを壊したりすれば、いいことはないでしょう」

浅沼はさらに言った。

「私ね、崖から転落した男というのは、以前、私を訪ねてきた二人のうち若いほうじゃないかという気がしとるんです」

「先生は遺体の確認などされたんですか」

「いいや」浅沼は首を横に振って、苦笑いの表情を見せた。「そういう気持の悪いことはしたくもないし、警察から私のほうには何も言ってきませんでしたからね。落ちて死んだのはあの男ではなかったかと、あとになって思っただけです」

聞くだけのことは聞いたようだ。礼を言って、小田切たちは椅子から腰を上げた。

立ち上がったところで、浅沼が言ってきた。

「くどいようですが、鬼のイシバを探す時、目立たない小さなイシバを壊したりはしないように」

眼鏡の中の目が一瞬、鋭くなったように見えた。

「注意いたします」と言って、テーブルの前を離れた。受付の前を通った。読んでいた本から視線を上げて、女性職員が軽く会釈した。来館者は相変わらず浅沼だけのようだった。

「カナヤマサマのたたりか」

図書館を出ると、すぐに小田切は言った。少し気になっていることがあった。

「イシバを壊したと、神様が怒って沼くんを突き落としたとは、現代を生きる者として考えたくはないよね。ただ、イシバを荒らしたことで、誰かとトラブったとしたなら――」

「その線は無きにしもあらずだよね」

キャンプ場でテント暮らしをしながら、島を調べて歩いている。その行動を、住民の誰かが咎め立てしたとしてもおかしくはない。もめごとが起こって、沼は崖から突き落とされた――そんな筋立てができあがってくる。

話をするうち、駐在所の前まで来ていた。「警視庁八丈島警察署 青ケ島駐在所」という表示の出ている白い平屋の建物だ。車庫には赤色灯を屋根につけた小さなパトカーが駐まっている。今日は、在勤しているようだ。

短い階段を上がって、駐在所のドアを開けた。机に向かって書類作りをしていた若い巡査が顔を上げた。

今度はある程度、正直に事情を話すことにした。自分たちは昨年十一月に大千代港近くの崖下で死体となって発見された沼修司の友人だと説明した。休暇がとれたので、友人の慰霊をするために青ヶ島を訪れたのだと、嘘もまじえた。

巡査は口ごもるようにして言った。

「転落死の話は聞いておりますが、自分はよく知らんのです。じつはこの四月に島に赴任してきまして、まだ一月半ほどしかたっていないんです」

遺体発見のもようだけでもいいから聞かせてほしいと、小田切は頼んだ。

巡査は記録簿のようなものを書類棚から取り出して、ページを繰った。視線を書類に落としたまま話していく。

「遺体の発見は昨年の十一月二十五日。発見場所は大千代港への下り口から五十メートルほど手前の崖下。第一発見者はいわゆるユーチューバーらしくて、廃港となって、行き着く道がなくなっている大千代港を動画に撮ろうと、崖をロープを伝って海岸まで下りた。そこで、遺体を見つけたわけです」

巡査は視線を上げた。小田切は訊いた。

「沼くんは、そのあたりから転落したというわけですか」

「ええと」巡査はまた書類を見た。視線を上げて、答える。「とは限らないようですね。遺体は半分、海水に浸かったような状態で発見されています。だから、別の地点で海へと落ちて、発見場所まで流され、海岸に打ち上げられた可能性もあります。なにしろ夏の終わりから秋まで、この島は台風の通り道になっていて、波も高くなりますので」

船から見た海岸の様子が頭に浮かんだ。崖は垂直に近いほどに切り立っていて、大小の石が転がっている海岸は幅がひどく狭かった。転落した勢いで海まで達し、流されて、別の地点に打ち上げられたとしても、おかしくはない。

「死後、どのくらいたって見つかってるんです」

「死体は海に浸かったり、陽にさらされると、傷みが激しいですからね。死後三、四カ月はたっているものと推定されています」

「事件性は？」

「前任者がいちおう島内での聞き込みはしたようですが、とくにそれと思われる証言もなかったので、事故死だと」

巡査の話は、そこまでだった。事件性を思わせるものがない限り、死後、時を置いて発見された死体は事故死か病死とされる——支局の記者時代の経験からしても、そうなることがお決まりになっている。変化球を投げてみた。

「ちょっと変な噂を聞いたんです。沼くんはこの島の古い遺跡を探しているうち、神様を祀るイシバを壊し、そのためにカナヤマサマのタタリを呼んで、崖から落ちたんじゃないかって」

「イシバ？　カナヤマサマ？」

巡査は目を大きくした。

「カナヤマサマというのは青ヶ島に祀られている鍛冶の神様で、粗末にするとタタるんだそうです。イシバというのは、神様を祀っている場所です」

一瞬の間を置いて、巡査は笑いだした。笑いが収まってから言った。

「この島にたくさんの神様がいるのは聞いて知っていますが、神様じゃ事情聴取もできませんからねえ」

自分が言った冗談が気に入ったのか、巡査はまた笑った。こういう時は、笑わなければ失礼だ。小田切たちも笑った。

「むろん、タタリを信じているわけではありません。ただ、イシバを壊したりしたことで、沼くんが村の人とトラブルになって、ああした事態になったってことは」

巡査はもう一度、書類を繰ってから、顔を上げて言った。

「さあ、どうなんでしょう。自分はそんな噂など聞いたこともありませんし、イシバがどうのということも記録には載っていないです」

この若い巡査は表情がよく変わる。今度は眉毛を下げ、困惑の顔になった。

諦めて、小田切はポケットから青ヶ島の地図を出した。鬼のイシバが載った絵図ではなく、インターネットから得た国土地理院制作の詳細地図だ。沼の遺体が発見された場所を教えてほしいと頼んだ。

巡査は書類と見比べながら、地図にボールペンで丸印を打った。

「お二人は、遺体の発見場所に行くんでしょうが、海岸へは下りられませんよ。発見者もロープを伝って、ようやく下まで降りたし、八丈島から来た署員が遺体を引き上げるのにも苦労したようです」

「崖の上から掌を合わせますので」

牧が言った。

「崖のそばまでは寄らないでくださいよ。ほとんどのところで、下までどーんと落ちこんでるんです。島内の海岸はどこも同じで、うちの子供たちにも、崖のそばには絶対に近づかないよう強く言い聞かせてるんです」

「ご家族で赴任してきてるんですか」

「はい、妻と小学生の子供二人と。他の場所は二年で異動になるんですが、青ヶ島だけは離島すぎて一年で交代なんです。でも、一年間、子供たちには良い思い出になると思うんですよ」

正直者なのだろう、巡査は顔を大きくほころばせた。

5

駐在所を出て、「星空の宿」に向かって歩いた。すぐに着いた。役所も民家も島の一部にかたまっている。コンパクト・シティ、いや、コンパクト・ビレッジだ。

いったん部屋に戻った。発掘道具の入ったリュックを車に積み込んだりしていると、奥さんがやって来て、言った。

「あんた方、出かけるんなら、昼を食べてからにしたほうがいいんじゃないの。すぐに並べられるよ」

腕時計を見ると、十一時をまわっている。美智子さんの言葉にしたがい、早めの昼食をとってから出かけることにした。

昼食を食べている時、今度は信一さんがやってきた。笑った顔で訊いてくる。

「ほんとうに鬼のイシバ探しなんかに行くのかい」

「そのつもりです」

「まあ、本人の自由だからいいけどさ、なんか道具がいるんなら、裏の物置から必要なものを持っていったらいい」

ありがたい話で、「ご厚意に甘えさせていただきます」と、言葉を返した。小さなシャベルや収納容器など小物は持ってきたが、スコップなどがあれば、心強い。

ついでだから、訊いた。

「昨年の秋、島外から来た人が崖から転落して死んだらしいですね」

信一さんはすぐに答えた。

「ああ、あったねえ。大千代港の手前の崖下で死んでるのが見つかったんだ」

「その人はイシバを荒らしたんで、カナヤマサマの怒りを買って転落死をしたという噂話も聞いたんですが」

「カナヤマサマ！」大きな声だった。「親の代ならともかく、今時カナヤマサマなんて本気で信じている者はいないよ。だいいち、そんな噂話なんて、俺が聞いたことがない。それよりか、あんた方、海岸の崖に行っちゃだめだよ。カナヤマサマより、地球の引力のほうがよっぽどか恐ろしい」

笑いながら行ってしまった。

ぐずぐずしていると、すぐに陽のある時間が終わってしまう。手早く食事をすませると、食堂を出た。

民宿の裏にあった倉庫からスコップや鎌などを拝借して、車に積んだ。牧は小さな花束を持ってきていた。

「沼くんを慰霊するため、東京から持ってきたの。ちょっとしおれかけてきたけど、崖下に投げるんだから、長持ちしなくたっていいね」

牧は牧らしい言い方をした。沼の遺体が発見された地点は、絵図にある鬼のイシバから近かった。まずは遺体の発見場所で掌を合わせることにする。

準備を整えて出発した。レンタカーを借りた酒屋に立ち寄り、ミネラルウォーターやお菓子を仕入れた。

集落を抜け、昨日、三宝港から来た道を反対に走った。今日も小田切がハンドルを握り、牧がナビゲーター役を務める。

少し走ったところで、助手席から牧が「止めて」と言った。ブレーキを踏んだ。

「絵図にあった神社が、たぶん、これ」

道の右側に「大里神社」という札が出ている。島の総鎮守だ。

「絵図に描かれていた神社だから、何かあるのかもしれないね」

「大きなイシバもあるみたいだから、帰りに寄ってみよう」

小田切は再びアクセル・ペダルを踏んだ。

しばらく行くと道が二手に別れていた。本道と脇道だ。

「左の細いほうに」

ウインカーを出して、左手の道に入る。藪に覆われた細い道だが、いちおう舗装はされていた。下り勾配になって、右側は山の斜面、左側にはガードレールが見えている。

地図を頭に浮かべると、ガードレールのむこうは間違いなく断崖絶壁、その下は海だ。

運転が慎重になった。駐在所の巡査によれば、遺体の発見場所は大千代港への下り口から五十メートルほど手前だという。下り口というところまで行ってしまうことにした。

下り勾配はしだいにきつくなり、カーブも多い。ガードレールには赤錆が浮いていて、それも欠落しているところがあるから、ハンドルを握る手に力が入る。大千代港は崩落によって廃港となっているという。この道も廃道なのかもしれない。

しばらく下ると、フロントウインドウの先に鉄パイプを組んだバリケードが見えた。その先は進入禁止らしい。バリケードの手前に小さなスペースがあったので、そこにレンタカーを駐めた。

「港への下り口から五十メートルほど手前だというが……」

車から下りて、呟いた。バリケードの先も道は続いていて、どこが下り口かはよくわからない。

「こういう場合は」

花束を手にした牧が高さのあまりないバリケードをまたいで越えた。小田切も続いた。

少し行くと、足が止まった。道は引きちぎられ、そこから先は岩混じりの乾いた土の斜面となっていた。山側に目をやると、大規模崩落した跡が木も生えぬ薄茶色の地肌となって続いている。ネット検索で得た情報では、二十数年前、港に続く村道で大崩落が起こり、二人の犠牲者が出た。以降、修復の見通しが立たず、大千代港は廃港となっている。

海のほうに目を転じた。道路から下る細い道もあったが途中で途切れ、その先ははるか下の海まで続く土の急斜面となっている。

「あれなのか、大千代港って」

眼下では黒いコンクリートのかたまりが波に蹂躙《じゅうりん》されていた。太平洋から押し寄せる波が飛沫を上げ、海の水がコンクリートの表面を洗っていた。

「よくまあ、あんなところに」

感嘆したような、あきれたような声で、牧が言った。海面までは垂直に測ったとしても百数十メートルはあるだろう。崩落前、あそこまで下りていく道はかなり急で幾度も折れ曲がっていたに違いない。

「三宝港とは島の反対側にあるから、風向きによって船があっちに接岸できない時は、荷物の揚げ下ろしにこの港が役に立ってたんだろうな」

「でも、こんな崖下に作らなくたって」

「きみはヘリで来たからわからないだろうけど」少しばかり皮肉をこめて、小田切は言った。「メインの三宝港にしたって、崖の下にあって、崩落を防ぐため、港全体がコンクリートで塗り固められている。島のどこもかしこも断崖絶壁さ」

「鬼ケ島にふさわしいか」

たしかに、為朝が鬼征伐をしたのはこの島以外にはないと改めて思う。

「沼くんの遺体を発見したユーチューバーって、この港を撮りに来たんだろうね」牧が言った。「でも、上から写した映像はネットにあふれてる。さっきスマホで見たんだけど、いくつも出ていた。みんな、バリケードを越えて、ここまでは来てるんだわ」

「だから、再生回数を増やそうと、海岸まで下りて間近から廃港を撮影しようと試みた。だけど、ここから真っ直ぐに下りるのは、自殺行為だよなあ」

剝き出しの岩と短い草が生えているだけの急な断崖を下りるのは、装備を整えた登山家でなければ、無理だろう。

「で、どこか下りられるところはないかと、いったんバックした」牧が後を振り返った。「下まで下りてしまえば、海岸伝いに港まで行けるもんね」

ユーチューバーである遺体発見者がとった行動は簡単に割り出せる。こちらも、それに倣うのがいい。二人は大千代港への下り口を離れた。また侵入禁止のバリケードをまたいで越える。

「下り口から五十メートルか」

崖沿いには錆で腐食したガードレールが続き、そのむこうは竹や灌木が生い茂っている。歩いていき、竹や灌木が切れて、幅一メートルほどの隙間のあるところを見つけた。ガードレールから身を乗り出すようにして下を見ると、背筋に冷たいものが走った。はるか下にある岩だらけの海岸に波が打ち寄せている。

「こんなところを、発見者は下りていったんだろうか」

「どれ」牧も同じように身を乗り出して下を見た。小田切とは違うことを言った。「だいぶ下のほうまで木が生えてる。そこからロープを垂らして岩場まで下りれば、海岸まで行き着けるかもしれない。私はしたくないけどね」

少し気持を落ち着けて、もう一度、下を覗きこんだ。たしかに牧の言うとおりだった。崖は大雑把に三つの部分に分かれている。最上部には灌木や竹が生えている。その下は急な崖になっていて、しかし、そこを下りてしまえば、傾斜が緩やかになり、大きな岩がいくつも海岸までの斜面を埋めている。ロッククライミングの経験者ならば、ロープを使って下りられそうだ。

「だいたい五十メートルくらいかな」大千代港への下り口のほうを振り返って、小田切は言った。「この下で沼くんが発見されたことにしよう」

二人とも姿勢を正した。牧が手にしていた花束を宙に向かって投げた。下からの風にあおられて、花束は一瞬、空中で止まり、それから下へと落ち、視界から消えた。しばらくの間、目を閉じ、掌を合わせた。

「これからが本番か」

二人に残された時間は、今日の夕暮れまでと明日、明後日しかない。すぐに車に戻った。

鬼のイシバだとして×印が打たれた地点はそう遠くないように見えたので、車はその場に駐めておき、徒歩で行くことにした。スコップなどの発掘道具を下ろした。

小型のバックパックを背負い、鎌やスコップを手に持つ。絵図のコピーに目をやった牧が言った。

「昔の絵図なんだから、だいたいの場所しかわかんないよね」

「だいたいのところが絞りこめれば、いいんだ。あとは、地形を見て、当たりをつける」

歩きだして、小田切は説明する。

「発掘調査の基本さ。住居跡なら、人の生活に水は必需品だから、川とか泉とかが近くにある場所を探す。水があるとはいっても低地は湿気がひどいから、適度に風が通る場所がいい。なに、複雑に考えることはない。自分がキャンプをする時、どんな場所を選ぶかを考えてみるんだ。人間の考えることなんて、昔も今も大きくは変わらないものさ」

滔々《とうとう》と述べ立てたが、それらは秦野の受け売りだ。遺跡の探し方や石器が見つかりそうな断層の判別法など、先生から教えられたことは多い。「クソ根性を出せ」と叫んで、体育会系の指導者のようにも見えたが、じつは緻密な計算をしている男でもあった。

「だったら、イシバは、どうなの」

即答できなかった。イシバなどというものを探すのは初めての経験だ。少し考え、何歩か行ってから小田切は答えた。

「イシバは神社にある大規模なものから、道端に造られた小さなものまである。鬼のイシバが、そのどちらなのかは――郷土史をやっている人に訊いても知らないのだから、目立たないところにある小さなイシバなのだろう。そして、イシバは神を祀ったものだから、参拝者がまったく近寄れないところには造られていない、と」

話しながら、小田切は道の左右に視線を飛ばした。道路の山側は斜面になっていて、灌木や細い竹、草に覆われている。海側は、灌木と竹のむこうは海まで落ちこむ断崖だ。

この道はさほど傾斜のきつくない斜面と崖との間を縫うように造られたものに違いない。

「つまり、山側のどこかってことね」

先回りして、牧が言った。考えてみれば、あまりにも常識的な結論だ。海に落ち込む断崖絶壁に神殿を造る者はいない。咳払いしてから、あらためて小田切は言った。

「山側でも傾斜の急なところにイシバを造れば、何かあると丸い玉石が転げ落ちてしまう。だから、傾斜地でも緩やかなところで、途中に平坦な場所があったほうがいい」これまた常識的な見解だ。「ともかく玉石とか目印があるはずだから、それを探そう」

ネット画像でみたイシバには、玉石だけでなく、先の尖った石や家の形をしたものまであった。要は、周囲とは異なる石がいくつか置かれている場所を探せばいい。

道路から山へかけての斜面がゆるやかな地点で、小田切は足を止めた。

「このあたりから入ってみようか」

まくっていたシャツの袖を元に戻した。手には軍手をはめる。牧も同じことをした。この島にはハブのような毒蛇はいないというから、恐いのはヤマビルや虫だ。装備を整えて、仕上げにヒル避けのスプレーを服に吹きつけた。

鎌を手にした小田切が先頭に立って、山に入った。緩やかな斜面だったが、灌木や竹が難物だった。かき分けて進めるところはかき分け、それができないところは鎌で切って、進んだ。地面には大小の岩が転がっていた。おそらく噴火の時に火口から飛んできたものだ。その中に大きくて、丸かったり、形が違ったものはないか注意して歩いた。

しかし、見つかりはしない。石は噴石と思しき握り拳くらいのサイズが多い。ようやくA5サイズくらいの平らな石を見つけたが、奉納品と思われる物はない。石の下や周辺をスコップで掘ってみた。だが、出てくるのは小石混じりの土ばかりだ。

そんなことを繰り返しているうち、牧が言った。

「ちょっと休憩しようよ」

腕時計の針はちょうど午後三時を指していた。牧がバックパックからビニールシートを取り出して、草の上に敷いた。

チョコレートをかじり、ミネラルウォーターを飲んだ。亜熱帯の島で、季節は梅雨に近づいている。長袖シャツでは暑くて、汗まみれになった下着が気持悪かった。

「ねえ、こんなやり方でイシバが見つかるんだろうか」

手の甲で汗を拭って、牧が言った。それは小田切も不安に思っていたことだった。

「まあ、絵図で絞りこんで、あとはイシバが造られそうな場所を手当たりしだい調べていく。同じことは先生たちもしたんだろうし、そして、おそらくは鬼のイシバを発見した」

「だったら、鬼のイシバには発掘されたという痕跡が必ずあるはずか。まわりの細い木が折られていたり、地面に掘り返されたりした跡があったり――よし」

声を出して、牧は立ち上がった。時間は無駄にできない。小田切も立ち上がった。

休んで一時的に元気になったが、再開された作業は思うに任せなかった。玉石は見つからない。形が大きく異なった石もない。
ところもない。だめもとでスコップを振るうが、出てくるのは、小石や土くれ
ペットボトルはすぐに空になって、牧の水をひとくちだけ飲ませてもらった。
空振りが続くうち、

「今日は終わりにしない」牧が疲れたような声を出した。「そろそろ夕方に近いし、ま
だ二日あるじゃない」

木々の枝から射してくる光が赤味を帯びている。肉体労働をしたせいで腹もへってき
ているし、汗まみれの体を早く洗い流したい。牧の言葉に抗する術はなかった。
車に戻って、用具を積みこんだ。先ほど来た道を戻った。
本道に入ったところで、助手席から牧が言った。

「ねえ、大里神社に寄っていかない」

「島の総鎮守だという」

「絵図にも印がついてたから、何かあるのかもしれない。大きなイシバもあるらしいし」

すぐに大里神社の前にさしかかり、小田切は車を停めた。
神社を見てくるだけなら、さほど時間もかからないだろうと考えていた。しかし、予
想は最初から裏切られた。神々の住む青ヶ島でも最上位にある神社だというから、それ
なりに整った境内があると思っていた。が、参道には草が生い茂り、両側からは木の枝
が腕を伸ばしている山道だった。大凸部に行く登山道と大差なかった。

少し行くと、道は右に曲がり、鳥居があった。その先に目をやって、二人は絶句した。昨日の東台所神社と同様、玉石の置かれた急傾斜の階段が上方どこまでも続いていた。

「きのうの神社より少しは傾斜がゆるいんじゃないかな」

牧が言った。たしかに東台所神社の石段よりいくぶん傾斜がゆるいように見える。それでも、かなりの斜度だ。

「行くっきゃないだろ。昔は年寄りもここを登ってた」

半ばやけ気味に小田切は言った。この危ない階段を上がった先には何があるのか、見てみたい誘惑にもかられていた。

小田切が先に立って登った。漬け物石くらいの玉石が横に並んでいる階段を踏みしめて、一段ずつ上がっていく。こんな急階段を上がるのは初めてだったし、おまけに角のない玉石は苔むしていて、スニーカーの底が滑る。階段がどこで終わるのか、上を見てもわからないのが辛い。

何百段上がっただろうか、不意に先が開けた。終点だった。

登りきって、二人とも大きな息を吐いた。

だが、まだ草だらけの山道が続いていた。少し行くと、小さな社務所のような建物があり、その先で足が止まった。

しばらくは言葉が出てこなかった。右側に玉石垣が続き、その上にミニサイズの家の形をした石がずらりと、それも雑然と並んでいる。奇妙な形の細長い石もある。小さな鳥居も立っている。あるものは苔むし、そうでないものも雑草で覆われていた。渡海神社にあったのとは、比べものにならないほど大きなイシバだった。

「これが大里神社のイシバなのか」

ようやく小田切は言った。牧が応じた。

「ここにこの島のたくさんの神様が宿ってる。でも、お参りに来る人はほとんどいないんだろうね。参道も雑草だらけだったし、イシバも草に飲みこまれようとしている」

たくさん並んでいる石のうち、「鬼」を思わせるようなものはないか、端から注意深く見てみた。だが、鬼とつながりそうなものには突き当たらない。モアイ像を想起させるような石もない。あの元小中学校校長は、すべて調べてみたが、そんなものはなかったと言っていた。ここには鬼のイシバはない。

イシバの前に立っているうち、妙な何かを感じた。沈みかけた太陽が周囲を赤く染め、むせかえる亜熱帯の草いきれの中で、苔むした石や鳥居の集団が霊気を発しているような気がした。牧が袖まくりしていた腕をこすっている。

「戻ろうか」

草に覆われた道はまだ先へと続いていたが、これ以上、進む気になれなかった。

歩いて、再び玉石段のところまで来た。見下ろすと、階段が絶壁のようだった。急な階段は上りよりも下りのほうが恐い。が、下りなければ、宿にも戻れない。

心を決め、玉石にスニーカーの底を当てる。姿勢を低くし、半身になって、一歩一歩下りていく。気持を集中させていたにもかかわらず、五メートルほど下りたところで、足が滑って、三段ばかり滑り落ちた。腰を打って、痛みが走った。

「だいじょうぶ？」上から牧の声が飛ぶ。「竹につかまって下りたほうがいいよ」

振り返ると、彼女は両側から伸びている細い竹を手がかりにして下りている。あっちのほうが利口だ。早く言ってくれよ。

腰の痛みがやわらぐと、また下降を再開する。手を伸ばして竹を次々につかんでゆき、少しずつ下りていく。

昔は、こんな階段を老人を含む信者が上り下りしていたのだ。とんでもない島だ。心底、思った。

6

風呂で汗と汚れを洗い流すと、ようやく人間に戻った気分がした。

浴室から出て汗まみれになった服を全自動の洗濯機に放りこんでいると、牧がやってきた。「これもいっしょに」と言って、躊躇する様子もなく自分の服も洗濯槽に入れた。スイッチを入れて、洗濯機が動き出した。自分の下着と牧の下着がいっしょに廻っていることを想像すると、ちょっと妙な気分になった。

食堂のテーブルには、もう食事の準備ができていた。今日も魚がメインの美味しそうな夕食だった。買い置きの芋焼酎も水割りにして呑むことにした。

食事を始めようとした時、玄関の戸が開く音がして、美智子さんが小鉢を一つ手にしてやってきた。

「浅漬けがうまくできたんで、おまけだ」

テーブルの上にきゅうりの漬け物が載った小鉢を置いた。お礼を言うと、

「そんなことよりも、今夜は濃い霧が出るみたいで、片づけに来れないかもしれないから、呑み終わったら食器を流しに出しておいて」

「霧が出るんですか」

「もう薄いのが出始めてる。青ヶ島は霧が多いからね。とくに梅雨に近い時期はものすごい濃霧になる」

「多湿で亜熱帯だから、空気の中にたっぷり含まれている水蒸気が夜になって冷やされ、霧になるんでしょうね」

科学雑誌の編集者の習性で理屈っぽい言葉が出てきたが、美智子さんは無視して、

「では、ごゆっくり」と、食堂を出て行ってしまった。

「ものすごい濃霧か。ちょっと楽しみだな。このところ、東京じゃ霧なんて見たことないもんね」

「今の東京は、湿度の高い季節に気温が下がるなんてことないからな」

小田切にしても、奥さんの言う「ものすごい濃霧」はちょっと楽しみだった。

夕食を始めた。今日も魚が美味しかった。きゅうりも程よく漬かっていた。氷を入れた焼酎の水割りが気持よく口と喉とを通過していった。

「ねえ、明日も同じやり方でイシバ探しをやるの？」

水割りのグラスを手に、牧が訊いてきた。それは小田切も考えていたことだった。

「正攻法だし、当面はあれでいくしかないんじゃないかな」

そう言うしかなかった。グラスをコトンと音をさせて置いてから、牧は言った。

「もう少しあのやり方でやるのはいいけど、見込みがなかったら、別の場所を探したらどうかしら」

むこうの言うことが理解できなかった。牧のほうから答を言った。

「道路の海側」

「海側って――断崖絶壁だぜ」

もったいをつけるように牧はグラスを撫でまわし、それから言った。

「ここに来る直前、下田の佃さんに電話したのよ。青ヶ島に飛んで鬼のイシバ探しをしてきますって。少し話をしたんだけど、佃さんが『イシバの印は海岸沿いに付いてますから、海に落ちる崖に造られている可能性もゼロではないですな』って。下田市の三穂《みほ》ケ崎《がさき》というところには海岸の崖に祭祀の場が造られてるんだって。そのあたりで、空海が修行したという伝説も残ってる。崖だったら、俗世界から離れるという意味もあるらしい」

「そうか、急な玉石階段を作って、信心薄きものは近寄れないようにしたのと、同じような発想か」

大里神社のイシバは神社という目印があるから、長く人々の祈りの場となった。だが、単に海岸の崖の途中に造ったのなら、時がたつうち人の記憶からは失われる。

「崖を調べるとするなら、ロープも必要になってくるが、あいにく持ってきていない」

「倉庫の中にロープらしきものがあったの、見たよ」

「こんなところに住んでいると、使うこともあるのかな。体にロープを巻きつけ、もう一方の端をガードレールにでも巻き付ければ、少しは安全になるか」

できればしたくない作業だとは思った。

「だいじょうぶ、ちょっと下りていくだけでいいと思う。昔の人だって、ずっと下まで下りていかなきゃならない場所にイシバは造らないでしょ。頼りにしてるよ」

男がする仕事だと決めこんでいる女は気楽な口調で言った。だが、鬼のイシバが崖側にあると決まったわけではない。

「じゃあ、明日の午前中は山側を探す。それで見つからなかったら、崖に移動する」

とりあえずの妥協案で手を打った。つい愚痴が出た。

「先生も鬼のイシバを見つけたんなら、正確な場所とか奉納品とか、そのくらいは記録に残しておいてくれたっていいのに」

「記録がないってことが何かあったって証拠よ」

きゅうりの浅漬けをパリッとかじった。ポリポリ嚙みながら、なぜこんな状況の中に放りこまれたのか、わけがわからなくなった。それをそのまま口にした。

「なあ、ぼくはさ、何が事実で、何が虚構か、まったくわからなくなってる。イエスの乳歯はむろん、埋まってた地面が固くて、近年、誰かが埋めたんじゃないことも、どう解釈していいのかわからない。おまけにこの島で死んだ沼が探してたのが鬼のイシバなるものだよ。それらの謎解きをぼくがしていて、つまり、昔ものがたり探求会の三人が得体の知れないものに取り込まれているわけだ」

「まあ、まあ、まあ、落ち着きなさい」

牧が片手をあげて、小田切を制した。笑った顔で言った。

「オヤジ、わからなくなったらシンプルに考えろ、とも言ってたじゃない」

「ああ、たしかに――どんなに頑張ったって、一万年前の地層から弥生式の土器が出てくるはずがない、と」

「だから、シンプルに考えよう」

「シンプルに考えようって」

牧はグラスに入っている氷をカラカラと回した。

「下田から帰る電車の中でも言ったけど、ナザレの調査団に夏原くんを推薦することから始まって、沼くんと鬼のイシバ探しに行ったことまで、オヤジがすべてからんでる。

狂人博士の秦野統一郎が大きな謎の中心にいる。だから、オヤジの足跡をたどっていけば、すべての謎が解ける――かもしれない」

「やはり、その線で行くしかないのか」

とりあえずは、なにがなんでも鬼のイシバに到達するのだ。

明日は朝早く起きて、午前中から気合を入れてイシバ探しをしなければならない。適当なところで話は切り上げ、食器やグラスは流しに出した。

二階に上がろうとした時、牧が言った。

「ねえ、霧はどうなってるんだろう」

窓に寄って、カーテンを開くや、「あっ」短い声が出てしまった。

外はどこからどこまで真っ白だった。街灯がぼんやりようやく見えるほどの濃霧だった。その霧は流れていた。それも川のように真横に流れていた。信州の高原や箱根などで霧には出会っていたが、横に流れていく濃霧を見るのは初めてだった。

「この世の光景じゃないみたい」

牧が細い声で言う。この島に来てから幾度、別の世界にいるような驚きを味わうのだろう。雲と霧とは同じく水蒸気だというから、流れる雲の中にいるようなものなのか。目の前にある光景に圧倒される。

なにか気のきいたセリフを言おうとしたが、思いつかず、

「雪の山荘に降りこめられたみたいだね、ミステリー小説のように」

と呟いた。牧が言った。

「そう、この空間には、私たちしかいない」

魔法の言葉というのがあるのかもしれない。なんの気負いも決断もいらなかった。それが当然のことのように、横にいた牧の肩を引き寄せた。唇を重ねた。舌を入れた。受け入れてもらえた。絡みあった舌と舌が不規則に動いた。唾液の音が耳の中で響いた。手を彼女の胸に当てた時、唇が離れた。

「ここじゃ、だめ。来ないと言って、突然、来るかもしれない」

牧はいたずらっぽく笑って、いたずらを誘う子供のように小田切の手を引いた。食堂の電灯を消して、階段を上がった。

牧の肩を押し込むようにして、自分の部屋に入れた。

すぐに使えるベッドなどない。押入れを開けて、布団を出した。膝をついて布団を整えている小田切を、牧は立ったまま見ている。ひどく自分がさもしく思われたが、そんなことを気にしている暇はなかった。

立ち上がって、牧を抱きしめ、唇を重ね合わせた。布団に押し倒した。唇が離れて、下から彼女が言った。

「あれ、持ってきてる？　なかったら、外で出してくれてもいいけど」

「持ってきている、いちおう」

体を離して、リュックのポケットを探した。男女二人で旅に出るのだ。万に一つを考えて、用意はしてきたのだが、実際に使うとは思わなかった。コンドームのパッケージを枕元に置いた。

「準備がいいのね」

上手い言葉が返せなかった。

蛍光灯の紐を引いて、スモールランプにした。

布団に戻って、ルームウエアの中に手を入れた。牧が着けていたルーズなルームウエアはバナナの皮をむくよりも簡単に脱がすことができた。性急に下着も取った。贅肉のついていない体だった。

唇を重ね合わせながら、右の掌で胸を揉みたてた。立ってきた乳頭を掌で転がし、舌先で舐めた。指を女性器に当てると、もう充分に濡れていた。手を伸ばして、コンドームのパッケージを破った。

挿入して、動いた。気持ちばかりが昂って、まったく余裕のない性行為だった。長かったのか短かったのか意識もできないままに、突然、終わりの時は来てしまった。

体を離して、ティッシュ・ペーパーを使った。スマホが着信音を発した。

「鳴ったね」

「かみさんからだよ。毎日の安否確認」

「何かを感じて、邪魔しにきたのかもしれない」

笑いを含んだ声で、牧が言った。

「私は早いところ逃げ出すか。踏みこまれないうちにね」

牧は服を抱え、「じゃあね」と、裸のまま部屋を出ていった。

スマホを見てみた。やはり夕海からだった。こちらを案ずる言葉が並んでいた。

自分は、イエスの乳歯のからくりを解くだけの目的で青ヶ島に来たのではなかったはずだ。乳歯が神の子のものではないことを証明して、夕海をカルトから取り返すのも大きな目的だったはずだ。なのに、その島で妻以外の女とセックスしてしまった。

辛うじてつながっている夕海との細い糸を、こちらから切ろうとするのか――。

〈い、いや、こんな状況になったら、男として抗することはできない……〉

言いわけの言葉を心の中で呟き、言いわけだとわかっていたから、頭を振った。

返信しなければと思ったが、心が乱れて、うまい言葉が浮かばない。「無事です。ありがとう」とだけ打って、送信した。

（8）二千年目の奇跡

1

朝、洗面所で会った時、牧はいつもの牧だった。「おはよ」と言って、歯を磨きだした。昨夜、男女の関係を結んだという痕跡は、彼女のどこからも感じられなかった。強いていうなら、洗濯槽の中でからまっていた下着を見た時、「あは」と笑って、意味ありげに小田切の顔を見た時くらいだった。

朝食の時、宿の奥さんと夜の濃霧のことを話した。ああした横に流れる霧は青ヶ島ではよくあることだと言い、「でも、本土から来た人は霧に降りこめられて、いつもとは違う気分になってしまうみたいだね」そう続けて、笑った顔になった。名字の異なる、それも三十代の男女が泊まっているのだ。いろいろ詮索されるのも仕方がない。

鬼のイシバ探索は、あと二日しかない。昼食のため民宿に戻ると、時間を費やしてしまう。弁当を作ってもらえないかと、美智子さんに頼むと、快く承諾してくれた。

「どうせ昼食をとるなら、カルデラの中にあるキャンプ場まで行ったらいいよ。あそこなら、地熱釜もあって、ジャガイモをふかして食べると、うまいよう」

カルデラのキャンプ場は、沼修司がテントを張っていた場所だ。美智子さんは握り飯の他にジャガイモとウインナーソーセージを用意してくれると言ってくれた。

手早く朝食をすませてしまうと、握り飯と食材の入ったポリ袋を受取った。倉庫に入っていたロープを車に積んで、宿を出発した。

昨日と同じように酒屋に立ち寄って、ミネラルウォーターとおやつを仕入れた。今日は丸一日の肉体労働になるので、ミネラルウォーターは二本ずつ買った。それから大千代港に向けて車を走らせた。

脇道に入ったが、大千代港までは行かず、道路脇に少しばかりスペースのあるところに車を駐めた。

道の山側に入って、昨日と同じ作業を始めた。大きな石や変わった石がないか探し、気になるところはスコップを振るった。だが、出てくるのは小さな石ばかりだった。

鬼のイシバは山側ではなく、牧の言うように崖に作られた祭祀場だったのか――時間が進むにつれて、そちらのほうに気持は傾いていった。正午になる前、小田切は言った。

「そろそろカルデラのほうに移動しようか」

「自説を諦めた？」

「持ち時間が限られてるんだから、早めに見切らなきゃな」

道具をまとめて、車に戻った。幾度も細かく切り返しをして、車をUターンさせた。対向車のまったく来ない海沿いの道を走って、本道に合流した。すぐにトンネルに入った。狭くてうす暗い空間をどんどん下っていって、出口に達した。あとはまた下りの道を走って、キャンプ場に行く分岐点を左に折れた。

木々の数が増えて、緑が急に濃くなった。人家はないが、畑らしきものが見える。見たこともないような亜熱帯の植物もあった。たぶん、もうカルデラの内側を中心部に向かってだいぶ進んでいる。

少し行くと、林が切れて、目の前が開けた。前方に小さな山があった。駐車場があったので、車を駐めた。

車から下りると、視線は自然に小山のほうに向いた。一昨日、大凸部から見た時は、カルデラ内の小山は上部が凹んで、二重のカルデラになっていた。今日、下から仰ぎ見ると、プリンみたいな形状で、山裾では蒸気が噴き出していた。

グレーの建物があった。地熱を利用したサウナだった。サウナのそばに地熱釜があった。近くにいた青年に使い方を教えてもらう。蓋を開いて、中にある網の上に食材を置いた。蓋を閉めて、蒸気レバーを動かせば、蒸し料理ができあがるという。

東屋もあったので、握り飯を食べながら、ジャガイモやウインナーが蒸し上がるのを待つことにした。

ベンチに座って、ぐるりと四方を眺め回すと、視界に入るのは緑の壁ばかりで、山国に来ているような気がしてきた。牧が言った。

「ここはカルデラの中だから、まわりにあるのは火口壁なんだろうね」

「一昨日、大凸部から見えたのは四方、海ばかりだったけどな」

自分がどこにいるのか、感覚がおかしくなってくる。ともあれ、握り飯を食べる。海苔が巻かれ、梅干しが入っているだけのごく普通のおにぎりだったが、自然の中で食べると、別物のようにおいしかった。

「ここで沼のやつ、テント張ってがんばってたんだよなあ」

少し先に張られているテントが目に入ったので、沼のことに思いが行った。

「でも、ここだったら、サウナで汗は流せるし、蒸し料理も食べられる。案外、茶碗蒸しなんか作ったりして、ソロ宴会でもしてたかもしれない」

見えるのは緑ばかり、聞こえるのは鳥の声だけ。そんな環境にいるせいか、不審死をとげた友人を想っても、あまり暗い気持にならない。

「海側といっても、どのあたりを探せばいいのか、考えておかなきゃな」

午後から始める新たな作業のほうに話を向けた。

「断崖絶壁だから、歩きまわって探すわけにはいかないか」

「海側からドローンでも使って撮影すれば、イシバらしきところがわかるかもしれないけど、あいにくそんな便利なものは持ってきていない」

この島に来るまでは、イシバが崖にあるという発想などまったくなかった。

「ただ、もし先生たちが先に鬼のイシバに行き着いていたとしたなら、灌木の枝が折れているとか、何か痕跡が残っているはずだよ」

傍らの牧は大きくうなずいた。

「それから、いくら崖にイシバを作ったとしても、まっすぐ海に落ちこんでいるようなところではないだろう。たとえば、最上部は少しは傾斜がなだらかで、それから急になって、ロープなしでは下りられないとか」

昔の人間がやったことを想像しながら、小田切は言う。

「加えて、あと一つ」牧が言った。「これは想像なんだけど、沼くんはオヤジと見つけたイシバにもう一度、今度は一人で来て、誤って転落したのかもしれない。だから、遺体が発見された近くからまず調べてみたら、どうかな」

作戦を練っているうち、時間はたっていて、食材が蒸し上がる頃になっていた。

蒸気釜からジャガイモとウインナーを取り出す。美智子さんは紙皿や割り箸、塩の小袋も用意してくれていたから、東屋に戻って、食べることにした。

うまかった。とくにジャガイモがうまかった。水蒸気で蒸し上げられたジャガイモは前歯で簡単に割れて、塩と合わさると、単純にうまかった。ただし、握り飯を胃袋におさめた後だっただけに、ほとんどはおやつにまわすことにした。

トイレに行って、車で出発した。今度は上り坂となるトンネルを抜け、また大千代港に至る脇道に入った。さっきとは違い、バリケードのそばまで行き、車を駐めた。

車から下りた。牧が車の後部から巻かれたロープを取り出して、小田切に渡した。太さ一センチほどのロープだった。崖を下りるという危険が現実のものとなって感じられた。つい言っていた。

「ロープを使うと言っても、レスキュー隊員でもないし、登山の経験もないんだから、急な崖なんて下りられないぞ」

「そんなこと、期待していないわ。足が滑ったとしても下まで落ちていかないよう、腰に巻きつけて安全確保すればいいじゃない」

一方をガードレールに巻きつけ、もう一方を腰に巻いて、斜面を下りていくのなら、安心感はある。宙吊り状態になり、自力では這い上がれなくなっても、牧が救助を呼んでくれるだろう。小型のバックパックを背負い、ロープを肩にかけて、車を離れた。いつまでもビクビクしていられない。海側に作られているガードレールを跨いで越えた。崖の上部は細い竹や灌木が繁っている。灌木の枝をつかんで下を見た。

大千代港に近いところは、ほとんどがそのまま海岸まで落ち込んでいた。いくら俗世とは隔絶した場所を選ぼうとしたとしても、こんなに危険な場所にイシバは作らないだろう。

場所を移動しながら、下を見ていく。どこも正真正銘の断崖絶壁である。昨日、花束を投げた場所まで来てしまった。

ロープを使ってユーチューバーが下りただけあって、最初は傾斜が比較的ゆるい。灌木を頼りにすれば、少しは下っていけそうだった。竹がなぎ倒されたり、灌木の枝が折れたりしているが、これは沼の遺体を上げる時に複数の人間が上り下りした時にできたものだろう。

意を決して、灌木頼りに、斜面を下りてゆく。最初はゆるやかだった傾斜がだんだんきつくなる。ロープを使わなければならないかと思った時、少し上にいる牧から声が飛んだ。

「ここは調べなくてもいいんじゃないかな」

「どうして？　この真下で沼の遺体は発見されたんだぞ」

「でも、遺体を引き上げるために、たくさんの人が上り下りしてる。もし崖の途中に見慣れないイシバみたいなものがあったら、誰かが気づいてるんじゃないかな。沼くんは何かを探しに青ヶ島に来て、転落したんだから、崖に普通とは違ったものがあれば、遺族である妹さんには話してると思うよ」

沼の妹は崖の中腹にそうしたものがあったことは言っていなかった。駐在所の巡査も同様だった。

「ここはやめるか」

ほっとする思いで、牧の言葉に同意していた。斜面を上った。上りながら、思った。沼だったら、もっと大胆に行動しただろうな、と。沼修司は頑健な体の持ち主だったたし、大学時代には一時、ワンダーフォーゲル部だったかに籍を置いていたはずだ。

長野県で行われた発掘調査に同行した時だった。発掘の休みを利用して、三人は山歩きをした。ちょっとした岩場があった。「見てろよ」と言って、沼は岩場に挑み、難渋することもなく、てっぺんまで登ってしまった。下りてきて、自慢げに言った。

「まあ、たいした岩場じゃなかったからな」

それから沼による岩登り講義が始まった。哺乳類である人間には合わせて四本の〝足〟がある。そのうち三つを岩に当てて体を確保し、残る一つを動かす。これを三点確保と呼び、交互に〝足〟を一本だけ動かしていくことにより上り下りをする。ロープや鎖があったとしても、それに頼りに腕ずくで登るのではなく、あくまで補助として使う——とうとうと述べたてたあと、

「では、お二人さん、やってみよう」

岩場を登るようけしかけたのだ。むろん、小田切も夏原も固辞した。

そんなことを思い出しながら、ようやくガードレールのところまで戻った。

また崖墓の下り口を探しに横へと移動する。

六、七十メートルほど移動したところで、牧の足が止まった。竹の間を指でさした。

「そこ、竹が倒れてる」

細い竹が二本ばかり根元からへし折れ、倒れている。時間はたっているが、人為的に折られたように見えた。

「ここかもしれない、沼くんが下りたのは」

沼の遺体が発見された地点からは距離も離れているから、警察の人間が下りたわけではないだろう。沼はこの地点から滑落し、波で発見場所まで流された？　つまりは、ここから下に下りれば、鬼のイシバにたどりつく？

判断がつかない。下り始めの部分は傾斜もそうきつくないようだ。灌木の枝や竹を頼りにして、少しずつ下りていった。

四メートルほど下りると、傾斜がきつくなった。断崖というほどではないが、木や竹を伝って下りるには危険すぎる斜度だ。少し上にいた牧の顔を見てしまった。

「いよいよ、ロープが役に立ちそうね」

表情も変えずに牧は言った。こちらは吐息をついた。

「ロープといったって、長さはそうないから、海岸までは下りていけないぜ」

「ちょっとでいいと思うよ。鬼のイシバを作った人間だって、そんなに下まで下りたくはないでしょ。昔は長い紐なんて簡単には作れなかっただろうし」

許してもらえそうもない。いったん斜面を上がり、ガードレールにロープを結わえつけた。それからロープのもう一方の端を腰に巻き付ける。ジーンズのベルトにもロープを通し、絶対に抜けないようにする。

「頼りにしてるよ」

牧が顔を寄せて、頬にキスしてくれた。女の匂いが鼻腔に入った。寝た女の前で情けない姿を見せるわけにはいかない。また斜面を下りていく。

急な傾斜が始まる場所から一歩足を下におろした。沼の言っていたことを思い出した。三点確保だ。その教えを守ろうとした。少しずつ下りていく。スニーカーの足が小さく滑って、浮いた石を落とした。石は斜面を転げ、途中で宙に跳んだ。ガンと海岸の石にぶつかる音がした。震えが走ってロープにすがりついた。ひたすらロープに頼っていた。

2

どのくらい恐怖の時間が続くのかと思った。斜面に張りつきながら下りたのは、ほんの三、四メートルだっただろう。下ろした左足が平らな地面を踏んだ。下を見てみると、半畳ほどのほぼ平坦な場所があった。

平坦な場所に降り立って、息が止まるほど驚いた。岩壁を背にして、バスケットボールくらいの大きさの苔むした玉石があった。玉石の両側には、先端の尖ったオベリスクのような小さな石が立っていた。明らかに人工物だった。

〈鬼のイシバ……〉

息をするのも忘れ、三つの石を見ていた。イシバは確かに存在していた。ただし、銅鏡や土器、貝の装飾品といった供え物は見当たらなかった。

大きく息を吸い込んでから、思った。これが鬼のイシバならば、秦野たちが調査した痕跡があるはずだ。

「どうかしたの」

上から声が飛んできた。見上げると、牧が顔だけ出していた。

「鬼のイシバを見つけた、おそらく」

「やはり」

「大きな玉石と尖った石が並んでいる。ただし、神様に奉納された品は見当たらない。探してみる」

地面の下に石室が造られていれば、そこに何かあるはずだ。しゃがみこんで、玉石に手をかけた。少し力を加えただけで、石は転がった。先端の尖った石のほうも取り除いた。シャベルは使わず、軍手をはめた手で石をのけた場所を慎重に掘った。地面は柔らかかった。おそらく誰か、むろん秦野と沼が掘っている。少し掘ると、陶製の蓋のようなものが出てきた。

〈これか……〉

ポリネシア由来の何かが入っているのか。それともユダヤ――

もう一度、大きく息を吸い込んでから、蓋を取った。薄茶色の木の枝のようなものが現れた。ぎっしり入っている。

骨――直感した。

恐る恐る指でつまんでみた。脆そうで、少し力を加えれば、壊れそうだった。骨だけでなく、歯と思われるものもあった。

骨壺の周囲に石室らしきものもないし、奉納品も見当たらない。この骨壺だけだ。

「ねえ、出てきた？」

頭上からまた声が降ってきた。立ち上がり、上を見上げて言った。

「奉納品はなかったが、骨壺らしきものが出てきて、中に骨や歯が詰まっている。鬼かどうかは知らないが、秦野先生たちが探していたものだ。掘った跡もある」

「私も見たい。骨だけじゃなく、骨壺も。骨壺ごと掘り出してよ」

「全部、掘るのか」

「オヤジ、よく言ってた。全体を見なければ、正確な判断はできないって」

たしかにそのとおりだ。

写真を撮っておかなければならないというくらいの冷静さは残っていた。スマホを構えて、シャッターを切った。

ふたたび、しゃがみこんだ。骨壺の上部の土を取り除いたあと、両手で容器をつかんで引き上げた。少し力を加えただけで、すっぽりと抜けて出た。やはり秦野たちも一度、掘り出していたに違いない。

骨壺は下がすぼまっている瓶《かめ》みたいな形の容器だった。大きさは上に載っていた玉石と同じくらいのサイズで、灰色の釉薬《ゆうやく》がかけられている。これもスマホのカメラで撮った。

地中から出てきた壺を睨んでいるうち、脳の奥から「昔ものがたり探求会」にいた頃に得た知識が引っ張り出されてきた。

〈骨壺は蔵骨器とか呼ばれて、大昔から使われていた。日本で陶器に釉薬が使われるようになったのは、たしか七世紀の飛鳥時代以降……〉

自分には、このあたりまでしかわからない。秦野だったら、ひと目でこの骨壺の素性を見抜いていたに違いない。

〈釉薬が施されている器は防水性があるから、雨水を通さない。もし釉薬のない素焼きの壺だったら、火山灰土に降って酸性化した雨水が内部に浸透して、骨も歯も溶かしていた……〉

酸性土壌の日本では古代人の骨の多くは溶けてしまっている。今、目の前にある骨は釉薬付の骨壺によって守られてきたのだ。

「掘り出せた？」

牧の声がした。さっきより、もっと身を乗り出している。

「掘り出せた、すっぽりと抜けた。おい、そんな体勢じゃ、落ちるぞ」

「心配しないで。いちおうは腰に巻いた紐を木に繋いでる。それよりも、骨壺をこれに入れてくれないかな。私も見たいから」

微かな音がして、紐のついた焦げ茶色の袋が下りてきた。ナイロン製のショッピングバッグだった。

「その袋の中に入れてくれないかな。ファスナーを閉めれば落とす心配もないから、私が引き上げる」

「引き上げるのか」

瞬時、躊躇した。上から言葉が降ってきた。

「オヤジが発見した鬼のイシバにあったものを、私も見たいのよ。専門家にも鑑定してもらわなきゃならないんだし」

今、背負っている小型のバックパックにはシャベルや水のボトルなどが入っていて、上がっていく時、骨壺を入れるだけの余裕はない。

「早く見せて。お願い」

今度は甘えるような声だった。その声には抗しきれなかった。ショッピングバッグに骨壺を納め、ファスナーを引いた。

「OK。袋に入れた」

「了解」

ショッピングバッグがずるずると斜面を上がっていった。少しの時を置いて、

「すごい、骨がいっぱい入ってる。歯も、だ」

子供みたいにはしゃいだ牧の声が聞こえてきた。次は、こちらが上がる番だ。

「上がるぞ」

「ちょっと待って。すぐに上がるのは無理よ」

耳を疑った。ロープを頼りに上っていけばいいだけだ。

「ロープを強く引っ張っちゃだめ。永遠に上がれなくなる」

どういうことなんだ。試しにロープを軽く引いてみた。なにか頼りのない感触が返ってきた。ガードレールにしっかり巻いてきたはずなのに。

牧が顔を大きく前に出した。笑った顔だった。

「ガードレールから外してきて、木の枝に軽ーく巻いてあるだけ。思い切り引っ張ると、外れるよ」

「ど、どういうことなんだ」

「上がるまでにやってほしいことがあるの」

なぜ、わざわざロープをガードレールから外した。わけがわからなくなった。

「これ以上、やることがあるのか」

「まず一つ、これを今立っているところすべてに撒いてほしい」

またショッピングバッグが下りてきた。キャップを開けてみた。ファスナーを引いて開けた。中にはウイスキーのボトルが四本入っていた。すぐにわかる臭いが鼻に入ってきた。ガソリン。震えが走った。

「牧、おれを焼き殺すつもりか」

言われたとおりにガソリンを撒いたあと、火のついた布でも落とされたら、それでお終いだ。

「するわけないでしょ。そんなふうにあなたを殺したら、わたしはすぐに捕まってしまう。この小さな島でいっしょに行動していたあなたが焼死したら、犯人はわたし以外にはなくなる」

「だったら、どうしてガソリンなど撒くんだ」

「証拠はすべて消してしまいたいから、念のためにね。ご心配なく。火を点けるのは、あなたが上がってから」

「だったら、すぐに上がれるようにしろよ」

「毒を抜く下準備をしてからね。今のあなたは、わたしにとって、毒蛇。毒蛇の毒牙を抜けば安全になる」

俺が毒蛇？　混乱した。

「早くガソリンを撒いて。骨壺の中に入っていたものが少しでもその場に残ってたら、不安材料になる」

混乱の中から、答が飛び出してきた。これだったのか。信じられなかったが、これしか答はなかった。そう、これしかない。だが、なぜＤＮＡがホモサピエンスとは異なる？　頭を振ってから、大声で言った。

「牧、イエスの乳歯は、あの骨壺から取ったものなんだな」

「ようやくわかってくれたか」

あっさり、牧は認めた。

「すべてを話してくれ」

「こちらの言うことを聞いてくれれば、すべて話してあげる」

迷った。だが、こっちは圧倒的に不利な立場にいる。上も下も絶壁。ロープに頼らなければ、自分の技量では上まで上れない。いや、手っとり早く、石でも投げ落とされたら、頭を砕かれ、海岸まで転落して死ぬ。

迷いを振り切って、言った。

「すべてを話してくれれば、そっちの言うことをきく」

牧の顔がまた笑った。今度は、短く笑い声も発した。

「取引みたいね。いいよ、すべて話してあげる」

聞くべきことは、たくさんある。少し考え、優先順位を決めて、小田切は質問した。

「骨壺に入っていた骨や歯は、いったい何者なんだ」

「正確なところは、わかっていない。オヤジが立てた仮説によれば、島伝いに北上して青ヶ島にたどりついた民族。海流に乗って、たくさんの民族が太平洋を移動したことは、学問的にも認められている。青ヶ島へは、おそらく火山活動がおさまった後にやって来た」

たしか二千四百年ほど前までは火山活動が旺盛だったと、地質学の本には書いてあった。火山活動が治まって、ある程度の時間がたてば、人が住める環境になるはずだ。

「彼らは源為朝の頃まで代を重ねて生き延び、保元物語に鬼として登場することになった――これらはオヤジの説だけど、いちおうつじつまが合うのね。そして、骨壺に入っていたのは、おそらく彼らの長やその子供。特別扱いされて、骨壺に入れられ、お墓まで作ってもらえたんだからね」

牧は自信に満ちた口調で言ってくる。が、引っかかる点があった。

「あの骨壺から取り出された歯、それも乳歯はイスラエルに運ばれ、後に、イエスの歯として年代測定がされたんだよな。夏原がナザレで発掘して、放射性年代測定で調べた。そうしたら、今から二千年ほど前、紀元前後のものと判定された」

「そうよ。青ヶ島に渡ってきた初代の長や子供のものなんでしょ。それだったら、二千年前のものだとしても、おかしくない。もう少し、補強材料を与えてあげましょうか。北硫黄島の石野《いしの》遺跡。オヤジ、その昔、発掘調査にあたったのよ」

北硫黄島の石野遺跡、石野遺跡――秦野先生から昔、聞いた憶えがある。小笠原諸島よりも南にある謎の遺跡だとしか記憶に残っていない。牧が言った。

「人骨は発見できなかった。ただし、その遺跡から発掘された土器片に付着していた食べ物のカスを、放射性年代測定にかけてみると、一世紀頃という結果が出ている。石野遺跡の住人と青ヶ島の鬼が同一かどうかは知らないけど、二千年前というその時代には硫黄島から伊豆諸島にかけて、どこからか民族渡来があったんじゃないかって、オヤジは言ってたわ」

外堀からどんどん埋められていくような気がした。ようやく小田切は言った。

「いや、おかしいぞ。さっき、きみに渡した骨壺には釉薬がかけられていた。だけど、二千年前だったら、日本ではまだ素焼きの土器しか作られていない」

笑い声が降ってきた。

「頭が凝り固まってるのねえ。骨壺が作られたのが日本だと思いこんでるから、そうなる。鬼の民族は外国から来たのよ。たとえば、陶磁器作りが早くから発達した中国なら紀元前千五百年から釉薬を施された壺が作られてる。そして、当然インドシナなどの南方にも売られ、各地に広がったんじゃないかしら」

声を漏らしてしまった。たしかに頭が固くなっている。牧の言っていることは、秦野先生の受け売りだろう。先生ならば、骨壺に入っていた人間から壺の素性までをひと目で見抜いていたに違いない。

「では、佃さんの土蔵に鬼のイシバの絵図があったのは？」

「これは推測でしかないけど、鬼のイシバがあると聞いて、佃家のご先祖さまが書き留めたものじゃないかと。為朝伝説に出てくる鬼のイシバとなれば、記録しておく価値があると思っても不思議じゃないでしょ――これらはまったく想像でしかないけど、何の文献もないから、これ以上のことはわからない」

推論で接着されてはいるが、鬼と呼ばれた民族の渡来から保元物語の鬼退治、佃の家にあった絵図までがいちおう一本の線で貫かれた。

だが、おかしな点はまだある。小田切は言った。

「ここにあったのは鬼のイシバだ。イシバは神殿のことで、墓じゃない。どうして、鬼の墓が鬼のイシバになってしまうんだ」

「これはオヤジの想像なんだけど、なかなか説得力があるのよ。ピラミッドでもわかるように、長だった者の墓は副葬品を狙った盗掘者に荒らされてしまう。とりわけ、青ヶ島では鬼と呼ばれた民族のあと、八丈島から日本人が渡ってきて定住したから、彼らの目を逃れるため、神の宿るイシバだと称した。墓ではなく、神の住む神殿だったら、タタリを恐れて、誰も手を出さない。そして、いつしか鬼のイシバと呼ばれるようになった、と」

「すごいね」正直な言葉が口から漏れた。「秦野先生は晩年になっても、衰えていなかったんだね」

「心は狂っていたし、体はボロボロだった。だけど、頭だけは冴えかえっていた」

頭だけは冴えかえっていた——その言葉だけが、頭の中で何度も響いた。話を核心に進めなければならない。息を吸い込んで、小田切は言った。

「あの民族が他国からこの島に渡来したことはわかったが、ホモサピエンスじゃなかったんだろ。いったい、何者だったんだ」

「ここからはオヤジじゃなく、私の想像なんだけど、彼らはおそらくインドネシアとかそのあたりの島にいて、海流に乗って北硫黄島や青ヶ島までやってきた。ね、ホモサピエンスに近い別人類は、ネアンデルタール人やデニソワ人だけじゃなかったはずよ。私も嫌というほど考古学や人類学の本を読む破目になったんだけど、アフリカに誕生して全世界に散らばった人類は何十種類、いや、それ以上いたか、見当もつかない。彼らは絶滅して、ほとんどは骨の化石も見つかっていない――こんな話、科学雑誌の編集者をしてるあなたには釈迦に説法よね」

言われるまでもなく、そんなことはわかっていた。シベリアで歯が発見されたデニソワ人もアジア一帯に住んでいたという説がある。暖かくて湿度の高い東南アジアは多様な人類が住むには適した場所だったはずだ。だが、二千年という、人類史からすれば、とても近い年代まで別人類が生き延びていたとは、にわかには信じられない。

「ほんとうに二千年前まで、いや、為朝の時代だと八百五十年前まで、別人類が生存していたというのか。ヨーロッパや西アジア一帯に膨大な数が住んでいたというネアンデルタール人だって、四万年前には絶滅してる」

自信に満ちた口調で、牧は言った。

「フローレス原人――通称ホビットって、知ってるよね」

「あ、ああ、インドネシアのフローレス島で骨が見つかった小人みたいな原人だ」

十数年前に報じられた人類史の大発見だったから、小田切も知っていた。

「原人という古い種類の人類だったけど、六万年前まで生存していた。それは敵のほとんどいない島だったからよ。ガラパゴスみたいにね。科学雑誌の編集者だったら知ってるよね、ウォーレシア」

「ウォーレシア、ウォーレシア……」

二度呟いて、思い出した。「ガリレオ」に異動になって、すぐにウォーレシアの特集記事を担当した。

「たしかジャワ島やスマトラ島とニューギニアの間にある区域だ。いくつもの島があり、他の場所では見られない変わった動物が住んでいる。たとえば、コモドドラゴン、四本の大きな牙を持つイノシシのバビルサ、地熱で卵を孵化させる鳥というのもあったな」

記憶を引っ張り出しながら言う。「変わった動物が絶滅せずに生き残っているのは、トラやライオンという大型肉食獣がいない孤島だったせいだ。東洋のガラパゴスとも言われている」

「さすがは科学雑誌の編集者。ついでにつけ加えると、別人類であるホビットの骨が見つかったのも、ウォーレシア区域にあるフローレス島よ。ホビットみたいな別人類じゃないけど、何千年前かのホモサピエンスの骨も見つかっている。温かくて食料は豊富、外敵もいない島だったら、古い別人類だって生き延びられる」

生存に適した条件が次々に加えられると、別人類がウォーレシアのどこかの島で生き延びてきた可能性はあったという気になってくる。そして、彼らは海流に乗り、フィリピンから青ヶ島へと移り住んできた——。

「骨壺の骨や歯が別人類のものだということは、秦野先生は知ってたのか」

「夏原くんが研究して、ホモサピエンスとは違ったミトコンドリアDNAの持ち主だったと発表するまでは、まるで気づいていなかった。新聞発表を見て、びっくり——骨壺に入っていた骨や歯が二千年前のものだってこと自体は、放射性年代測定で調べてわかってたけどね」

「どういうことなんだ」

「オヤジは一時代前の考古学者だったってことよ。放射性年代測定は二十世紀の半ばには使われていたから知ってたけど、DNAやらハプロタイプのほうはよくわかっていなかった。DNAを効率的に調べる次世代シーケンサーが登場したのは二十一世紀の初めで、オヤジが考古学の世界を追放された後だったからね。今じゃ、医学の世界でも、ふつうに使われてる機械なんだけど」

また、わけがわからなくなった。細部はともかく、全体像がぼんやりしたままなのだ。ストレートに訊くよりないと思った。

「秦野先生は何を考え、何を企んでいたんだ」

「キリスト教の再興」歯を露《あらわ》にして笑った顔が見えた。「とはいっても、今起こっているようなことを最初から考えていたんじゃないよ。もっと、慎ましやかで常識的なこと」

「わかるように話してくれ」

「いいよ、すべてを話すと言ったんだからね——オヤジは若い時からのクリスチャンで、とくに考古学の世界を追われてからは、信仰に救いを求めるようになった。そして、今の時代、キリスト教を心から信ずる者が減っていくことに危機感を持っていた。神を畏れる者がいなくなった現代は、ソドムの市も同然だってね」

大学を卒業してからというもの、先生とは会っていなかった。だから、それほど宗教にのめりこんでいるとは思わなかった。

「トリノの聖骸布を知ってるよね」

「ああ、人の姿が写りこんでいて、イエスの遺体を包んだと言われている布だが、放射性炭素年代測定にかけてみると、もっとずっと新しい時代のものだと判定されてしまった」

「もし、あの聖骸布がイエスが刑死した時代のものだと科学的に判定されていたら、もっとキリスト教を信ずる者が増えていただろうって、オヤジ、言ってたわ。そして、最晩年になると、自分の手で聖遺物を作ってやろうと考えた——わたしから見りゃあ、半分以上、狂ってたよ」

「どんな聖遺物を作ろうと思ってたんだよ」

半ば以上、想像がついていたことを訊いた。

「待ってよ、話す順番があるんだから」牧はすぐには答えなかった。「沼くんとともに鬼のイシバを見つけて、骨壺に入っていた骨や歯を一部取り出した。それからやったのは、昔のツテを頼って、まず年代を測定することだった。年代の測定の結果、紀元前後のものだと分かると、がぜんスイッチが入って、ハンドルが別な方向に回された。鬼の素性を明らかにするなんてどうでもよくなって、聖遺物作りへと、狂った頭がフル回転した」

「鬼が正確にはどこから来たのか、DNAのハプロタイプを知ろうとはしなかったのか」

「少しは思ったかもしれない。でも、そんな新しい研究をしている人にツテがなかった」

「夏原がいるじゃないか」

「えっ」という声のあと、笑いが降ってきた。「小田切くんの頭もだいぶ混乱してるね。これからイエスの乳歯を掘り当ててもらおうと思っている当人に、青ヶ島にあった歯のDNA鑑定を頼めるわけはないでしょ」

そのとおりだ。たしかに頭が混乱している。牧は続ける。

「二千年前の遺物だったら、それでよし。DNAがどうのというのは、オヤジの興味を引かなかったのよ。男中心の昔、大切にしまわれていたのは男児の歯に違いないくらいは考えていたけど、まさか別人類だったなんて、想像もしてなかった」

アジアは多様な人類の宝庫だと言われているが、骨壺に納まっていた人骨や歯が別人類のものかもしれないと疑う者はまずいない。

「イスラエルではよくキリスト教関係の発掘が行われているけど、ちょうどその頃、ナザレでイエスの生家ではないかという洞窟住居の発掘が行われていた」

「で、夏原を送りこんだのか」

「夏原くんは何も知らないわ。たまたまデイブから日本人研究者を探しているという話を聞いて、彼を推薦しただけよ。だいたい、夏原くんが発掘チームに加わった頃は、まだ鬼のイシバが見つかっていないんだから――すべては、オヤジと私の計画」

最後の部分は強い語調だった。

「だったら、誰があの乳歯を埋めたんだ」

「一人しかいないじゃない」牧は目を細めた。「私が埋めた。オヤジはもう歳だから、中東まで行って、危ないことなんてできない。ただし、乳歯を包んでいた羊皮紙や石灰岩の小箱は、オヤジが用意した。オヤジ、大学を辞めてから暇なもんだから、一度、イスラエルで行われたキリスト関連の発掘調査に参加したことがあるの。その時に持って帰った品物のうちから役に立ちそうなものを選んだ」

「乳歯を、いつ仕込んだ」

「イエスの乳歯が発掘される三カ月くらい前かな、イスラエル旅行のついでにという理由を作って、ナザレにいる夏原くんを訪ねたの。その時、発掘現場を案内してもらった。そして真夜中、レンタカーをとばして現場に舞い戻った。で、夏原くんの持ち場に、石灰岩の小箱に入った乳歯を埋めた。どうせなら、彼に大発見のお手柄をプレゼントしたかったからね」

おかしな点があることに気づいた。

「ほんとうに夏原は知らなかったのか？　きみが埋めて、そう時間がたっていないところを掘ったんだろ。鬼のイシバもそうだったが、人が一度、掘ったところは土が柔らかくなっていて、すぐに異変に気づく。だが、土は固かったと、夏原は証言している」

「やっぱり気づかなかったか、一度ヒントをあげたんだけどね」

「ヒント――」

「そう、ナザレに夏原くんを訪ねたのは、イスラエルにある教会のフレスコ画を観に行ったついでだって。私、教会の壁面や天井一面に描かれているフレスコ画を観るのが、旅行の時の楽しみでさ、ね、ミケランジェロやラファエロの名前くらいは知ってるでしょ」

そんなこと言われたか？　気にも止めていなかっただろうから、憶えてもいない。むろん、ミケランジェロの「最後の審判」くらいは知っているが。

「漆喰《しっくい》ってあるよね。家の外壁に塗ったりするやつ」突然、また話が変わった。「漆喰は石灰石を高温で焼いて水を加えたもので、消石灰とも呼ばれる。その消石灰に砂と水を加えて練り、壁に塗りつける。それが乾かないうちに顔料で一気に描き上げたのがフレスコ画なの。消石灰が乾く過程で空気中の二酸化炭素を吸って、固い石灰岩に戻るから、描いた画も硬化して歳月がたっても色あせないものになる」

「何を言いたいんだ」

「わからないの？　神が作った密室トリックの説明をしてるんじゃない」

ようやく少しだけ牧の言っていることがわかった。

「つまり、きみは消石灰を使って、乳歯の上の石灰岩を固めたのか」

「やっとわかってくれたか。乳歯を入れた小箱を埋めた上には、水と砂で練った消石灰を被せた。ほんとうに固い石灰岩に戻るまではかなりの年月がかかるみたいだけど、空気の乾燥したイスラエルで、埋めた跡を硬化させて誤魔化すくらいなら二、三カ月あれば充分。もちろん、石灰岩もその土地によって多少違うから、消石灰はフレスコ画に使うと言って、イスラエルで買った。さらに洞窟住居にあった砂を混ぜて、自然な仕上がりに見せかけた。厳密にいうならば、小箱に被せた石灰岩と周囲のそれとは成分が微妙に違うんだろうけど、他に宝物は埋まっていないかと、あたり一面を掘り返してしまうから、すべては入りまじってわからなくなる」

言葉が出てこなくなった。「神の作った密室トリック」で、人間には解読不能だとしていたものが、じつは牧が作ったトリックだった。

「このトリックを使えたのは、神のおぼしめしもあったはずよ。私の趣味が教会のフレスコ画を観て歩くのに加えて、イスラエルは石灰岩に大地が覆われているから、こうしたことが可能になった。神に感謝」

勝てないと思った。同時に、これだけのことを聞いて、ほんとうに生きて帰れるかという不安が湧いた。見透かしたように、牧が言った。

「だいじょうぶ、私はクリスチャンで殺人は許されていないからね。あなたから毒の牙を抜いて、安全にしてしまえば、それでOK」

心の不安を押さえつけて、小田切は訊いた。

「夏原が発見した乳歯のミトコンドリアDNAがホモサピエンスのものとは少し違うことを知って、どう思った」

「ただ驚いて、現実のこととは思えなかったわ。こちらはイエスの生家で大切に保存されていた二千年前の乳歯が発見されただけで、センセーショナルな話題になり、人々の心の中に神はいるのではという潜在意識を植えつけることができると考えていた。それが、DNAがホモサピエンスとは異なり、なんとなんと神の遺伝子ではないかと騒がれるようになって、オヤジは文字どおり狂喜した。神のご意志がそうさせたに違いないと信じてた。あの人の晩年は不遇だったけど、最後に神が微笑んだ」

「神の意志か――」

「私は、そうとは考えてない。あり得る話だと思うよ」熱っぽく語っていた牧の口調が冷やかになった。「さっきも言ったけど、ホモサピエンスとは異なる人類なんて、いくらでもいた。ねえ、保元物語に出てくる鬼は背も高くて体格に恵まれてたけど、そういった別人類、他にもいなかった?」

考えるまでもなく、答は出た。科学雑誌にいる者にとっては常識だ。

「ネアンデルタール人だ。彼らはホモサピエンスと背丈は同じくらいだが、体格のほうは格段に優れていることが、発掘された化石からわかっている」

上にいる牧が大きくうなずいた。

「ネアンデルタール人だけじゃなく、大きな体をした別人類が他にいたとしても、まったく不思議じゃない。大型の別人類、ホビットみたいな小型の別人類、多種多様な人類が移動を繰り返していたのが、アジアだったんじゃないかな」

牧の話は論理的で説得力がある。たしかにそのとおりだと、思えてくる。学生時代も、そうだった。歴史や考古学についての知識はさほどないのに、議論が進むうち、いつの間にか、彼女に言い負かされることが少なくなかった。

「鬼の正体が別人類だったことも、あの歯がイエスが生きた時代に重なるのも、ただの偶然じゃない。一定の確率のある、そう、必然性のある偶然だったのよ」

「必然性のある偶然——」

「イエスの乳歯」「神の作ったトリック」「鬼のイシバ」「日ユ同祖論」——ジグソーパズルの断片みたいに無関係に見えてバラバラだったものが、一つの絵になっていく。浮かび上がった絵は秦野親子の顔だった。

3

まだわからないことは、いくつもある。心の動揺を抑え、頭を整理して、小田切は言った。

「学界から排除された晩年の秦野先生がとんでもない計画を立てたのは理解できる。だが、なぜ、きみが実行役を引き受けたんだ。いくら親子とはいえ、きみは前途のある外科医で、なにもインチキの片棒を担ぐ必要はなかっただろう」

牧は大きくうなずいた。

「私は昔からの父親っ子でね、弟子に裏切られ、世間からも叩かれ、寂しい晩年を送っていたオヤジに同情したこともあるよ。だけど、それは小さなこと」

前歯を見せ、牧の顔がニッと笑った。

「どこまで世界が動かせるか、試してみたかった」

瞬間、言った意味が理解できなかった。

「私ね、小さな頃から頭がいいと言われ、難関の医学部にも入って、今は大きな病院で外科医をしてる。人からは羨まれるかもしれないけど、でも、そこまでなのよね。つまんないよ。いつも思ってた。もっと面白いこと、ないかしらって——だから、オヤジの話に乗ってやった」

つまらないって——もっと大きな理由があると思っていた。たとえば、父親と同様、衰退していくキリスト教を建て直したいとか。

「嘘なんかついてない。最初は、イエスの生家から聖遺物が発見されて、ちょっとした騒ぎになるくらいだと思ってただけ。だから、私がやったこともイスラエルまで行って、乳歯を埋めてきただけ。旅行ついでのイタズラみたいなもの、お遊びよ。だけど、夏原くんの研究発表で局面ががらりと変わってしまった。私自身、びっくりしたわ。別人類のDNAだったことが、ネットやSNSでどんどん増幅して、あっという間に世界を動かすことになった。私、ドナルド・トランプの気持がよくわかったわ」

「トランプって、あのアメリカ大統領——」

「彼は富豪だったけど、ただそれだけだった。でも、テレビの司会をやって、人を操る快感を覚えたんだよ。ためしに大統領選挙の予備選に出てみたところ、共和党の候補に選ばれ、とうとう大統領になってしまった。彼は、自分の言動で億を超える人間が動かされるのを楽しんでいたのよ。私も同じ。自分が埋めた歯一本で、多くの狂信者が生れるのを見て、今まで経験したことのない快感を覚えた。アルキメデスは、ちょうどいいテコさえあれば地球だって動かせると言ったけど、今はインターネットというテコがあって、個人の力で世界だって動かせるのよ。つまんない世の中で、こんな楽しくて気持のいいこと、他にある？」

　牧の口調は熱を帯び、最後は歌うような声になった。狂っている。狂うことに快感を覚えている。心を決めて、小田切は言った。

「イエスの乳歯が青ヶ島で発掘された歯であることを隠そうとして、沼を殺したのか？」

「私は殺したりはしていないわ」叫ぶように言った声がちょうど吹いてきた風に流されて聞こえた。「沼くんは自分で落ちたのよ」

「どういうことなんだ」

「いちばん不安だったことは、この島にある鬼のイシバが誰かの手によって発見されて、ミトコンドリアＤＮＡを調べられること。今は人の近づけない場所でもドローンが飛んでいって、動画を撮っている。沼くんの遺体の発見者みたいに、『いいね』ほしさに断崖を下りていくユーチューバーやインスタグラマーもいるわ。そういう連中にあの墓を見つけられて、いろいろ調べられたらすべてが台無し。イエスの乳歯はゲノムが公開されてるから、両方のミトコンドリアDNAが一致してしまったら、神の遺伝子の正体がばれてしまう。ナザレで見つかった乳歯は、世界であれ一つじゃなきゃ困るのよ。最後の仕上げをしなきゃならない。私は完全主義者なのよ」

「鬼のイシバの場所は？」

「オヤジから、だいたいの場所は聞いてあった。だけど、断崖絶壁にあって、簡単には近づけない。オヤジの時だって、登山経験のある沼くんがロープを使って下りて行った。そうなると、頼めるのは一人しかいなくなる」

「沼に頼んだ」

「むろん、イエスの乳歯のことは言わないわ。オヤジとかつて親しくしていた人類学の研究者があの骨や歯について調べてくれることになったと話したの。ついてはもう少し試料となる骨が欲しいとね。鬼のイシバ探しをした時のことを記したノートも参考のためにすべて送ってほしいと頼むと、沼くんは喜んで応じてくれた。疑うこともなくね」

弱いところを突いていった。沼は秦野先生がらみの頼みなら、疑うこともなく応じてしまう。

「そして、今日、あなたがしたのと同じことをしてもらったの。だけど、沼くんはあなたとは違った」

「思い通りに操れなかったのか」

「そう、ほんとに頑固者。私が骨壺ごと引き上げたいと言っても、頑として応じない。骨壺は写真に撮るだけで充分。発掘物の本体はアカデミックな調査が行われるまでは現場から動かしてはならないと言い張るの。どうしてもと言うんなら、骨の二、三本持って、上にあがるとね。押し問答するうち、むこうも怪しいと気づいたみたい。私、少し急ぎすぎた。ロープの端はガードレールから細い木の枝に移したことを言い、骨壺を渡さなければ、このまま上がってこられないようにしてやると脅した。そしたら、沼くん、どうしたと思う」

少なくとも、自分と同じ行動はとらなかったはずだ。

「鬼のイシバを元あったように戻した。それから腰のロープを解いて、急斜面を下りていったのよ」

牧の言葉に思わず下を見た。崖はほぼ垂直に見えるが、手がかりになりそうな岩もある。四、五十メートル下れば、少し傾斜は緩やかになる。こんな崖を下るのはごめんだが、沼ならやりかねない。

「沼くんは少しずつ下りていった。私はただ見てるしかなかった。二十メートルくらい下りた時だった」牧は言葉を止めた。首を横に振ってから言った。「ワッという叫びとザッという音が聞こえて、沼くんが崖を転がり落ちていった。いちばん下までね」

言葉が消えた。風が竹や灌木を揺らす音と波が石を洗う音だけが聞こえた。「ワッ」か。聞いていない声が耳の中で響いた。

「沼くんは自分で落ちたのよ」

牧が叫ぶように言い、また言葉が失われた。小田切は言った。

「沼が言いなりにならなかったから、今度は俺を利用しようとしたんだな」

「そうよ。か弱い女では、この崖は下りていけない。こんな危険なところ、登山経験がない者が単独で下りたり、骨壺を持って上がったりはできない。ロープを使ったとしても、足を滑らせて宙吊りになったら、そのまま死体になるのがオチ」

本人は危険を冒さず、男二人が危険な役を担わされた。沼とも寝たのか？　そんなことは、どうでもいい。小田切は言った。

「俺は何をすればいいというんだ」

「とりあえずは少しの時間、待っててほしい。骨壺にあったものを処分してくるから」

「処分——」

「道路の反対側にある山に撒き散らして、土をかけてくる。この辺はすべて酸性の火山灰土だから、骨壺から出された二千年前の骨なんて、さほど時間もかからず溶けてしまう。ＤＮＡも失われる」

「それは科学的に貴重な別人類の骨なんだぞ」

言っても意味がないとわかっていることを、小田切は言った。

「その別人類の骨が、私にとっては危険極まりないものなのよ。始末してくる帰りに、ロープをまたガードレールに巻きつけてくるから、少し待っていてね。ああ、その前にスマホを渡してくれないかな。ここは崖の中ほどで電波は届かないはずだけど、念のため」

今度は小さなショッピングバッグが下りてきた。仕方がない。小田切はバッグにスマホを入れた。バッグはするすると上がっていく。

「ありがと。じゃあ、私が戻ってくるまで、その場所でおとなしくしてるのよ。ま、だいじょうぶでしょう。あなたは沼くんほど愚かじゃないし、臆病でもある」

牧の顔が引っこんだ。斜面を上がっていく音が聞こえてくる。

一人になった。波が岩を洗う音がさっきよりもはっきりと聞こえる。

牧の最後の言葉が耳に残り、屈辱感が湧き上がってくる。牧はこちらの行動を見切っている。ロープなしで崖の上り下りをする度胸も技術もないと決め込んでいる。「臆病」という言葉が胸に突き刺さってきて、体が震えた。頭に血が上っていては、むこうの思うつぼだ。冷静になろう。自分に言い聞かせた。

牧がどんな行動をとるか考えてみた。

まず確実なのは、この場所にガソリンを撒いて、火をかける。なんのために？　骨壺からこぼれ落ちているかもしれない骨や歯を焼くためだ。すでに相当に劣化が進んでいる二千年前の骨にガソリンをかけて焼けば、ＤＮＡなど完全に破壊されてしまう。骨といっしょに自分が焼かれることはないはずだ。たしかにいっしょにいた男が焼死体となって発見されれば、牧自身が危うい。イエスの乳歯と同じＤＮＡを持つ骨や歯が失われさえすれば、彼女にとってはそれでいいのだ。

〈しかし、骨壺からこぼれ落ちているかもしれない骨までも気にするとは……〉

そこまで気にすることもないのにと思い、立っている周囲に視線を投ずると、自然物とは違う何かを目がとらえた。漬け物石くらいの岩と岩の間から、ポリ袋の一部のようなものが見えた。しゃがみこんで、つまみ出そうとしたが、袋の中央部が岩と岩との隙間に引っかかっていて、少し手こずった。

チャック付の透明な小袋だった。中に小さな何かが入っている。

骨と歯だ。古い骨の一部が一つと、前歯に臼歯が一本ずつ入っていた。歯は大きくて、おそらく大人のものだ。

〈いったい誰が……〉

考える間もなく答は出た。沼修司だ。彼が骨壺に入っている歯と骨とを小袋に入れた。何のために？　今度は答が出てくるまでに少しの時間を要した。

〈たぶん、ポケットに入れて、ここから持ち出すためだ……〉

骨壺ごと渡してほしいという牧の要求に不穏当なものを感じた沼は、おそらく骨や歯の一部を牧の目を盗んで小袋に収め、ポケットに入れた。彼は崖を下りる前に腰に巻いたロープを解いたという。そんなことをしている時、小袋がポケットから滑り落ちた
——見ていたかのように、沼のやったことが頭の中で再現された。

ポケットから滑り落ちた小袋は、岩と岩との間に落ちた。おそらく骨の一部が岩の隙

間に引っかかったため、風に飛ばされることもなく、今日までこの場所に存在していた。かなりの幸運があって、小袋は小田切の手の中にある。沼の執念を感じたような気がした。

透明なポリ袋に入った骨と歯を見つめた。無事に持ち出すことはできないのか。

骨壺には何人もの人骨や歯が混ざっているようだが、ミトコンドリアDNAは「イエスの乳歯」のそれと一致するはず。つまり、今、小袋の中にある骨や大人の歯のミトコンドリアDNAが明らかにされれば、イエスの乳歯は神の座から転げ落ちる。子供の頃に抜け落ちた乳歯ならともかく、天に昇ったはずのイエスの歯、すなわち大人の永久歯や骨がこの世に残っていては、上手い説明がつかないことになる。そう、神の威を借りていた連中は、その後ろ盾を失うのだ。

骨のDNAはあまり期待できない。が、固いエナメル質と象牙質に覆われた歯のほうはDNAが保存されている可能性が高い。

〈この歯を夏原に調べてもらえば、状況を一気にひっくり返すことができる……〉

どうやったら、この骨と歯とを牧に知られずにここから持ち出せる？　いちばん簡単なのは服のポケットかバックパックに隠して、崖を登ってしまうことだ。が、そんな手で彼女の目をすり抜けることができるとは思えない。

〈服ではなく、体の中に隠してしまう。口から飲みこんで後から取り出すとか、肛門の中に入れてしまうとか……〉

だが、苦労するだけで、それも失敗するだろうと思った。牧は鬼のイシバ全体をガソリンで焼いてしまおうとするほどに用心深い人間だ。しかも、人体のことは知り抜いている医者だ。歯を飲み込んだとしても、催吐剤を使って吐き出させることくらいはするに違いない。あいつは完全主義者だ。

身につけて、ここを脱出しても、発見されるに決まっている。

何か上手い手段はないものか――頭の中をフル回転させた。しかし、可能性のある手だては浮かんでこない。ほどなく牧は帰ってくる。時間はない。

焦りで冷たい汗が流れ、のどがカラカラに渇く。焦るな。バックパックからミネラルウォーターのペットボトルを取り出して、水をのどに流しこんだ。少しは落ち着き、ボトルに視線を向けた時、

〈使えるかもしれない……〉

これは希望の灯火なのか？

4

「ねえ、骨の処分は終わったよ」牧の声が降ってきて、顔が見えた。「あとはリスクをゼロにすることだけ。まずはウイスキー・ボトルに入っているガソリンを立っているところ全面に撒いてね。私、見てるから」

「いつ、こんなものを島に持ちこんだんだ」

「前に来た時、宅配便で民宿に送っておいた。可燃性の高いものを送るのは厳禁だけど、洋酒セットだと嘘を伝票には書いた。ロープも送っておいた。超過疎の島だから、その気になれば、隠すところはいくらでもあるわ」

素直に従うことに決めていた。ボトルのキャップを回して開けた。土の上に撒いていく。ガソリンの刺激臭が鼻に入ってくる。監視の下だ。墓標となっていた玉石にも骨壺の納まっていた小さな穴にも、くまなく撒いた。

今、火のついた布でも投げこまれたら、助かる道はない。が、賢い彼女がそうしないことはわかっていた。毒牙を抜かれた男など、枝角を切り落とされた牡鹿ほどの危険もないのだ。

「撒いたぞ」上に向かって、叫んだ。

「だったら、今度は、これ」

またショッピングバッグが下りてきた。中には、小さなプラスチック・ボトルが入っていた。

「ボトルの中に入っているものを全部、飲んでね」

「毒薬か」

「まさか。ウイスキーの水割りに睡眠導入剤を混ぜたもの。十分ほどでぐっすり寝込んでしまうように分量を計算してある。『何のために』と訊かれる前に話しておくわ。骨や歯を持って上がってきていないか、しっかり身体検査するためね」

やはり、だった。そのとおりにしよう。むこうを油断させるためにも――。

「しかし、早めに薬が効いて、崖を上がる途中で眠りこんだら、どうなるんだ。きみの力じゃ引き上げられないから、ぼくは宙吊りのままか」

「心配しなくてもいいよ。じつはロープの端はガードレールじゃなく、車のハッチゲートを開けて、ヘッドレストの根元に結びつけてあるの。車の力を借りれば、引き上げられる。だけど、がんばって自力で上がるのを勧めるわ。強引に引っ張り上げれば、顔は擦り傷でボロボロになる」

反対に薬の効きが遅くて、まだ充分に動ける状態で上がってきたら、どうするのだろう。その質問は言わずに飲み込んだ。牧のことだ、対策は当然、用意しているはずだ。たとえば、もしそんな状態で上がってきたら、最後のところでナイフでも突きつけ、時間稼ぎをする。意識を失い、宙吊りになったあと、車で引っ張り上げる――そうした手段を考えるのは、彼女にとって容易なはずだ。

「さあ、ボトルのウイスキーを飲んでください。最高級のスコッチの水割りなんだけど、薬で味が変わっているから、あまり美味しくないと思うわ」

キャップをはずして、言われたとおり薬入りの水割りをゆっくりとのどに流しこんだ。味などわからなかった。

「ちょっと時間調整しようね。私のいるところまで上がってきて意識朦朧となるのが、ちょうどいいんだから——何か質問はないかしら」

薬が効きはじめるまでの時間つぶしか。訊くことはないか、瞬時、考えた。

「牧、きみは神を信じてるのか」

「当然でしょ」

間髪入れずに言葉が返ってきた。

「だったら、どうしてこんなアンフェアなことをしてるんだ。少なくとも、神の意志に沿った行為ではないだろう」

「神の意志に、背いてはいないよ。私は誰も殺していない。強いて言えば、十戒の中に『偽証してはならない』というのがあるけど、私はイエスの乳歯が見つかったなんて言い立てたわけじゃない。ただ、この島で見つかった歯を、あそこに埋めただけ。世の中が、神の遺伝子が見つかったと、勝手に思い込んだだけ」

詭弁だと言いたかった。が、言っても無駄だと思った。これが彼女の論理だ。

「世界を動かしたあと、きみはどうするんだ？　ドナルド・トランプのように大統領にはなれないんだぜ」

「なーにもしない。ただの病院勤務の外科医のまま。自分の手で世界を動かし、キリスト教を再興させたという思いだけを胸に抱いて、一生を生きるわ。つまんない世の中で、これほどの贅沢はない。ねえ、あなただって、東京に戻ったら、科学雑誌の編集者を続けるんでしょ」

「無事に帰れたらな」

「無事に帰れるに決まってるじゃないの。私は医者、あなたは編集者で、夏原くんは研究者。ね、夏原くんが日本に帰ったら、みんなで集まって、ご飯食べましょ」

言うべき言葉は、もう何も残っていなかった。

「ああ、そろそろいいかな。上がってきて」

腕時計を見る仕草をしたあと、牧が言った。

ぼやぼやしていると、意識朦朧として宙吊りになり、軽ワゴン車で無理やり引っ張り上げられる。斜面に手をかけたところで、下に目を投じた。ずっと続く崖の下は岩だらけの狭い海岸になっていて、波が打ち寄せている。波間に何かが光ったように見えて、小田切は「頼むぞ」と心の中で呼びかけた。

ミネラルウォーターの入ったペットボトル。

それを見た時、ある方策が浮かんだ。このボトルと海流を使って、誰かに骨や歯を届けることができるのでは――。

中学生の時、海岸に打ち上げられているガラスビンを見つけた。蓋がしてあって、中には手紙が入っていた。はるばる沖縄から海流に乗って届いた手紙だった。

〈あれと同じことをする……〉

与えられた時間は長くはない。すぐに牧は戻ってくる。上手くいく確率など考える暇もなく、小田切は行動に移った。

まず手帳を破って、短い手紙を書いた。

この袋に入っている歯と骨は、青ヶ島の大千代港近くで発見された、考古学上、極めて重要なものです。ボトルを拾った方は、次の連絡先にご連絡お願いいたします。

日本語と英語で書いた。そして自分の名前、住所、電話番号、メールアドレスをやはり日本語と英語で書いた。ボトルは二本ある。汗を大量にかくからと、今日は酒屋で二本買った。ラッキーだった。×2で、確率が倍になる。もう一枚、同じ文面のものを作った。

鬼のイシバから何かを発見した時に備えて、ポリエチレンの袋は大小何枚かバックパックに入れてあった。そのうちの小さな一枚に骨と歯、そして手紙を入れて、慎重にチャックを閉じた。歯が一つ残っていた小袋にも手紙を入れ、チャックを閉じる。

付箋を持ってきたことを思い出した。目立つようにショッキングピンクの付箋を選んで、小袋の外側に何枚も張り付けた。

二本のミネラルウォーターのボトルに入っている水を捨てた。小袋をボトルの口から押し込んだ。少し軽いかなと感じた。岩だらけの海岸は狭く、波打ち際はすぐ先だったが、軽いペットボトルでは風に流され、海まで届かない恐れもある。落ちている小石をいくつも拾って、ボトルの口から中に入れた。ある程度の重さになった。プラスチックの蓋を堅く閉めた。

ボトルの先のほうを持ち、振りかぶって、思い切り投げた。思った以上に飛んだボトルは放物線を描いて、下方へと消えた。波の音に消されて、海に落ちた音は聞こえなかった。もう一本のボトルも同じように投げた。

海に向かって祈った。中学生の時、新潟の海岸で拾った手紙入りのビンのように、海流に乗って運ばれたペットボトルがどこかの浜に流れ着き、自分あてに連絡があれば、歯や骨を夏原に分析してもらうことができる。イスラエルで見つかった乳歯のDNAが唯一無二のものでなくなれば――神の遺伝子であるという主張はとたんに真実性を失う。

手がかりになりそうなところに手をかけた。足も使い、全身を使って斜面を上がっていく。「三点確保で、動かすのは一点だけ」「ロープをつかんだ腕で力まかせに上がっちゃいけない」沼修司の言葉が耳の中で聞こえる。

少しずつ確実に登っていく。牧のスニーカーが見えた時、突然、頭の中がぼんやりしてきた。ここで昏睡状態になって、たまるか。

「もう、ちょっと。頑張るんだよー」

勝ち誇ったような牧の声が耳に届く。最後の力を振り絞って、全身を傾斜がなだらかな場所へと押し上げた。とたんに意識が薄れる。薄れていく頭の中で、あのペットボトルが誰かに拾われる映像が浮かんだ。

来月、夏原くんがアメリカから一時帰国するんだって。ねえ、三人で会って、食事しましょうよ。青ヶ島で約束したよね。

吐き気をもよおすような牧からのメールだった。返信する気にもなれず、小田切は画面を閉じた。スマホを手にしたまま、長い吐息をついた。

あれから、半年がたとうとするが、ボトルを拾ったという連絡はこない。

二本、海に流したとはいえ、ボトルが誰かに拾われたという可能性は思っていたよりも小さいのかもしれない。おまけに時間的な問題もある。新潟の海岸でビンを拾った時のように、二十年、三十年という長い時間、いや、それ以上の時がたったならば、その間は夕海をカルトから救い出すことはできない。

5

キリスト教原理主義者たちは、さらに勢力を増していた。それ以上に、フェイク情報がネット上を席巻していた。悔い改めて神の下に馳せ参じなければ、明日にでも地獄に落ちるかのような空気が世界を覆っていた。

妻の夕海は熱心にオンリー・ワン・ゴッドの本部に通っていた。妻を取り戻すこともできそうにない。自分は、もう何もできない。

負けたか。そんな思いが心に巣くうようになっていた。

手にしていたスマホが着信音を発した。牧が電話までかけてきたのか。思ったが、表示されていたのは知らない番号だった。

通話ボタンを指で払った。

「もしもし、小田切さんですか」

聞こえてきたのは男の、それも幼さを感じさせる声だった。

「はい、小田切です」

「あの、ぼく、八丈島の中学生で山村といいますけど、横間《よこま》海岸でペットボトルを拾ったんで、電話してるんです」

6

日報新聞　11月24日　朝刊

「イエスの乳歯」とDNAが一致

「神の歯」はアジアにもあった

大きく揺らぐ神の証明

【シカゴ＝東郷春信】

日本の青ヶ島で見つかったとされる大人の臼歯。昨年の春、イスラエルのナザレで発見され、ミトコンドリアのゲノムが現生人類と異なっているため、「イエスの乳歯」と称されている乳歯と、ミトコンドリアのゲノム配列が同一だと判明した。「イエスの乳歯」の発見者でもある夏原圭介氏（シカゴ理科大学准教授）が大人の臼歯の歯髄細胞から採取したミトコンドリアを調べたところ、ナザレの乳歯とゲノム配列が一致した。また他の2カ所の研究機関で大人の臼歯のゲノムを調べた結果も同じだったと発表された。

放射性炭素14による年代測定は、2100年から1900年前ごろという結果がすでに出ていて、これまたナザレの乳歯と同一時代のものだった。

また大人の臼歯に付着していた微量の土を分析したところ、玄武岩と安山岩の混じった火山灰土で、青ヶ島の土壌と同じであることもわかった。

イスラエルのナザレと日本の青ヶ島というまったく異なった場所で、同種類の別人類の歯が見つかったことで、イエスの乳歯、つまり神の子の乳歯が発見されたという説はいちじるしく信憑性を欠くものとなった。

宗教学にも造詣の深い北カリフォルニア大学のアンドリュー・ペイリン教授（人類学）は次のように述べている。

「成人となったイエス・キリストは復活後、天に上げられて、遺体は地上にはない。それゆえ、イエスの大人の臼歯が地球上に存在しているはずがない。二つの歯のＤＮＡが同一だということは、とりもなおさず、ナザレの乳歯はイエスのものではないことになる。

厳しい生活環境の中東で、２０００年前という近い年代まで、別人類が生き残っていたとも考えにくい。気候温暖なアジアならば、さまざまな人類が生き延びる可能性があっただろう。したがって、歯が見つかった別人類は東南アジアや太平洋の島々で生存していたものと思われ、その一つが何らかの理由でイスラエルのナザレに運ばれたと推測される」

また青ヶ島で大人の臼歯を発見した科学雑誌編集者の小田切秀樹氏は、来年1月に発売される「ガリレオ」で、経緯を明らかにすると述べている。

日報新聞　12月26日　朝刊

淋しいクリスマス
礼拝する信者が大幅減
キリスト教系カルトも脱会者が続出
ナザレで発見された「イエスの乳歯」の信憑性が科学的に否定され、世界中で一時、爆発的に増えたキリスト教信者の数は、一気に元に戻った。各地の教会で行われた礼拝

も昨年とは打って変わって参加者が減り、いささか淋しいクリスマスとなった。あるキリスト教の牧師は、

「あの乳歯が主イエスのものであるか否かにかかわらず、神は永遠の存在としていらっしゃいます」

と語っているが、日曜礼拝の参加者も減り、教会財政には今後、大きな打撃となると見られている。

日本の教会でも礼拝に出席する信者が以前と同じ程度となり、「乳歯バブルの崩壊」といささか皮肉な声も聞こえてきているが、それ以上に大きな影響を受けているのがキリスト教系のカルトだ。とりわけ「神の存在がＤＮＡの面から証明された」という科学的証拠を全面に出して、若い世代を引きつけていた団体ほど論拠が崩れて、影響が大きい。高学歴信者を数多く集めていたある団体では、脱会者の続出を止めることができず、存続が危ぶまれているという。

【主要参考文献】
「ネアンデルタール人は私たちと交配した」（スヴァンテ・ペーボ著　野中香方子訳）文藝春秋
「我々はなぜ我々だけなのか」（川端裕人著　海部陽介監修）講談社
「イエス・キリストは実在したのか？」（レザー・アスラン著　白須英子訳）文藝春秋
「コー子ちゃんとすぎもとセンセイの聖書考古学　新約聖書編」（杉本智俊著）いのちのことば社
「ナショナル ジオグラフィック日本版２０１７年12月号　考古学で探る本当のイエス」日経ナショナル ジオグラフィック
「年代測定」（シェリダン・ボウマン著　小山修三監修　北川浩之訳）學藝書林
「合成生物学の衝撃」（須田桃子著）文藝春秋
「保元物語」（日下力訳注）ＫＡＤＯＫＡＷＡ
「発掘狂騒史」（上原善広著）新潮社
「発見！　ユダヤ人埴輪の謎を解く」（田中英道著）勉誠出版
「徐福王国相模」（前田豊著）彩流社
「青ヶ島の神々」（菅田正昭著）創土社

他に多くの書籍や雑誌、インターネット上のサイト等を参考にいたしました。併せて、感謝いたします。

著者

本書は文春文庫のための書き下ろし作品です。

ＤＴＰ制作　エヴリ・シンク
地図制作　上楽　藍

文春文庫

聖《せい》乳《にゅう》歯《し》の迷宮《めいきゅう》

定価はカバーに
表示してあります

2023年11月10日　第1刷

著　者　本《もと》岡《おか》類《るい》
発行者　大沼貴之
発行所　株式会社　文藝春秋

東京都千代田区紀尾井町 3-23　〒102-8008
ＴＥＬ　03・3265・1211㈹
文藝春秋ホームページ　http://www.bunshun.co.jp

落丁、乱丁本は、お手数ですが小社製作部宛お送り下さい。送料小社負担でお取替致します。

印刷製本・大日本印刷

Printed in Japan
ISBN978-4-16-792129-3